新潮文庫

単独密偵

上巻

ロバート・ラドラム
山本光伸訳

新潮社版

6714

プロメテウスは
（人間に）火の恩恵を施したことにより
天界から追放された

大誤算！

単独密偵

上巻

主要登場人物

ニック・ブライソン……………元〈ディレクトレイト〉工作員
テッド・ウォラー………………ブライソンの元・上司
エレナ……………………………　〃　の妻
フェリシア・マンロー…………　〃　の養母
バジル・カラカニス……………ギリシア人武器商人
ジャック・アルノ………………フランス人武器商人
ハリー・ダン……………………ＣＩＡ副長官
リチャード・ランチェスター…国家安全保障問題担当大統領特別補佐官
ジェームス・キャシディ………米上院議員
グレッグソン・マニング………〈システマティクス〉設立者兼ＣＥＯ
レイラ……………………………謎の美女

プロローグ

カルタゴ　チュニジア　午前三時二十二分

激しい雨はとどまることを知らず、吠えたてる風にあおられ、狂気の舞いを繰り広げる。波はそそり立ち、岸辺で砕け散り、白い飛沫と化す。闇の夜を襲う大渦巻き。沖合の浅瀬では十二、三の黒い人影が、防水加工を施された浮揚性の雑嚢に難破船の生存者のごとくしがみつき、激しく揺れ動いている。凶暴な嵐は男たちに不意打ちをかけた。だが、それは彼らにとって思いも寄らぬ隠れ蓑となった。

砂浜で小さな赤い明かりが二度明滅した。上陸の安全を告げる先発隊からの信号。安全！どういう意味だ？チュニジア海岸線のこの一帯が国家警備隊に警護されていないということか？チュニジア沿岸警備隊のどんな試みよりも、自然の強襲の方がはるかに手強いということか？

大波に揉まれ弄ばれながら、男たちは岸辺へ進み、古代カルタゴ港遺跡付近の砂浜へ一斉に這い上がった。ゴム製の黒いドライスーツを脱ぎ捨て、黒い服と黒く塗られた顔を晒すと、雑嚢から兵器を取りだし、分配しはじめた。ヘックラー・ウント・コッホM

P10サブマシンガン、カラシニコフ、スナイパーライフル。背後では、他の仲間たちが波打ち際（ぎわ）から這い上がってきた。

　すべては彼らを何ヶ月間にもわたって徹底的に辛抱強く鍛え上げてきた男によって、正確に指揮されていた。彼らはアル・ナーダの自由の戦士、圧政者から自国を救うためにやってきたチュニジアの先住民だった。だがそのリーダーは外国人。部下たちとアッラー神への信仰を分かち合う熟練したテロリストで、ヒズボラの中でも最も過激な部隊から派遣されてきた、自由の戦士たちのエリート分子である。

　このエリート分子と、五十人ほどのチュニジア先住民を仕切っているのがアブという名で知られているマスターテロリスト。ときおりフルネームが使われることもあった。アブ・インティカーブ。復讐（ふくしゅう）の父。

　冷徹で残忍な秘密主義者アブは、ズワラの外れにあるリビア軍陣営でアル・ナーダの戦士たちを鍛え上げた。大統領官邸のフルスケールの模型をもとに戦略を練り、過去に用いたどんな手口よりも暴力的かつ巧妙な戦術を教え込んだ。

　三十時間前、男たちはズワラ港で五千トンのロシア製混載貨物船に乗り込んだ。通常はチュニジアの繊維とリビアの加工品を運搬して、トリポリ―ビゼルト間を往復している船である。老朽化した旧式の大型船はチュニジア沿岸を北北西に向かい、スファックスやスースといった港市を経由し、ボン岬沿いを廻り込み、チュニス湾に入港して、ラグーレットの海軍基地を通過した。沿岸警備隊の哨戒艇を警戒しながらカルタゴ沿岸より五マイル離れたところに錨を下ろすと、男たちは船外モーターを備えた硬式船殻のゴムボートに乗り移った。そして数分後には、彼らはカルタゴー—紀元前五世紀に強大な勢力を誇り、ローマ帝国のライバルと目された古代フェニキアの都市——の荒れ狂う海へと侵入していった。沿岸警備隊の誰かがレーダー上に貨物船を捕らえたところで、ビゼルトに向かう途中で一時停泊していると思ったに違いない。

赤い信号を送っていた男は苛立たしげに命令を下し、低い声で悪態をついた。組織の支給品である耐水性のアノラックを着、カフィエを被った顎髭の男。アブである。

「黙れ！ 声をたてるな！ 神に見捨てられたチュニジア警備隊に見つかりたいのか？ さあ、急げ。早くしろ！ うすのろども！ ぐずぐずしてる間におまえらのボスが牢の中でくたばってしまってもいいのか！ トラックが待ってるんだ！」

アブの隣りに、暗視ゴーグルをかけて静かに地勢に目を光らせている男がいた。チュニジア人たちに〝技師〟という名で知られている男。ヒズボラ屈指の兵器のスペシャリストである彼は、ハンサムで、オリーブ色の肌をし、濃い眉と茶色い煌めく瞳が印象的だ。そしてアブの信頼のおける助言者でもある〝技師〟は、アブ以上に謎に包まれていた。噂ではシリアの裕福な家庭に生まれ、ダマスカスとロンドンで育ち、そこで兵器や爆弾に関しての高度な知識を学んだという。

やがて技師が口をひらいた。静かな落ち着いた口調だった。彼は土砂降りの雨を振り払うように、フード付きの黒い防水服をピンと張り伸ばした。

「こんなことを言うのは早すぎるかもしれないが、作戦はスムーズに進行している。物資を積んだトラックは手はず通りに隠せたし、兵隊たちもハビブ・ボルギーガ通りを妨害に会わずに素早く通過できた。今、先発隊から無線信号を受信した。大統領官邸に到着したらしい。いよいよ、クーデターのはじまりだ」彼は腕時計に目をやった。

アブは大儀そうにうなずいた。成功以外は何も望まない男だった。遠方から響いてくる爆発音が、アブと助言者に戦闘の火蓋（ひぶた）が切っておとされたことを告げていた。大統領官邸は即座に占領され、数時間後にはイスラム教の闘士たちがチュニスを支配するだろう。「喜ぶのはまだ早い」アブは低い張りのある声で言った。雨足が弱くなってきた。そして、疾風（はやて）のようにやってきた嵐は疾風（はやて）のように去っていった。

突然、浜辺の静寂が耳障（みみざわ）りな甲高いアラビア語の叫び声でかき消された。いくつかの人影が砂の上を全速力で駆けてきた。アブと技師は身を強張らせ、武器に手を伸ばした。しかし、それは彼らの仲間、ヒズボラの男たちだった。

「ゼロ・ワンです！」

「待ち伏せされました！」

「大変です！　包囲されました！」

四人のアラブ人は顔に恐怖を張り付かせ、息を切らせながら駆け寄ってきた。「緊急（ゼロ）・連（ワン）絡信号を受信しました」ＰＲＣ117フィールドラジオを背負っている男が喘（あえ）ぎながら言った。「官邸で治安維持隊に包囲されて捕らえられた、ということだけ確認できました。そこで通信が途切れました！　罠（わな）だったんです！」

アブは目を見ひらいて助言者を振り返った。「どうなってるんだ？」

二人の前に立っていた四人のうち最年少の若者が口をひらいた。「用意されていた物資――対戦車用兵器、爆薬、Ｃ－４プラスティック爆弾――はすべて欠陥品でした！　まったく作動しなかったんです！　そして政府軍が待ち構えていた！　最初から罠にはめられていたんです！」

アブの顔からいつもの冷静さが消え、苦悶（くもん）の表情が浮かび上がった。彼は自分の右腕である技師を手招きした。「ヤー・サハビー（同志）、おまえの賢明な意見を聞かせてくれ！」

技師は腕時計を調整しながら、マスターテロリストに歩み寄った。アブは彼の肩に手を回し、低い静かな声で耳打ちした。「兵隊どもの中に裏切り者がいる。スパイだ。計画が漏（も）れていたんだ」

アブの人差し指と親指がそれとわからないほどに動いた。合図だった。兵隊たちは素早く技師の腕と足と肩をひっつかまえた。技師は必死に抵抗したが、鍛え上げられたテロリストたちには歯が立たない。アブの右手が素早く飛び出し、金属が煌めいた。アブは鋸状の刃の付いた鍵型ナイフを技師の腹部に突き刺し、肉を抉るようにして引き抜いた。目の中で怒りの炎が燃え立っていた。「裏切り者はおまえだ！」アブは吐き捨てた。

技師は息を詰まらせた。尋常な痛みではなかったが、その顔は依然無表情だった。「違う、アブ！」彼は言い張った。

「まわし者め！」アブはぴしゃりと言い放つと、ナイフを技師の股間目がけて、再び突き出した。「時間と正確な計画を知っていた人間は他には誰もいない！　誰一人としてな！　それに物資を確認したのはおまえだ。他の奴の仕業ではあり得ない」

不意に浜辺がまばゆいカーボンアークライトで照らし出された。アブは振り返った。こちらの人員を優に超す、何十人ものカーキ色の制服を着た兵隊たちに包囲されていた。マシンガンをこちらに向けて、チュニジア国家警備隊の特殊部隊はいきなり地平線から姿を現したかのようだった。上空からの轟音が戦闘用ヘリコプターの到着を告げている。

炸裂するオートマチックの銃弾がアブの部下たちを糸の切れたマリオネットに変えていった。血も凍るような悲鳴がだしぬけに静寂を切り裂き、部下たちの体は奇妙にねじれた恰好で砂の上に倒れ落ちた。再び銃声が轟き、やがて止まった。不気味な静けさが訪れた。マスターテロリストと兵器のスペシャリストだけが生き残っていた。

しかしアブの頭には一つのことしかなかった。彼は鋸状の刃をしたナイフを構え、裏切り者の烙印（らくいん）を押した男に飛びかかった。重傷を負った技師は襲撃をかわそうとしたものの、出血がひどすぎた。アブがとどめを刺そうとしたそのとき、背後から伸びてきた手がヒズボラのリーダーをぐいと引き戻し、殴りつけ、砂の上に押しつけた。

二人は政府軍に取り押さえられたが、アブの目は反抗的な光をたたえたままだった。アブは政府をこれっぽっちも恐れていなかった。あいつらは臆病者（おくびょうもの）だ。彼はしばしばそう口にした。国際法に抵触するとか、他国引き渡しとか、本国送還とかの口実をもうけて政府は彼を釈放するだろう。水面下で交渉が行なわれ、ひそかに解き放たれ、その国に存在していたこと自体が堅く口止めされるだろう。どこの国の政府にしても、ヒズボラの怒りの報復に晒されたくはないのだ。

テロリストのボスは抵抗しなかった。体の力を抜き、兵隊たちに身を任せた。技師の前を通り際、彼はその顔に思いっきり唾（つば）を吐き、罵（ののし）った。「もうすぐこの世ともおさらばだな、裏切り者！　不実の罪で死ぬがいい！」

アブの姿が消え去るや、技師を捕らえていた兵隊たちは静かに腕をほどき、彼を担架に運び入れた。大隊長が近づいてきて、部下たちに下がるように命じた。彼は技師の脇（わき）に膝（ひざ）をつき、傷を調べた。技師は痛みに目をすがめた。しかし声は漏らさなかった。

「これでも意識があるなんて信じられん！」大隊長はひどく訛った英語で叫んだ。「あんた、重傷だぞ。もの凄い出血だ」

技師が返事をした。「あんたらがもう少し早く信号に反応してくれたら、こんなことにはならなかった」彼は反射的に腕時計に触れた。それには小型の高周波伝達装置が内蔵されていた。

大隊長はその言葉には取り合わなかった。「あのＳＡ341が」と、彼は上空を舞うヘリコプターを指さした。「モロッコにある、警戒厳重な政府の医療施設にあんたを送り届ける。おれはあんたの本当の身元も、本当の雇い主も知らされていない。だから訊かない」彼は一度そこで言葉を止め、再び口をひらいた。「しかし、おれはあんたのためを思って――」

そのときだった。技師の口から振り絞ったような掠れ声が漏れた。「伏せろ！」彼は脇の下のホルスターからセミオートマチックを引き抜き、五連射した。ヤシの雑木林から悲鳴が上がり、スナイパーライフルを構えた男が地面に倒れ伏した。生き残っていたアル・ナーダの戦士だった。

「なんてことだ！」大隊長は恐る恐る頭を上げ、怯えた顔であたりを見回した。「これでおあいこだよ、あんたとおれは」

「頼みがある」アラブ人でないアラブ人は息も絶え絶えに囁いた。「内務大臣はアル・

ナーダの隠れシンパで大統領の椅子(いす)を狙(ねら)っている反逆者だと、あんたらの大統領に伝えてくれ。内務大臣の他にも……」

しかし出血がひどすぎた。技師は言葉を終えることなく意識を失った。

第一部

第一章

ワシントンDC 五週間後

患者はチャーター便のジェット機で、ワシントンDCの北西二十マイルに位置する私設滑走路に運ばれた。患者は唯一(ゆいいつ)の乗客だったが、容態を確認する以外に男に話しかける者はいなかった。誰も男の名前を知らない。知っているのはこの乗客が極めて重要な人物であるということだけだった。この便の到着記録は軍部、民間を問わず、いずれの航空日誌にも記載されなかった。

名無しの患者はそれから、無標識のセダンでワシントンの繁華街に運ばれ、デュポンサークル付近の目立たない一画の真ん中にある駐車場の傍らで下ろされた。彼はありふれたグレーのスーツを着、かかとのすり減った、房飾りのついた何度となく磨かれたであろうコルドバ革のローファーを履いていた。そこいらじゅうにいる中堅クラスのロビイストや役人の一人、恒久不変のワシントンに掃いて捨てるほどいる、特徴のない職員の一人のようだった。

　彼は駐車場から姿を現すと、体をふらつかせながらぎこちない様子で歩きはじめた。二十一番街近辺、Kストリート一三二四番地にある灰褐色の四階建てのビルに到着するまでの間、誰も振り返る者はいなかった。グレーがかった窓ガラスの並ぶ、コンクリート製のそのビルは、ノースウエスト・ワシントンのこの通り沿いに連なる箱形をした他の建物とほとんど区別がつかなかった。これらのビルは軒並み、ロビー団体や貿易会社、旅行代理店、産業委員会のオフィスである。ビルの正面玄関脇には、二枚の真鍮のプレートがかかっており、《イノベーション・エンタープライゼズ》と《アメリカン・トレード・インターナショナル》の文字が刻まれていた。

　高度な知識を持つ熟練したエンジニアなら、二、三の不可解な点に気づくかもしれない。例えば、すべての窓枠に圧電性の振動器が取り付けられていて、外部からのアコースティック・レーザーによる監視を不可能にしているという点。あるいは高周波のホワイトノイズが球形状の分厚い膜のように建物を包み込み、電子装置を用いた盗聴のほとんどを阻止しているという点。

　Kストリートの隣人たち――穀物委員会の禿げ頭の顧問弁護士たち、業績悪化を辿っているコンサルタント会社で働く、ネクタイをしめ、半袖のワイシャツを着た、にやけ顔の会計士たち――がなんの関心も示していないのは明らかだ。人々は朝、Kストリートにやって来て、夕方帰る。ゴミの収集日には裏通りのダンプスターにゴミが山積みされる。誰がこんな場所に興味を抱く？ しかし、だからこそディレクトレイトはこの場所を選んだのだ。それは森の中に隠された一本の木だった。

彼はそう考えると、思わず笑みが漏れそうになった。Ｋストリートの真ん中にある普通のオフィスビルの中に、世界の秘密諜報組織の中でも最も謎に包まれた組織の本部が存在しているのだ。その事実に誰かが気づき、それが明るみに出るなんてことがあり得るだろうか？

バージニア州ラングレーの中央情報局（ＣＩＡ）とメリーランド州フォートミードの国家安全保障局（ＮＳＡ）は、自らの存在を誇示する堀で囲まれた要塞に収容されている。俺はここにいるぞ、連中はそう叫んでいるようだ。ここだ、ここ、あんまりじろじろ見るなよ、と。彼らは事実上——必然的にそうなるのだが——敵に自分たちのセキュリティを破るように仕向けている。一方、ディレクトレイトはいわゆる秘密の官僚機関としての外貌を、米国郵便公社のごとく周りの景色に溶け込ませているのだ。

彼はＫストリート一三二四番地のロビーに立ち、光沢のある真鍮色のパネルに目をやった。ダイヤルパッドの下にごく普通の受話器が取り付けられている。どこからどう見ても、世界中のオフィスビルのロビーに見受けられる極めてノーマルな光景。彼は受話器を取り上げ、一連の数字、あらかじめ決められていたコードナンバーを押した。最後のボタン、〃#〃に人差し指をのせると、数秒後、受話器の奥からかすかな音が聞こえてきた。指紋がスキャンされ、分析され、デジタル化された指紋のデータベースと照合され、既存かつ承認済みのそれだと認められたことを意味していた。続いてコールが三回鳴るのを聞いた。女性の声を模した機械音声が、用件を述べるように告げた。「マッケンジー氏と面会の約束をしている」声がデータ化され、承認済みの声紋データベースと照合された。数秒後、最初のガラス扉のロックが解除されたことを示す、かすかなブザー音が鳴った。彼は受話器を置くと、重い、防弾ガラスの扉を押し開け、小さな控えの間に入り、数秒間立ったままでいた。顔が高解析の隠しカメラで三方向からスキャンされ、記憶されている承認パターンとの一致がチェックされた。

第二の扉が開き、グレーの業務用カーペットを敷いた、白い壁の小さな受付エリアが現れた。そこにはあらゆる類の武器を発見する隠しモニターが備え付けられている。片隅にある大理石張りのコンソールの上には、法的な書類手続きと登記のためにのみ存在している企業、アメリカン・トレード・インターナショナルのロゴ入りパンフレットが積まれていた。内容は国際貿易に関する陳腐な言葉を並べたつまらない業務概要である。仏頂面をした守衛に進むように手で合図され、彼は次の扉を抜け、立派な内装が施されたホールに入った。クルミ材を使った暗色の板壁で仕切られているその部屋では、十人ほどの事務員が各自の机に向かっていた。マンハッタン五十七番ストリートにある高級アートギャラリー、あるいは繁盛している法律事務所といったところか。

「ニック・ブライソン、お久しぶりです！」クリス・エッジコームがモニター前の椅子から腰を浮かして叫んだ。ガイアナ生まれの、小麦色の肌とグリーンの瞳を持つ、しなやかな体つきをした背の高い男だった。ディレクトレイトに入って四年になる彼は、連絡・調整チームに所属している。緊急連絡の処理、つまりフィールド・エージェントへの情報中継方法を考え出すのが彼の仕事だった。エッジコームはブライソンの手をがっちりと握った。

エッジコームのようなフィールド・エージェントに憧れている人間にとっては、自分がちょっとしたヒーローだということを、ニコラウス・ブライソンは知っていた。「ディレクトレイトに入って、世の中を変えてやる」エッジコームは弾むようなアクセントの英語で、よくそんな冗談を言う。そして彼がそう口にするとき、心の中で思い描いているのはブライソンだった。オフィスのスタッフが直接ブライソンと顔を合わせるのは稀なことである。エッジコームにとって、これはめったにない機会なのだ。

「重傷を負われたそうですね？」エッジコームの口調には思いやりの響きが込められていた。彼はつい最近まで入院していた強靭な男を眺めた。だが、それ以上尋ねてはいけないことを知っていたので、すぐに言葉を継いだ。「ぼくが神様にお祈りしましょう。あっと言う間に回復しますよ」

ディレクトレイトの信条は何はさておき、個人の役割領域の明確化だった。フィールド・エージェントであれ、事務スタッフであれ、どの個人も全体のセキュリティを危険に晒すに充分な情報を知り得る立場には置かれていない。組織構造はブライソンのようなベテランにですらベールに包まれていた。彼はもちろん数人の事務職員を知っている。だが、フィールド・エージェントは全員、各々の個人的なネットワークを通じて単独で活動している。仮にいっしょに行動することがあっても、お互いをフィールド・レジェンド、つまり一時的な偽名で知るにすぎない。規則に例外はない。それはバイブルなのだ。

「頼りにしてるぞ、クリス」ブライソンは言った。

エッジコームは照れくさそうに笑うと、天井を指さした。彼はブライソンが大男のテッド・ウォラーとの面会——呼び出されたのか？——に来たことを知っていた。ブライソンは微笑み返すと、エッジコームの肩をポンと叩いて、エレベーターに向かった。

「ああ、座ったままで」ブライソンは三階のテッド・ウォラーのオフィスに足を踏み入れながら、本心からそう言った。ウォラーはどのみち立ち上がった。身長六フィート四インチ、体重三百ポンドの巨漢である。

「まったく、なんてありさまだ」ウォラーは目を丸くした。「捕虜収容所から舞い戻ってきたみたいだな」

「モロッコにあるアメリカ政府のクリニックで三十三日間過ごしたらこうなるよ」ブライソンは言った。「リッツホテルとはわけが違うからね」

「おれもいつか、狂ったテロリストにこの腹を抉られたほうがいいかもな」ウォラーは太鼓腹を叩いた。彼はブライソンが前回顔を合わせたときよりかなり太っていた。もっともその肥満体はネイビーブルーのカシミアのスーツに形良く包み込まれ、太い首はターンブル・アンド・アッサーのシャツの広い襟にぴったりと収まっている。「ニック、あの日以来、おれはずっと悩んできた。おまえがブルガリア製のベレンスキナイフでやられた、と聞かされてからな。突き刺して、抉る。恐ろしく原始的なやり方だが、それでも仕事は的確にこなす。我々はどんな世界にいるのか？　本当の敵は常に見えないところにいることを決して忘れちゃならんのさ」ウォラーはオークの机の後ろにある飾り房のついた革椅子にどっしりと腰を下ろした。昼過ぎの陽光が彼の背後にある偏光ガラスの窓から漏れていた。ブライソンはウォラーと向かい合わせに座り、不慣れな堅苦しさを感じていた。普段は血色の良い顔をし、逞しく見えるウォラーは、青い顔をし、目の下に濃いくまを作っている。「驚異的な回復らしいじゃないか」

「あと二、三週間ですっかり元気になるよ。少なくとも医者からはそう聞かされている。ついでに盲腸も取ってしまった。怪我の功名ってやつかな」ブライソンはそう言いながらも、右下腹部に鈍い痛みを感じていた。

ウォラーは上の空といった様子でうなずいた。「ここに呼ばれた理由がわかるか？」

「校長に呼び出される生徒は、お仕置きされると思っているよ」ブライソンは軽く構えている振りをしたが、心の中には重苦しい緊張感が漂っていた。

「お仕置きか」ウォラーは謎めいた言い方をした。そしてしばし口を閉ざすと、ドアの近くにある棚に並べられた革装丁の本に目をやった。それから視線を戻し、静かな声で続けた。「ディレクトレイトは組織図を公にしていない。だが命令系統の構造にはおまえもうすうす気づいていると思う。決定、特に主要人員に関する決定は、まずおれの段階では下せない。おまえやおれが、いやここにいるほとんどの連中が、どれほど忠誠心を大切にしたところで、世の中を支配してるのは情け容赦のない実利主義だ。わかるな？」

ブライソンは今まで一つの職業にしか就いたことがなかった。それがこの仕事だった。それでも遠回しに解雇宣告が下されていることは理解できた。彼は自己弁護の欲求に駆られた。これはディレクトレイトのやり方ではないからだ。らしくないのだ。彼はウォラーのマントラの一つを思い起こした。〈悪い運などない〉、そしてもう一つの格言を頭に浮かべた。〈終わり良ければすべて良し〉ブライソンは口をひらいた。「結果はちゃんと出したじゃないか」

「我々はおまえを失いかけた」ウォラーは語を継いだ。「おれはおまえを失うところだった」悲しそうにそう付け加える彼は、自分を失望させた優等生に話して聞かせる教師のようだった。

「それは関係ない話だよ」ブライソンは静かに答えた。「いずれにせよ、フィールドではマニュアル通りにはいかない。あんたも知っての通りね。いやあんたがそう教えてくれた。即興でやれ、規約じゃない、本能に従え、って」

「おまえを失うことはチュニジアを失うことを意味していた。いいか、我々が介入するときは最大の効果を狙って早期介入を計る。活動を慎重に割り当て、相手の反応を正確に分析し、全体のずれを調整していく。ところがおまえのミスにより、北アフリカや砂漠地帯の別地域で行なわれていた諜報活動がなし崩し的に危険に晒された。おまえは他の連中の命を危険に晒したんだ、ニッキー、他の活動と他の連中の命をな。〝技師〟のレジェンドが他のレジェンドと複雑に関連していることはおまえも知ってるはずだ。だがおまえは自分の隠れ蓑を台無しにした。何年もの諜報活動がおまえのせいで水の泡になるところだったんだ！」

「ちょっと待ってくれ――」

「奴らに欠陥兵器を渡して、疑われないとでも思っていたのか？」

「違う、欠陥品だなんて思ってなかった！」

「だが、そうだった。なぜだ？」

「わからんよ！」

「調べたのか？」

「ああ！　いや！　わからん。額面通りの代物じゃないなんて思いもよらなかったんだ」

「重大な過失だな、ニッキー。おまえは何年もかけて積み重ねた業務を、何年もかけて練り上げられた諜報プランを、つまり貴重な資産の蓄積を壊滅寸前の危機に陥れた。我々にとって最も貴重な情報提供者の命までもだ！　いったい何を考えてたんだ？」

ブライソンはしばし沈黙した。「はめられたんだ」彼はとうとう口にした。

「はめられた？」

「はっきりとはわからんが」

「仮にはめられたとしたら、そのときすでにおまえは疑われていたことになる、そういうことか？」

「ぼくは――いや、わからない」

「〝わからない〟？　ずいぶんと頼りない言葉だな？　おれの聞きたくない言葉だ。おまえは諜報部隊のエースだった男だ。何があったんだ、ニック？」

「たぶん――ぼくはしくじった。ぼくが胸の内で何度そう繰り返したかあんたにだってわかるだろう？」

「答えになってないぞ」

「おそらく答えはないよ。今のところは、まだ」

「我々にはそういう失敗に同情できるほどの余裕はないんだ。その種の軽率さは容認できない。我々の誰もがな。確かにミスにも許容範囲はある。だがそこから逸脱することは絶対にできない。ディレクトレイトは失敗を許さない。おまえもここの一員になったときから充分に心得ているはずだ」

「何か他にやりようがあったと言うのか？　それとも他の人間にやらせたら旨く運んでいたとでも？」

「おまえも知っての通り、おまえはここのエースだった。だがさっきも言ったように、この件に関しての決定権はおれではなく、首脳部が握っている」

　解雇の決定にウォラーがいっさい口出しする気がないことを遠回しに告げられ、ブライソンの背筋を冷たいものが走った。テッド・ウォラーはブライソンの恩師であり、上司であり、友達だった。そして十五年前は教師でもあった。ブライソンは彼に育てられた。駆け出しのころは、任務に先だって個人的な指導も受けた。それはとても名誉なことであり、彼はその気持ちを今日の今日まで忘れていなかった。ウォラーは今までに出会った男の中で最も〝凄い〟男だったのだ。彼は微分方程式を暗算で解くことができた。

地政学に関する高度な知識を持ち、その一方で、無骨な巨体からは想像もつかないほど機敏な身のこなしができた。射撃場でイギリス人の洋服仕立屋の悲惨な晩年についてぺちゃくちゃ話しながら、七十フィート先にある的の中心を撃ち抜いたウォラーをブライソンは覚えている。二二口径のピストルが大きな肉づきのいい、柔らかそうな手の中でとても小さく見えた。それは自由自在に操られているもう一本の指のようだった。

「あんたは過去形を使った、テッド」ブライソンは言った。「つまり、ぼくが首になると決めつけているわけだ」

「おれの言葉は文字通りの意味に過ぎない」ウォラーは静かに答えた。「これまでおまえ以上の人間と仕事をしたことはないし、この先もすることはないだろう」

生来の気性と積み重ねられたトレーニングのおかげで、ニックは冷静さを維持する術を心得ていた。だが、彼の心臓は激しく動悸を打っていた。〝おまえはエースだった、ニック〟それは賞讃の言葉のように聞こえる。だが賞讃は別れの儀式に必要不可欠な要素なのだ。ブライソンは最初の任務――南アメリカで、穏健改革派の大統領候補の暗殺を阻止した――を完璧にこなしたときのウォラーの反応を決して忘れはしない。ウォラーはただ一言〝まあまあだな〟と言い、笑みがこぼれないように唇をぎゅっと結んでいた。そしてニックにとってそれは、その後彼に与えられたどんなものにもまさる賞讃だった。自分がどれほど貴重な人材であるかを云々されるのは、解雇宣告を下されるときであることをニックは知っていた。

「ニック、コモロでのおまえの任務は他の連中ではやり遂げられなかった。おまえがいなきゃ、あの地は狂人デナード大佐の手中に落ちていた。スリランカではおまえが兵器の売買ルートを暴いたために、両サイドを合わせて、おそらく何千人もの命が救われた。それにベラルーシでおまえはどんな活躍をした？　ＧＲＵ（訳注　旧ソ連の国防省参謀本部情報総局）はいまだになんの手掛かりも摑んでいない。これからも摑むことはないだろう。線の内側の色分けは政治家に任せておけばいい。その線はおれたち、そう、おまえが引いた線だからだ。歴史家たちが知ることはないだろうし、実のところその方がいい。だけどおれたちは知っている。そうだろう？」

ブライソンは答えなかった。返事を要求されてはいなかった。

「ところで、ニック、北銀行の件については依然として疑問が残っている」クーデター資金としてアブとヒズボラに、ロンダリング・マネーを流す経路となっていたチュニスの銀行のコンピュータへ、ブライソンが侵入したことへの言及だった。その任務期間中のある夜、十五億ドルを超す金がきれいさっぱりとサイバースペースの中に消え去った。何ヶ月も調査されたが、結局失われた理由の説明はつかなかった。それはあやふやな結末であり、ディレクトレイトの嫌うところだった。

「ぼくがくすねたと考えてるわけじゃないだろうね？」

「もちろんそんなことは言ってない。だが、疑惑はいつまでも付きまとう。回答がない以上、疑問は消えない」

「もっと実入りのいい、はるかにリスクの少ない個人的な金儲けの機会は山ほどあったよ」

「確かにおまえは取り調べを受けた。そしてなんなくそれをパスした。だがおれが訊いてるのは資金の転換方法だ。ヒズボラの背景資料を購入する資金が偽のルートを通じてアブの仲間へ転送されていた」

「臨機応変に対応したまでだ。それはあんたから渡される金――必要に応じて、ぼくの自由裁量で使える金だった」ブライソンはそこであることに気づいて、言葉を止めた。

「だがこの件について報告した覚えはないぞ」

「おまえはその詳細を報告したんだよ、ニック」ウォラーは答えた。

「いや、絶対に――そうか、薬を使ったんだな？」

ウォラーはほんの一瞬ためらった。しかしブライソンが答えを知るにはそれで充分だった。テッド・ウォラーは必要に迫られれば、平気で汚い嘘をつける。だが、かつての友人であり、先輩であるこの男は彼に嘘をついていることで自己嫌悪に苛まれているのだ。「我々が情報を得る場所は常に仕切りの中だ、ニック」

ニックは今になって、アメリカ人スタッフで構成されたラアユーンのクリニックにあれほど長期間に渡って入院させられていた理由に気づいた。化学物質を患者に気づかれずに、しかも静脈への点滴という手段で投与する必要があったのだ。「ふざけやがって、テッド！ あれはいったいなんのまねだ。どうしてぼくに恒例の報告や、任意報告をさせなかったんだ？ あの手の尋問だけがあんたの知りたいことを教えてくれるのか？ 断りもなくぼくの意識を失わさなきゃならなかったのか？」

「相手に計算させずに行なわれる尋問が最も確実な場合もある」

「つまり、ぼくがアリバイ工作して嘘をつくと思ってたということか？」

ウォラーは静かな、冷ややかな声で答えた。「ある個人に対して、一度百パーセント信じるに値しないという評価が下されると、その個人は少なくとも暫定的に、反対の仮定にもとづいて扱われる。腹の底が煮えくり返るだろう？ おれだってそうだ。だが、これが諜報機関の残酷な現実だ。とりわけ我々のように世間から隔絶された――この場合、偏執病患者として隔離されたと言った方が正確かもしれないが――組織にとってのな」

偏執病患者。これがウォラーやディレクトレイトの同僚たちを一語で表現する言葉であることを、ブライソンは何年も前から知っていた。中央情報局、国防情報局（DIA）、そして国家安全保障局ですら二重スパイに蝕まれ、規制にがんじがらめにされ、敵国との偽情報戦争の泥沼にはまっていると彼らは固く信じていた。歳出配分承認法案を審議する議会で派手に取り上げられ、組織図が公にされているこれらの諜報機関を、ウォラーは〝マンモス〟と呼んだ。ブライソンは組織の一員となって間もないころ、他の諜報機関と手を組むなんらかの基準を設けてはどうかと提案したことがある。ウォラーは一笑に付した。「つまり、マンモスたちにおれたちの存在を知らせろ、っていうのか？　プラウダに発表したらどうだ？」だが、アメリカ諜報機関の危機は、ウォラーに言わせれば、〝侵害〟というレベルをはるかに超えていた。諜報活動は無数の真実を捏造する鏡だった。ウォラーはかつてこう指摘した。「敵に嘘を言って、スパイを働く。そしてそこで仕入れる情報は嘘。しかし一時的にそれは真実になる。〝機密情報〟として扱われるからだ。復活祭の卵集めと同じだよ。仲間が丁寧に埋めた卵を丁寧に掘り起こしてくる。何度これが繰り返されてきたことか？　奇麗に色塗りされた復活祭の卵、にもかかわらずそれは偽物なんだ」

二人はあのときＫストリート本部の地下の図書館で、椅子に腰掛け、夜通し話をした。床には十七世紀クルド民族の敷物が敷かれ、壁には忠実な猟犬たちが鋭い牙で獲物に嚙みついている狩猟の風景を描いた、イギリスの油絵が掛けられていた。

「この組織の賢いところがわかるか？」ウォラーは続けた。「ＣＩＡの冒険談は失敗談であれなんであれ、結局のところ公にされる。おれたちにそんなことはない。そもそも誰のレーダー上にも存在しないという理由だけでな」ウォラーがお気に入りのバレルプルーフのバーボンを啜るたびに、分厚いクリスタルガラスの中の角氷がからからと音をたてていたのを、ブライソンは今でも覚えている。

「だけど、法の網の目をくぐる無頼漢みたいなやり方が、必ずしも最も実践的な活動方法とは言えないよ」ブライソンは反発した。「それに、人材の問題がある」

「人材がいないことは認めるさ。だが、同時に官僚的な煩わしさもない。つまり拘束されてない。概してそれは、おれたちみたいな特異な範疇にいる人間に与えられた特権だ。おれたちの実績がそれを証明している。世界中の特定グループと特異な形で手を組む、極端な干渉に晒されることもない、そういう状況で必要なのは少数のエリート工作員だけだ。現場の戦力を利用する。主導権を握り、事の流れを望ましい結末に向けて調整する。そして成功を収める。官僚諜報機関のような莫大な経費は要らない。必要なのは頭脳だけだ」

「それと血だ」ブライソンは付け加えた。彼はすでにその一部を注ぎ込んでいた。「血さ」

ウォラーは肩をすくめた。「偉大なる怪物、ヨシフ・スターリンはいみじくもこう言った。〝卵を割らなきゃオムレツは作れない〟と」彼はアメリカの十九世紀について、そして大英帝国の重荷について語った。二年間捕らわれの身となっていた一人の将軍の救助に軍を派遣するか否かで、半年間に渡って議会で討論が行なわれた十九世紀の大英帝国について。ウォラーとディレクトレイトの同僚は、民主主義を熱烈に、そして絶対的なものとして信奉していた。が、同時にその未来を守るためには、ウォラーがよく口にしたように、クイーンズベリー・ルール（訳注　近代ボクシングの基本ルール。グローブの着用、一ラウンド三分制などを規定している）にもとづいて戦うことはできないということも承知していた。敵が汚い手を使ってきたら、こちらも卑劣な手段で対抗する。「おれたちは必要悪だ」ウォラーは言った。「でもつけあがっちゃいけない、悪は悪だ。おれたちは法の枠外にいる。監視されず、規制がないだけだ。おれは自分たちが活動してると考えると不安に駆られるときがあるのさ」彼がバーボンを最後の一滴まで飲み干すと、再び角氷がグラスの中でからからと音を響かせた。ニック・ブライソンは敵の中にも味方の中にも狂信者たちを見てきた。彼はウォラーが二つの顔を持つことを理解できた。だがウォラーの心を完全に測り知ることは決してできないだろう。明晰な頭脳、シニシズム、そしてその一方で、閉じられたブラインドの隙間からこぼれ落ちる陽光のように、心の内からわずかに滲み出ている理想主義への激しい執着心。「ニック」ウォラーは言った。「おれたちは、おれたちが必要とされない世界を造り上げるために存在しているんだ」

　昼過ぎの鉛色の光に包まれたオフィスの中で、ウォラーは不愉快な仕事をする心の準備をするかのように、机の上に手を広げた。「エレナが去って以来、おまえがつらい思いをしていることはわかっている」彼は切り出した。

「エレナのことは話したくない」ブライソンはぴしゃりと言い返した。こめかみが脈打っていた。何年もの間、彼女は妻であり、最高の友人であり、恋人だった。半年前、トリポリから盗聴防止回線で自宅に電話をかけたとき、エレナは別れ話を持ち出してきた。説得したところで無駄だったろう。彼女の決心が固いのは明らかだった。話し合う余地がなかったのだ。彼女の言葉はアブのナイフ以上にブライソンを傷つけた。数日後、アメリカでの定期報告の期間中、彼は武器調達のための出張を装い自宅に戻ったが、そこに彼女の姿はなかった。

「いいか、ニック、おまえはおそらく世界中の諜報機関の誰よりも素晴らしい仕事をしてきた」ウォラーはそこでいったん口を噤むと、ゆっくりと言葉を噛みしめるように語を継いだ。「だがこのまま続けたら、過去の実績を汚すことになるだろう」

「ぼくは確かにしくじった」ブライソンはうんざりしたように口をひらいた。「一度だけな。それは認めるさ」何を言ってもどうなるものでもなかったが、口にせずにはいられなかった。

「そしてまたしくじるだろう」ウォラーは抑揚のない声で答えた。「我々が言う〝センチネールイベント〟、早期警戒のサインだ。おまえの十五年間の働きぶりは目覚ましかった。人並み外れていた。だが十五年間だ。わかるか、ニック。実戦部隊の諜報員にとって、寿命は犬のそれに似ている。集中力がなくなってくる。やがて燃え尽きる。そして怖いのは自分ではそれに気がつかないということだ」

俺の結婚生活にも〝センチネールイベント〟はあったのだろうか？　ウォラーが静かな声で、筋道立った話をしつづけるのを聞きながら、ブライソンの胸の内では様々な感情がわき上がっていた。その一つが怒りだった。「もしぼくの腕が……」

「技術的なことを言ってるわけじゃない。フィールドワークに関する限り、今だっておまえの右に出るものはいない。おれが言ってるのは抑制力だ。動かないでいられる能力だ。そして二度と取り戻せない」

「たぶん休暇が必要なんだろう」自分の声に自暴自棄の響きがある。ブライソンはそんな自分が嫌でたまらなかった。

「ディレクトレイトは長期休暇を認めていない」ウォラーはそっけなく続けた。「おまえも知っての通りな。ニック、おまえは一つの歴史を作るのに十五年を費やした。今はそれを振り返るときだ。おれはおまえに、おまえの人生を返そうとしてるんだ」

「ぼくの人生か」ブライソンは精彩のない声で繰り返した。「結局のところ、ぼくの引退について話してるんだな」

ウォラーは椅子にもたれかかった。「十七世紀のイギリスの偉大なスパイ指揮者、ジョン・ウォリスの話を知ってるか？　この男は暗号解読の達人で、一六四〇年代、王党員が議会派議員に送ったメッセージをことごとく解き明かした。その当時のＮＳＡとも言うべき、英国ブラック・チェンバーの設立にも一役買った。だが、一度裏の世界から身を引くと、今度はケンブリッジ大学の幾何学の教授として自分の才能を発揮した。近代微分法の構築に貢献し、微分法理論を一歩前進させた。スパイのウォリスと学者のウォリス——どっちが価値がある？　一つの世界から身を引くことは必ずしも、人生から身を引くという意味じゃないんだ」

　それはいかにもウォラーらしい、回りくどい寓話だった。ブライソンはその馬鹿馬鹿しいほのめかしに思わず吹き出しそうになった。「それで、ぼくに何をさせようっていうんだ？　倉庫のガードマンにでもして、六連発銃や警棒を持たせてＴ形鋼を警備させるつもりか？」

「高潔な汚れのない人間には、ムーアの槍も、弓も、重い矢筒もいらない。知っての通り、ホラティウスの言葉だ。考えてみれば、おまえにはすべてが備わっていた。ウッドブリッジ大学で近東の歴史を講義する人材が必要らしい。そして彼らは今、素晴らしい候補者を見つけた。大学での専攻と卓越した言語能力がおまえをうってつけの候補者に仕立て上げたんだ」

　ブライソンは魂が遊離するような奇妙な感覚に捕らえられた。フィールドでときどき体験する、光景から浮かび上がり、冷静な計算高い目ですべてを観察しているような感覚だった。彼は任務中に殺されるかもしれないということをしばしば考えた。それは備えることができ、考慮することのできる不測の事態だった。だが、解雇されると考えたことは一度もなかった。そして彼に引導を渡しているのが尊敬している先輩であるという事実が、事態を更に悪化させ、プライベートな問題に変えていた。

「引退後のプラン設計に関しては」とウォラーは続けた。「小人閑居して不善をなすということを肝に銘じておかなきゃならない。我々は辛い経験からそのことを学んできた。フィールド・エージェントに大金を渡して何もすることを与えないと、そいつは月日が経つにつれて、面倒に巻き込まれることになる。だからこそプランが必要なんだ。現実的なプランがな。そしておまえは人を説得する能力に長けている——それがフィールドで素晴らしい活躍をした理由の一つでもある」

ブライソンは無言のまま、ラテンアメリカの田舎町で行なった任務の悲痛な記憶を、スナイパーライフルの十字線の中心に重なった顔を見ていたときの記憶を、頭の中から追い払おうとしていた。それは彼の〝教え子〟の一人で、パブロという名の十九歳のアメリカインディアンの顔だった。ブライソンは彼に地雷の信管除去方法や戦闘要員の配置法や高性能爆弾の取り扱い方を特訓した。タフで素直な青年だった。青年の両親は毛沢東の送り込んだ反乱者たちに占領された丘陵の村に住んでいた。パブロが彼らの敵に荷担していることが明るみに出れば、反乱者たちは彼の両親を殺すだろう。それも連中お得意の、極めて残忍な手の込んだ方法で。青年の心はかき乱された。彼は忠誠心と格闘した上で、寝返ることを決意した。となれば、両親の命を救うため、彼はゲリラたちに自分の知っていることをすべて話すだろう。仲間たちの名前を口にするだろう。タフで素直な青年は正解のない状況に追い込まれていた。ブライソンはスコープを通してパブロの顔をじっと見つめた。苦しさと悲しさと怯えの表情が入り混じった青年の顔を。

引鉄を絞るや、彼はスコープから目を逸らした。

ウォラーはブライソンの目をじっと見据えた。「おまえの名前はジョーナス・バレット。フリーの学者で、論文審査雑誌で五、六作の高い評価を受けた作品の執筆者。そのうちの四作は〈ジャーナル・オブ・ビザンティン・スタディーズ〉に掲載されている。これらは任務の合間を縫って近東の専門家たちが作ったものだ。チームワークの賜物だよ。我々は架空の民間人を作り出す方法を一つか二つは知っているのさ」ウォラーは彼にファイルを差し出した。それは明るい黄色のファイルで、磁気テープが組み込まれ、既述事項に遺漏のないことを明示していた。内容は架空の人物の伝記だった。そう、彼の伝記である。

ブライソンはプリントされた文字がぎっしりと詰まったページに目を走らせた。彼と同様の言語能力を持ち、彼がすぐに修得できるだろう専門知識を所有する、これまで隠遁生活を送ってきた学者の詳細が記されていた。伝記の人物の特徴は難なく順応できるものだった――つまり、そのほとんどは。ジョーナス・バレットは結婚していない。ジョーナス・バレットはエレナを知らない。ジョーナス・バレットはエレナと恋に落ちてはいない。ジョーナス・バレットはエレナの帰りを待ち焦がれてはいない。ジョーナス・バレットはフィクションだった。ニックが彼に実体を与えることは、エレナの喪失を受け入れることを意味していたのだ。

「数日前にアポを入れておいた。ウッドブリッジ大学は新しい非常勤講師が九月に着任すると思っている。まあ、言わせてもらえば、連中が彼を仲間に加えられるのはとてもラッキーなことだ」

「選択の余地はないというわけだな？」

「とんでもない。十二、三の多国籍コンサルタント企業のいずれかにおまえの居場所を探すこともできた。いや、おそらく石油業界や製造業界の巨大企業にだってな。だがこれが一番おまえにふさわしい。おまえの頭は常に具体的な事実からたやすく抽象概念を導き出してきた。おれはこれがおまえの泣き所になるのではないかとはらはらしたものだが、逆に最大の強みとなったというわけだ」

「で、ぼくが身を引きたくないと言ったら？　素直に〝お休みなさい〟と言わなかったら？」突然、金属の鈍い煌めきが彼の脳裏を掠めた。ごつい腕に握られたナイフが彼の腹部めがけて突っ込んでくる……。

「止めろ、ニック」ウォラーは言った。その顔からはなんの感情も読み取れない。

「くそっ」ブライソンは低く呟いた。その声には苦痛の響きがあり、彼はそんな自分をさらけ出したことを後悔した。このゲームがどのように進行しているのかはわかっている。彼を捕らえているのが相手の言葉というよりは、相手そのものだということを。ウォラーは詳しく語らなかったし、語る必要もなかった。ブライソンは選択の余地がないことを知っていた。そしてそれに逆らう者にどんな運命が待ち構えているのかも承知していた。突然飛び出してきたタクシーが、歩行者を轢き逃げする。ショッピングモールの人混みをかき分けていく男が、知らぬ間に小さなピンで刺され、あっけなく心臓麻痺の診断を下される。あるいは未だに全国屈指の路上犯罪率を持つこの都市での、ありふれた強盗殺人として処理される。

「これは我々が選んだ仕事なんだ」ウォラーは穏やかな口調で続けた。「おまえと仲間としての永遠の絆を持つことで、我々は責任を果たそうとしている。それ以外の形で責任を果たしたくはないんだ。それがどれほど辛いことかおまえにはわかるまい。過去におれは……三人の部下に制裁を加えなければならなかった。素直だった奴らがいつしか我儘になった。いや、我儘になっただけじゃない。プロとしての自覚を失った。おれは常にそのときの辛さに耐えて生きているんだ、ニック。だが必要とあらば、すぐに同じことを繰り返すだろう。三人の男たちにやったように。頼む、ニック、四人目にならないでくれ」脅迫か？　懇願か？　その両方か？　ウォラーは大きく深呼吸した。「おれはおまえに新しい人生を提供してるんだ、ニック。申し分のない人生を」

しかし、ブライソンの前途に控えていたものは、今はまだ、人生とは呼び難かった。それは生きた屍と化し、この世の地獄を徘徊することにも似ていた。十五年間、彼は己のすべて――全脳細胞と全筋肉組織――を危険で困難極まりない特異な仕事に注ぎ込んできた。そして今、彼の力は必要とされなくなった。ブライソンの心の中には、大きな、深い穴がぽっかりと開いていた。彼はフォールズチャーチにある、今は寒々とした、瀟洒なコロニアルスタイルの自宅に向かっていた。赤の他人の家であるかのように自分の家を一瞥し、エレナが選んだ趣味のいいオービュッソン絨毯に目をやり、やがて持つことになるだろう子供のために空けておいた二階のパステルカラーの部屋を見渡した。からっぽで、亡霊だらけの家。彼はコップにウォッカをなみなみと注いだ。そのときを境に数週間、彼の体からアルコールが抜けることはなかった。

家にはエレナがぎっしりと詰まっていた。彼女の香り、彼女の声、彼女のオーラが。ブライソンはエレナを忘れることができなかった。

二人はメリーランド州にあるレイクサイドキャビンの前の桟橋に腰掛けて、ヨットを眺めていた。エレナは冷えた白ワインをグラスに注ぐと、彼に手渡しながらキスをした。

「寂しいわ」

「だけどぼくはここにいるじゃないか、ダーリン」

「今はね。明日になればいなくなるわ。プラハ、シエラレオーネ、ジャカルタ、香港……どこにいるのか誰にわかるっていうの？　いつ戻ってくるのかも誰にもわからない」

彼はエレナの手を握り、彼女の寂しさと、それを取り除いてやれない己のやるせなさを感じていた。「でもぼくはいつも戻ってきてる。それにこんな諺を知ってるだろう。〝離れていることがかえってお互いの愛を細やかにする〟」

「マイ・ラルト・マイ・ドラグトね」彼女は母国語で言った。「でもね、わたしの国ではこういう諺があるの、〝離れていることで愛は激しくなる、いっしょにいることで愛は強くなる〟って」

「いい言葉だよ」

エレナは人差し指を立てて、彼の目の前で振って見せた。「でも他にもあるわ。プリン・デパータレ・ドラゴステア・セ・ウイタ。英語ではなんて言うのかしら？　長い間いなかったら、そのうち忘れちゃうこと」

「去る者、日々に疎し」

「あなた、どれくらいわたしを忘れないでいられるかしら？」

「きみとぼくはいつもいっしょだよ、ダーリン」彼は自分の胸に手を置いた。「きみはここにいるのさ」

ディレクトレイトに電子監視されていることに疑問の余地はなかったが、ニックはほとんど気にかけなかった。セキュリティ上危険だと判断されれば、制裁を加えられるのは間違いない。だがウォッカの飲み過ぎで連中の手を省くことになるかもしれない、そう考えると逆にぞっとした。時が流れても、不審な人間の姿を見かけなかったし、誰の声を耳にすることもなかった。おそらくウォラーが大目に見るように首脳部に取りなしてくれたのだろう。解雇されたことだけがニックを半ば廃人に追いやった理由でないことを彼は知っていたからだ。それはエレナとの別れだった。ニックの心の拠り所だったエレナとの。ニックは知人たちからとても穏やかに見えるとよく言われたが、実際そんな気持ちでいることはめったになかった。穏やかさはエレナが分け与えてくれたものだった。ウォラーが彼女を称したあの言葉、〝情熱的な静けさ〟とはどういう意味だったのか？

ニックは彼女に注いだのと同じ愛情を、他の誰かにつぎ込むことなどできないと思っていた。嘘の渦に取り囲まれた世界の中で、エレナはただ一つ真実のものだった。彼女も諜報員だったが、それは二人がいっしょに暮らしていくための必要悪だった。実際、彼女はディレクトレイトの上層部に流れる情報のほとんどを知っていた。ディレクトレイトの暗号解読部門に所属していたからだ。そしてそこは何に出くわすかわからない未知なる世界だった。典型的な暗号傍受には時に、アメリカ合衆国の機密情報が含まれている。それを解読することは自国の政府のトップシークレット——国家諜報機関のヘッドにですら明らかにされていない情報——を知る可能性があることを意味していた。彼女のようなアナリストは机の前に釘付けになり、コンピュータキーボードを唯一の武器として生きている。だがその知性は、フィールド・エージェント同様、世界中を自由自在に駆け巡っているのだ。

どれほど彼は彼女を愛したか！

ある意味では、テッド・ウォラーが二人を引き合わせた。もっともウォラーがニックに与えた任務の結果という、かなり偶然性の高い状況での出会いではあったが。

それは定期便貨物の輸送、貨物の中身が人間であることに引っかけて、ディレクトレイト内部で〝密入国案内人〟とも呼ばれる任務だった。バルカン諸国が戦火に包まれていた一九八〇年代後半、ルーマニアの天才数学者が妻と娘を伴い、ブカレストからの脱出を計画していた。アンドレイ・ペトレスクはルーマニアの真の憂国の士であり、ブカレストの大学で暗号数学を専門に教鞭をとっていた学士院会員でもあった。彼はルーマニアの悪名高き秘密警察セキュリターテから、チャウシェスク政権の首脳部で使用する原始コード作成の協力を迫られた。アンドレイは暗号のアルゴリズムを書いたものの、政府雇用の要請を断った。彼は大学にとどまり、教師であり続けたかった。同時に、ルーマニア国民に対するセキュリターテの弾圧行為に激しい不満を覚えていた。その結果、アンドレイとその家族は事実上自宅監禁された。外出が禁じられ、すべての行動が監視された。彼の娘で、父に勝るとも劣らない卓越した頭脳の持ち主と言われていたエレナは、数学を専攻している大学生で、父の跡を継ぐことを夢見ていた。

一九八九年十二月、ルーマニアの情勢は重大局面を迎えた。暴君ニコラエ・チャウシェスクに対する国民の抗議運動が頻発し、暴君の親衛隊、セキュリターテが大量逮捕と大量虐殺で報復した。ティミショアラでは〝十二月三十日通り〟に集結した民衆が共産党本部に突入し、暴君の肖像を窓から放り投げた。軍とセキュリターテは抵抗する群衆に日夜銃撃を繰り返し、死体が山積みとなり、共同墓所に埋められた。

激しい憤りに駆られていたアンドレイは、暴君との戦いに及ばずながら手を貸そうと決意した。彼はチャウシェスクが極秘に取り交わす会話の内容を聞き出す鍵を握っていた。暴君の敵の手にそれを渡そう。そうすれば、チャウシェスクが取り巻きたちに伝える極秘伝令はもはや極秘ではなくなる。チャウシェスクの決定と命令は下された瞬間に知れ渡ることになるだろう。

アンドレイは己の決断と格闘した。このために、最愛の妻シモナと愛しの娘エレナが危険に晒されるのではないか？ 自分のしたことが発覚したら——いや発覚するだろう。政府外部に原始コードを知っている人間は他にはいないのだから——自分と家族は逮捕され、牢にぶち込まれ、処刑されるに違いない。

そうだ、ルーマニアから逃げよう。しかし、そのためには家族を海外に連れ出せるだけの強力な部外者に助けを求めなければならない。願わくばＣＩＡやＫＧＢのような諜報機関に。

恐怖にさいなまれながら用心に用心を重ね、彼は極秘裏に事を進めた。知り合いの関係筋に当たり、同僚たちに協力を頼んだ。彼は事情を話し、要請を依頼した。だが、イギリスもアメリカも関わることを嫌った。両国ともルーマニアに対しては不干渉主義を貫いていた。彼の申し出は却下された。

そしてある日の早朝、彼はＣＩＡではない、別の諜報機関の代理人と名乗るアメリカ人から連絡を受けた。彼らは関心を抱いていた。力になってくれるに違いない。彼らには他の組織に欠けている勇気がある。

作戦はディレクトレイトの兵站学の専門家によって綿密に練られ、ブライソンがテッド・ウォラーと相談した上で細部を詰めた。ブライソンが数学者とその家族、加えて情報提供者である男二人と女三人をルーマニアから連れ出すことになった。ルーマニアに入るのは容易だった。ハンガリー東部のニュイーラドニュから、線路沿いの国境を越え、ルーマニアのバリャ・ルイ・ミハイに入った。実存するハンガリー人長距離貨物ドライバーの通行証の提示に加え、くすんだ色のオーバーオールとたこのできた手のひらが物を言い、国境では一瞥されただけだった。バリャ・ルイ・ミハイを出て数キロ先に、ディレクトレイトの協力者によって手配されたトラックが止まっていた。ディーゼル排気ガスをもくもくと吐き出す、ルーマニア製の旧式パネル・トラックだが、協力者たちの手によりルーマニア内で巧妙に改良が施されていた。トラックの後部扉をひらくと、貨物室にルーマニア産のワインやツイカ（プラムブランデー）の箱が山積みされている。だが、実際に箱が積まれているのは前面の一列だけで、その後ろは大きな区画になっていた。貨物室の大部分を占拠しているその場所には、一人を除くすべてのルーマニア人の収納が可能だった。

　ルーマニア人のグループは、ブカレストから北五キロに位置するバニーサの森でブライソンと落ち合うように指示されていた。指定された場所で待っていたグループの前にはピクニックシートが広げられ、大家族が遠足に来ているかのようだった。だが、彼らの顔に滲（にじ）んでいる恐怖の色をブライソンははっきりと見て取った。

　数学者のアンドレイ・ペトレスクが八人のリーダーであるのは明らかだった。六十代の小柄な男で、かたわらには妻と思われる温厚そうな丸顔の女性がいた。しかし、ブライソンの目を惹いたのは彼らの娘である。彼はこれほど美しい女性に出会ったことがなかった。二十歳のエレナ・ペトレスクは、漆黒の髪、華奢でしなやかな体、きらきらと煌めく黒い瞳を持っていた。黒いスカートと紫がかった灰色のセーターを身につけ、首にはカラフルなバブーシュカを巻いている。彼女は口を閉ざしたまま、深い疑念の眼差しをブライソンに向けていた。

　ブライソンはルーマニア語で彼らに挨拶した。「こんにちは」彼は言った。「一番近くにあるガソリンスタンドは？」

「この道にはありません」数学者は答えた。

　ブライソンは彼らを雑木林の陰に停めておいたトラックに連れていった。当初の打ち合わせ通り、美しい若い娘エレナが助手席に座った。他の者は区画の中に隠れた。そこにはハンガリーとの国境までの長丁場を乗り切れるよう、ブライソンがサンドイッチと水を入れたボトルを用意しておいた。

　エレナは最初の数時間、口をきかなかった。ブライソンが話しかけても、恥ずかしがっているのか神経過敏になっているのか、彼女は押し黙ったままでいた。トラックはビホール地方を通り過ぎ、国境通過点のボーズにさしかかろうとしていた。そこを越えるとハンガリーのハイドゥ・ビハルに出る。一晩中予定通りの走行だった。何もかもが順調に進んでいた。いや、順調すぎた。ここはいたるところで紛争の勃発しているバルカン地方なのだ。

だから国境の八キロほど手前で、パトカーの閃光灯と青い制服を着た検問中の警察官の姿を目にしても、ブライソンは驚かなかった。警察官が路肩に車を寄せるように手を振ったときも然りである。

「いったいなんだ?」ジャックブーツを履いた警官が近づいてくるのを横目に、彼はわざと退屈そうな声でエレナに訊いた。

「お決まりの検問よ」彼女は答えた。

「そうであってもらいたいね」ブライソンはそう言うと、窓を開けた。彼のルーマニア語は流暢だった。アクセントがネイティブのものではなかったが、ハンガリー人の通行証を持っているのでそれは問題あるまい。手間取らされていらしている長距離トラックの運転手を装い、彼は警官とやり合う準備をした。

警官は運転免許証とトラックの登録証明書の提示を求めた。そしてそれに目を通した。万事抜かりなし。

「なんか文句があるのかい?」ブライソンはルーマニア語で訊いた。

ご丁寧にも、警官はヘッドライトを指さした。一つが切れていた。だがいずれにせよ、ブライソンをあっさりと解放するつもりはないらしい。警官は貨物室の中身を知りたがった。

「輸出品だ」ブライソンは答えた。

「開けろ」

苛立ち混じりの溜息をつきながらブライソンは運転席から降りると、トラックの後ろ扉の鍵を外しに行った。綿モスリンの作業服の内側、腰のホルスターにはセミオートマチックが収められている。しかし必要に迫られない限り使うつもりはなかった。警察官を殺すのはリスクが大きすぎる。通りがかりのドライバーに目撃される可能性があるだけではなく、車を呼び止めている間にナンバープレートの番号が無線連絡されていたら、通信係が次の報告を待っているに違いないからだ。もし連絡がなければ、他の警官たちが招集され、トラックは国境で足止めされる。ブライソンはこの男を殺したくなかった。だが、選択の余地がないときの覚悟もできていた。

扉を開けると、警官はワインとツイカの箱に物欲しげな目を向けた。ブライソンはほっとした。アルコールを二、三本渡せば、喜んで解き放してくれるだろう。しかし、警官は在庫の確認でもするかのように箱をいじりはじめた。その手がやがて、二フィートほど奥にある偽の壁に触れた。訝しげに目を細めながら、壁をトントンと叩く。中身の詰まっていない音が響いた。

「おい、これはなんだ？」警官が言った。

ブライソンはホルスターのピストルに右手を滑らせた。だがちょうどそのとき、エレナ・ペトレスクが小生意気そうに左腰に手をあてがい、トラックの後部にやってくるのが目に入った。ガムを嚙（か）み、顔が口紅やマスカラやほお紅でけばけばしくメーキャップされている。助手席で待っている間に化粧をしたに違いない。まるで売春婦のようだ。

エレナはガムをくちゃくちゃさせながら、警官の顔を覗（のぞ）き込んだ。「なに馬鹿なことしてるのよ（チェ・クル・メウ・ブレイ）？」

「黙れ（フトウテイ・グラ）！」警官は怒鳴った。箱の後ろに両手を伸ばし、偽の壁を撫（な）で回しはじめた。ノブかレバーを探り当てようとしているに相違ない。その手が秘密の区画を開ける切れ込みを摑（つか）むや、ブライソンの胃は縮み上がった。隠された七人の乗客について、言い訳の余地はない。警官を殺さねばならない。それにしても、エレナはなぜ警官を挑発するようなまねをしたのか？

「ねえ、あんた、ちょっと訊かせて欲しいんだけど」エレナは静かな声で、思わせぶりな言い方をした。「あんたの命って、いくらの価値があるのかしら？」

警官はくるりと振り向き、彼女の顔を睨（にら）んだ。「いい加減にしろよ、あばずれ」

「あたしは質問してるの、あんたの命はいくらって？　だってせっかくのいい仕事を失うだけじゃないのよ。監獄への片道切符を買おうとしてるんだから、あんたは。いえ、貧民墓地かもしれないわ」

ブライソンは度肝を抜かれた。この女はすべてをぶち壊そうとしている、すぐに止めなければ！

警官は首にぶら下げている布のポーチを開け、旧式のごつい軍隊型野外電話を取り出すと、ボタンを押しはじめた。

「電話するなら、直接セキュリタ—テの本部にかけて、ドラガンを呼んだら？」ブライソンは信じられない思いで彼女を凝視した。ラドゥ・ドラガン少将は秘密警察ナンバー2の実力者で、腹黒いことと性的に〝ふしだらな〟ことで有名な男である。

警官は指を止め、彼女の顔をじっと見た。「脅してるのか、おまえ？」

エレナはガムを吐き捨てた。「いいわ、好きにしな。セキュリタ—テの極秘任務を邪魔したきゃ、勝手にすればいいわ。あたしはあたしの仕事をするだけよ。ドラガンはマジャール人の処女がお気に入りで、事を済ますと、あたしがいつも娘たちを国境の外に運んでいくの。それを邪魔しようなんて見上げたものね。ドラガンの弱みを暴露してヒーローになりたいなら、どうぞご自由に。でもあたしだったら、あんたやあんたの親族たちと同じ運命を辿るのはまっぴらだわ」彼女は目を剝いた。「さあ、ドラガンのオフィスに電話してごらんなさいよ」そう言って、ブカレストの市外局番とオフィスの電話番号を口にした。

呆然としていた警官はのろのろとボタンを押し、電話機を耳に当てた。そして目を丸くし、即座に電話を切った。セキュリタ—テに繫がったらしい。

警官はあわてて踵を返すと、大股でトラックから離れ去り、弁解の言葉を並べ立てながらパトカーに乗って走り去った。

その後、国境警備員が手を振って通過を許可するや、ブライソンはエレナに訊いた。

「あれは本当にセキュリターテの電話番号だったのかい？」

「もちろんよ」彼女はむっとした声で答えた。

「どうしてそれを――？」

「わたしは数字に強いのよ」彼女は答えた。「聞いてなかった？」

結婚式では、テッド・ウォラーがニックの新郎付添人だった。エレナの両親はディレクトレイトの保護のもと、新たな身元を与えられ、アドリア海イストリア沿岸のロビニに移り住んだ。セキュリティ上の理由から、エレナは両親を訪れることを許されなかった。それは避けられない苛酷な現実として、彼女が並々ならぬ思いで受け入れた条件だった。

エレナはディレクトレイトの本部で、暗号解読や傍受信号解析を担当する仕事を与えられた。卓越した才能の持ち主で、ディレクトレイト始まって以来の最も優秀な暗号解読員だった。しかも仕事を愛していた。「わたしにはあなたがいて、仕事があるわ。これで両親がそばにいてくれたら、わたしの人生はパーフェクトよ」二人の間柄がかなり進展していることをウォラーに打ち明けたとき、ニックは結婚の許しを請うているような気分だった。父親の許し？　上司の許し？　はっきりとはわからなかった。ディレクトレイトに所属しているということは、プライベートと仕事の問題を隔てる明確な線がないことを意味している。だが、ディレクトレイトの仕事を通じてエレナと出会った以上、ウォラーには知らせるべきだと思った。ウォラーは心から喜んでくれているようだった。「あんな女はそうそういるもんじゃないぞ」彼は歯をむき出してにやりとした。そして子供の耳から五セント硬貨を抜き取る手品師のごとく、冷えたドン・ペリの栓をぽんと引き抜いた。

ニックはカリブ海にある、住人のほとんどいない、小さな緑の島で過ごした二人のハネムーンを思い起こした。ピンクの砂浜、島の奥地に広がる童話の世界から飛び出してきたようなタマリスクの森、そのかたわらを流れる小川。二人は消え去りたい、いや、その振りをしたい、ただそれだけの目的で島を探索した。そして自分を失い、お互いの中に消え去ろうとした。〝時の流れの外の世界〟彼女はそう呼んでいた。エレナのことを思うと、ニックはあのときの二人の小さな儀式を思い出す。消え去ろうとしたときのことを、そしていっしょにいる限りは決して消え去れないと二人で気づいたときのことを。

しかし彼は今、実際にエレナを失っていた。そして、拠り所のない根無し草みたいに、自分自身さえも失ったように感じていた。大きなからっぽの家は静寂に包まれていた。だが彼の耳には盗聴防止回線を通じて別れを告げてきたときの、エレナの痛々しい声が聞こえてくる。青天の霹靂だったが、同時に後の祭りでもあった。違うわ、何ヶ月も離れていたせいじゃないわ、彼女は繰り返した。それよりもはるかに根の深い、決定的な理由があると。あなたのことがわからなくなったの、彼女は言った。わからないの、信用できないの。

彼はエレナを愛していた。心の底から深く、深く、愛していた。それだけじゃだめなのか？　引き留めようとする必死の思いが張り裂けんばかりの声となって溢れ出た。だが、詮無い努力だった。不実、無情、冷酷さ——これらはフィールド・エージェントとして生きていくために必要な特質だった。しかし、彼が家庭に持ち込んだ特質でもあった。それはどんな結婚生活をも破壊する。彼は多くのことをエレナに隠してきた。とりわけある一つの出来事に関しては徹底的に隠しつづけた。そしてそのために激しい罪悪感に苛まれていた。

そしてそれが故にエレナは立ち去り、彼なしで新たな人生を築こうとしているのだ。いずれ本部からの転任願いを提出することだろう。盗聴防止回線から届く彼女の声は隣室から聞こえてくるほど近いようでもあったし、別世界から響いてくるようでもあった。彼女は興奮のあまり無言になった。だがその沈黙こそが最も耐え難いものだった。話し

合う余地はなかった。明白な事実が指摘されているような、そんな空気が伝わってきた
——二たす二は四、太陽は東から昇る。
彼はあのときの打ちひしがれた感覚を思い出した。「エレナ、きみはぼくにとってなんなのかわかるかい？」

エレナの沈んだ、手の施しようがないほど傷ついた声が今でも心の中でこだまする。
「わたしのことなんてこれっぽっちもわかっていないくせに」

チュニジアから戻り、エレナが彼女の持ち物一切合切とともに家から消え去ったことを知るや、ニックはエレナを探しはじめた。テッド・ウォラーにも協力を請い、あらゆる手段を使って、彼女の居場所を突き止めようとした。言いたいことが山ほどあった。だが、エレナはこの地球上から消え去ってしまったかのようだった。彼女は見つかるつもりがない。彼女は見つからないだろう。そしてウォラーも彼女の新しい生活を壊すつもりはないらしい。ウォラーが彼女について言ったことは正しかった。あんな女はそうそういるものではなかった。

充分な量のアルコールが心の傷を癒す麻酔薬だった。問題はそれが抜けると、再び傷が疼きだし、さらに多くのアルコールを摂取する以外に治療法がないということだった。

チュニジアから戻ったあとの一日一日が、そして一週一週が断片的な色褪せた残像に変

わっていった。ゴミを出しにいく。リッター瓶のカチカチふれ合う音に気づく。電話が鳴る。出ない。一度だけドアのベルが鳴ったことがあった。ディレクトレイトの規則に違反してやってきたクリス・エッジコームがドアの前に立っていた。「心配してたんですよ」彼は言った。そして実際、そんな顔をしていた。

ブライソンは訪問者の目に自分がどう映ろうが——目が虚(うつ)ろに見えようが、髪の毛がぼさぼさに見えようが、髭が伸び放題に見えようが——そんなことはどうでもよかった。

「お使いか？」

「とんでもないですよ。ぼくがここにいるのが知られたら、きついお灸(きゅう)を据えられます」

これこそ余計なお世話だ。彼はエッジコームになんと言ったか覚えていないが、断固とした態度で、そう口にしたことだけは確かだった。青年は二度と現れなかった。

ブライソンは大酒を喰らった翌朝目を覚ましたときのことは得てして覚えていた。まばたきと痙攣(けいれん)、全身の神経が剝(は)がされるような感覚。バーボンのバニラのにおいと鼻を刺すようなジンのビャクシンのにおいが口の中に充満していた。鏡を覗くと、真っ赤に充血した落ち窪(くぼ)んだ目があった。スクランブルエッグを無理矢理口に入れようとすると、においにむせた。

いくつかの孤立した音、いくつかの散乱している残像。失われたウィークエンドではなかった。失われた三ヶ月だった。
フォールズ・チャーチの隣人たちは礼儀からか、あるいは無関心なのか、ほとんど興味を示さなかった。あの男はどこかの工業製品会社の取引先担当責任者だったよな？　あいつは首になったに違いない。ここから引っ越すだろう、いや、引っ越さないだろう。ベルトウェーに勤務するエリート管理職の悲劇はめったに同情を招かない。それに加えて、隣人たちはわざわざ質問してくるほど愚かではなかった。郊外では人と人の間に距離を置くのだ。

そして、八月のある日、彼の中で何かが動いた。前の年にエレナが植えたアスターが無視されたことに腹を立てたかのように、ついに紫の花を咲かせはじめた。反発心による成就だった。俺だって負けてはいられない。縁石に運び出されるゴミ袋からはもはや瓶の触れ合う音は聞こえなくなった。彼は日に三度、まともな食事を取りはじめた。最初のころは体がふらついていたが、二週間後、髪をきっちりと整え、髭をきれいに剃り、ビジネススーツに着替えて、彼はKストリート一三二四番地に向かった。

ウォラーは職業的な無関心を装うことで安堵の表情を隠そうとしたが、笑っている目の中にブライソンはそれを認めることができた。「アメリカ人の人生に二幕目はないと言ったのは誰だ？」ウォラーは静かに口をひらいた。

ブライソンは揺るぎない穏やかな視線でウォラーを見つめ返した。そして安堵しながら待っていた。
ウォラーはかすかに笑った――ウォラーをよく知っている人間でない限り、それを笑みとは認められないだろう。そして、ニックに明るい黄色のホルダーを手渡した。「これを第三幕と呼ぼうじゃないか」

第二章

五年後

ウエスタン・ペンシルバニアにあるウッドブリッジ大学は、小さな学校だったが、並々ならぬ優雅さと気品を発散させていた。手入れの行き届いた緑の敷地にそれを見いだす者もいるだろう。エメラルドの芝生、美のために惜しみなく費用を使えるその施設を縁取っている非の打ちどころのない花壇。建物は蔦の絡まるレンガ造りで、二〇年代に建築された大学校舎に典型的なゴシック式である。遠くからだと、ケンブリッジやオックスフォードのような伝統校の一つと言っても通用するかもしれない。もっともこの建物を寂れた軽工業の街から、アルカディアの中心部に持っていけばの話だが。ここは俗世間から隔離された安全で保守的な施設、アメリカの大金持ちや名門一族の長がなんの心配もなく、多感な年頃の子息を送り出せる場所だった。キャンパス内では、コンビニエンスストアや軽食堂がラテやフォカチアを売って活況を呈していた。六〇年代の後半ですらこの大学は、当時の大統領の有名な冗談よろしく、〝安堵の蔓延る場所〟だった。

ジョーナス・バレットは、当人にとっては驚きだったが、才能のある講師だった。彼の授業はその種の科目には珍しいほどの人気があった。そしてほとんどの生徒が学生時代の彼よりもよく勉強したし、まじめだった。彼は赴任した直後に、同僚の一人で、かつてニューヨークのシティ・カレッジで教鞭をとっていたブルックリン育ちのしかめっ面をした物理学者に、ここにいると十八世紀のイギリスで住み込みの家庭教師として、貴族の子弟たちの教育をまかされているような気になると言われた。優雅な環境の中で生活していても、必ずしも自分もそうであるとは限らないのだ。

それでもウォラーの言ったことは本当だった。ここは素晴らしい人生を与えてくれた。ジョーナス・バレットは講堂にぎっしりと詰まった生徒たちのはつらつとした顔を見渡すのが好きだった。ウッドベリーで教えてわずか一年後、まだキャリアの浅い彼を〝冷たそうに見えるカリスマ講師、ミスター・チップスというよりはむしろプロフェッサー・キングズフィールド〟と称し、その容貌を〝薄情そうな、抜け目ない皮肉屋のような顔〟と一言付け加えた学内報を目にしたとき、彼は心底愉快に思ったものだった。理由はなんであれ、ビザンティン時代史を教える彼の授業は、学内の歴史の講義の中で最も学生の人気を博していた。

彼は腕時計にちらっと目をやった。授業を終え、次回の講義に向けてのジェスチャーをする時間だった。「ローマ帝国は人類の歴史の中で最も目覚ましい政治的な偉業を成し遂げた。だが多くの歴史家たちを悩ませている問題は、言うまでもないが、それがなぜ滅びたのかということだ」彼はいかにも教授ぶった口調の中に皮肉っぽい響きを織り交ぜて語った。「誰もがその悲しい物語を知っている。文明化の炎は風前の灯火だった。帝国を守っているのは蛮人たち。人類最大の希望の崩壊？　本当にそうなのか？」学生たちの口から同意を示す小声が漏れた。「違う！」彼は突然叫んだ。忍び笑いに続き、すかさず、しっ！　という声。「失敬」彼はわざとらしく眉をつり上げ、講堂内をぐるりと見回した。「ローマ人は結局のところ、帝国を所有する権利を失う以前に、高い次元でのモラルを所有しようという意識を失った。反乱を起こしたゴート族に対してひどい仕打ちをしたのはローマ人だった。彼らは人質としてさらってきたゴート族の子供たちを街の広場に引きずっていき、一人ずつ殺害していった。じわじわと死の苦しみを味わわせながら。計画的な残虐行為に関していうなら、ゴート族のしたことなど足下にも及ばない。西ローマ帝国は血に飢えた者たちが奴隷（どれい）ゲームを行なう競技場だった。それに較（くら）べると、東ローマ帝国ははるかに人道的だったし、いわゆるローマ帝国崩壊の後も存続した。〝ビザンティン帝国〟というのは西洋人がそう呼んでいるだけの話で、ビザンティンの人々は、常に自分たちの国こそ真のローマ帝国であると信じていた。そして彼らは我々が今日、大切なものとして心に抱いている学問や人間の価値を守ったのだ。西ローマ帝国は外側からの敵に屈服したのではなく、内側から腐敗していった。これこそが真実だ。結局、文明化の炎は消え去らなかった。それは東ローマ帝国に受け継がれた」そこで一息。「課題をここに置いておくので各自持っていくように。では週末をほどほどに楽しんでくれたまえ。くれぐれもペテロニウスの言葉を忘れないように。どんなものにも節度がある。節度の中にすら節度がある」

「バレット教授？」声の主はブロンドの髪をした魅力的な若い女性で、いつも最前列で熱心に聴講している生徒の一人だった。彼は講義用のノートを片づけ、使い古された革の鞄（かばん）にストラップをかけていた。そしてその横で陳腐な言葉を並べ立てて評価に対する不平を訴えている彼女の声にはほとんど耳を貸していなかった。聞き飽きた言葉だった。〈こんなに頑張ったのに……ベストを尽くしたのに……本当に、本当に一生懸命やったんです……〉バレットが歩き出すと彼女はついてきた。講堂のドア、建物の外の駐車場、そしてとうとう車の前までついてきた。「明日の勤務時間中にしてくれないかね？」彼は穏やかに言った。

「でも、教授……」

何か変だ！

「変なのは評価の方じゃないんですか、教授？」

彼は自分が大声を上げたことに気づいていなかった。しかしアンテナに触れるものがあった。なぜだ？　突然、わけもなく妄想に襲われたのか？　車のバックファイアを聞く度に飛び跳ねるトラウマを持つ、ベトナム復員兵のようになってしまったのか？

音。明らかにこの場にそぐわない何か。彼は女子学生を振り返った。だが、彼女を見たわけではない。その視線は彼女の脇を通りすぎ、彼女を越え、視界の片隅にかすかにちらつく何かに向けられた。白いシャツとチャコールカラーのフランネルスーツに身を包み、畝織りのネクタイをきっちりと結んでいる肩幅の広い男が、春の空気と緑に囲まれた環境を満喫しているかのように、さりげない足取りでこちらに向かってきていた。それはウッドブリッジ大学のアカデミックな身なりではないし、もちろん経営陣のそれでもない。それにフランネルはこの陽気にはふさわしくない。外部の人間だった。しかも、何かの振りをしている人間、いや振りをしようとしている人間だった。

ブライソンのフィールド本能が凄まじい勢いで体中に信号を送った。頭皮が引き締まり、目は続けざまに焦点を合わせようとする写真家のように、くまなく視界を駆け巡った。昔の習慣がこの場にそぐわない激しさで、先祖返りにも似た形で戻ってきた。

しかし、なぜだ？　キャンパスへの訪問者を警戒しなければならない理由はなかった。生徒たちの親かもしれないし、ワシントンの教育関係者かもしれない。ひょっとしたら大手企業のセールスマンだということもあり得る。ブライソンは素早く男をチェックした。ジャケットのボタンはかかっておらず、ズボンを吊しているえび茶色のサスペンダーが垣間見えた。にもかかわらずベルトがはめられ、ズボンは丈が長く、黒いゴム底の踵に被さり、裾が綻びている。アドレナリンがほとばしった。それはブライソンが以前の生活でしていた恰好だった。サスペンダーをした上に、ベルトまで着用しなければならないのは、前ポケットの一つあるいは両方にずっしりとした物体――例えば大口径のリボルバー――を忍ばせておくためである。それにズボンの裾も長くなければならない。足首に着用しているホルスターをすっぽりと覆い隠せるほどに。任務を成功させるための衣装――テッド・ウォラーはかつてこう言った。〝夜会服に身を包んでいようと、うまく仕立てられていれば本格的な兵器ですら隠すことができる〟

俺は違う世界にいるんだ！　平和をかき乱さないでくれ！

が、平和はなかった。そしてこれからもそんなものは訪れない。一度足を踏み入れたら最後、年金生活者になろうが、健康給付金支給資格が失効しようが、二度と抜け出すことはできないのだ。

世界中の敵対組織が復讐の牙を向けていた。どんなに用心しようと、どんなに手の込んだ変装をしようと、どんなに巧妙に経歴を詐称しようと——連中が本気で探す気になれば、俺は見つかる。そう考えないなら自己欺瞞である。これはディレクトレイト諜報部員の間では暗黙の了解事項だった。

それにディレクトレイト自体が完全殺菌を——シニカルな言い方をするなら、破片を片づけに、あるいは塵掃除を——しに誰かを差し向けてこないとどうして言い切れよう。ブライソンはディレクトレイトを引退した人間に会ったことがなかった。もっとも、生存している引退者がいるのも確かではあるが。だが、ディレクトレイトの首脳部の誰かが彼の忠誠心に疑問を抱けば、彼もまた完全殺菌の対象者になる。これは火を見るより明らかだった。

俺は抜けたんだ、きっぱりと足を洗ったんだ！

だが、誰が信じる？

ニック・ブライソン——今、彼はニック・ブライソンだった。ジョーナス・バレットは蛇の抜け殻のごとく脱ぎ捨てられ、脇に押しやられている——はスーツ姿の男を近くから眺めていた。白髪混じりの黒髪を角刈りにし、血色のいい幅の広い顔をしている。ブライソンは緊張した。侵入者が笑いながら白い歯を見せて近づいてきた。「バレットさんですね？」男はエメラルドの芝生を半ば横切ったところで声をかけた。

確信ありげな顔だった。そしてこれこそがだめ押しの証拠、プロの印である。赤の他人に声をかける一般人は少なくともちょっとはためらいがちな表情を見せるものだ。

ディレクトレイト？

いや、ディレクトレイトのエージェントなら、もっと手際よく、もっと秘密裏に事を進めるはずだ。

「ローラ」彼は静かな声で学生に言った。「セベレイドホールに戻りたまえ。オフィスの前の階段で待っていなさい」

「でも……」

「さあ！」彼は一喝した。

言葉を失ったローラは顔を真っ赤にし、あわてて建物に駆け戻っていった。ジョーナス・バレット教授が豹変した――彼女は今晩さっそくルームメートにそのときの様子を語るだろう。突然別人のようになった、恐ろしかった、だから言われた通りにした方がいいと思った、と。

後ろから静かな足音が聞こえてきた。ブライソンは素早く身を返した。別の男がいた。赤毛でそばかす顔の、もっと若い男だった。ネイビーブルーのブレザーと黄褐色のチノパンを身につけ、バックスキンのシューズを履いている。キャンパスの身なりとしては少しはそれらしく見えたが、ブレザーのボタンが安っぽく、ピカピカと光っている。加えて胸のあたりが若干膨らんでいた。肩からホルスターを吊したときに窺える出っ張りだった。

ディレクトレイトでないなら、誰だ？　海外の敵？　他のアメリカの諜報機関？

ブライソンは最初に彼に警報を送った音の正体を知った。アイドリングしている、低い、間断ない車のエンジン音だった。スモークガラスのリンカーン・コンチネンタルが駐車スペースではなく、彼の車の走行レーンに止まり、行く手を阻んでいる。

「バレットさん？」大柄な、年輩の男が目配せし、大股で素早く歩きながら距離を縮めてきた。「いっしょに来てもらいたいんだが」柔らかな中西部のアクセントだった。男はブライソンのわずか二フィート手前で足を止め、リンカーンに向けて顎をしゃくった。

「いったい、なんのまねだ？」ブライソンは素っ気ない口調で言った。「人違いじゃないのか？」

見知らぬ来訪者は返事をしなかった。代わりに腰に手を当て、胸を反らし、ジャケットの内側のホルスターに入ったピストルの形をあらわにして見せた。持つプロが持たざるプロに見せる一瞬のジェスチャー。と、男はうめき声を上げながら腹に手を当て、体を折り曲げた。ブライソンの万年筆の硬いペン先が、電光石火のスピードで男の筋肉質の腹部を抉ったのだ。そして相手の反応は、それが普通の反応ではあるにせよ、まったくプロらしからぬものだった。傷ではなく武器に手を伸ばせ。ウォラーの格言の一つである。それは本能に反する行動だが、ブライソンはそのおかげで何度も命を救われてきた。この男はAランクではない。

来訪者の手は赤く染まった肉を激しくさすっていた。ブライソンは男のジャケットに手を突っ込み、小型だが破壊力のあるベレッタを抜き取った。

ベレッタ――ディレクトレイトの支給品ではない。だったらどこのどいつだ？

彼は銃把で年輩の男のこめかみを殴りつけるや――骨の砕ける嫌な音と、男の体が崩れ落ちる鈍い音が耳に届いた――、青いブレザーを着た赤毛の男の顔に銃口を向けた。

「安全装置は外れてる」ニックは言った。真に迫った声だった。「おまえのはどうだ？」

若い男の顔に滲み出る混乱とパニックが未熟さを露呈した。プロならば、安全装置が外れるカチッという音を耳にした瞬間、相手は引鉄を引くだろうということを考える。だが、ある意味で経験の浅い者が最も危険だとも言える。彼らは理にかなった反応を示さないのだ。

アマチュアとの駆け引き――ブライソンは赤毛のフィールドマンに銃口をきっちりと定めたまま、アイドリングしている車の方へじりじりと後退していった。緊急のアクセスに備えて、ドアは当然ロックされていないだろう。彼は一気に動いた。ベレッタを赤毛の未熟者に向けたままドアを引き開け、運転席に滑り込んだ。窓ガラスもフロントガラスも防弾ガラスであることは一目でわかる。あとはギアを入れ、駐車場の外に向けてハンドルを切るだけだ。車はタイヤを軋らせ、前進した。弾丸が車体の後部に命中した。ぐしゃっという音から察するにナンバープレートだろう。二発目がリアウインドーに穴を穿った。敵は車を止めようと、タイヤを狙っているのだ。

一瞬後、車は轟音とともに、背の高い、装飾の施された錬鉄の校門をくぐり抜け、三車線の幹線道路に飛び出した。倒れている敵、狂ったように発砲を繰り返すもう一人の敵。ブライソンの頭は激しく回転していた。来るべきときがきた、さあ、どうする？

連中に本当に殺す気があったなら、俺は殺されていた。

ブライソンは追っ手に目を光らせながら、高速道路をスピードを緩めて走っていた。俺を丸腰のまま、いっさいの説明抜きで捕らえる、奴らはあえてそうしようとした。つまり別の狙いがあったということだ。だが、どんな？ それにそもそもどうやって俺の居場所を突きとめたのか？ ディレクトレイトの5-1区分機密データベースにアクセスできたとでもいうのか？ 不確定要素と未知な部分が多すぎた。しかしブライソンは恐怖を感じていなかった。かつての老練なフィールド・エージェントとしての冷徹さが彼の心を支配していた。空港へ行くのは危険だった。待ち伏せされている可能性が高い。彼はキャンパスの近くにある自宅へ車を折り返した。敵の裏をかいたのだ。逆に裏をかかれて再び敵に直面することになったとしても、それはそれでいい。直面とは限られた時間の中でお互いの姿を晒(さら)すこと。一方で逃避行は果てしなく続く。ブライソンはもはや長々と続く逃避行に対する忍耐力を持ち合わせていなかった。このことに関しては少なくとも、ウォラーの言った通りだった。

ビラー・レーンの自宅に通じるキャンパスロードを曲がると、空からヘリコプターの轟音が聞こえてきた。キャンパス内で最も背の高い科学学科棟の屋上にある、ソフトウェア会社の億万長者が寄贈したヘリポートへ向かっている。通常は大学への主だった寄付者専用の場所だが、このヘリコプターには米国連邦政府のマークが表示されていた。こいつが俺をつけてきたのは間違いない。ブライソンはマンサード屋根と漆喰の壁を持つ、アン女王朝様式の古びた自宅の前に車を止めた。誰も待ち伏せてはいない。自ら取り付けた警報装置を確認したが、今朝自宅を出て以来、侵入者はいなかった。

家に入って、警報装置がいじられていないことを確かめた。居間の窓から差し込む強い陽光が厚い松の床板にそそがれ、常緑樹の香りを漂わせていた。これがこの家を購入した最大の理由だった。ウィースバーデンの郊外にあるハーフティンバーの家で過ごした、幸福だった一年間を思い起こさせてくれるのだ。あのとき彼は七歳で、父親はその地の軍事基地に駐在していた。彼はしかし典型的なアーミーブラット（訳注　軍人ばかりの環境で育った子供）ではなかった。父親は最後には大将までのぼりつめたので、家族は快適な住まいと家政婦を提供されていた。彼の子供時代は郷に入って郷に従う術を学ぶことに多くが費やされたものの、転々と変わる環境に順応するための助けとなったのが、常にまわりを驚かせてきた生来の優れた言語習得能力だった。新しい友達を作るのは容易なことではなかったが、しだいにそのための術も会得していった。自らを一匹狼のよそ者と決め込んでいる子供たちをたくさん見てきたので、そんなふうにはなりたくなかったのだ。

ブライソンは今、自宅にいる。そして待っている。今回は彼のテリトリー。主導権は彼にある。

さほど待たされなかった。

わずか数分後、政府専用車の黒塗りのキャデラックが、カーアンテナから星条旗をなびかせながらドライブウェイに入ってきた。そのあからさまな演出が、こちらの警戒心を解くことを意図しているのは見え見えだった。制服姿の運転手が外に出てきて、後ろのドアを開けた。背の低い、やせた男が降りてきた。見たことのある男だった。C-SPAN（衛星放送）で垣間見た顔。どこかの諜報機関の役人だ。ブライソンはポーチに出た。

「ミスター・ブライソン」男はしゃがれた、ニュージャージー訛りの口調で切り出した。年の頃は五十代半ば、ふさふさした白髪に、細い皺の多い顔、地味な茶色のスーツを着ている。「わたしを知っているかね？」

「ごちゃごちゃ言い訳しにきた何者かだろう」

政府の男はうなずくと、両手を上げて懺悔の仕草をして見せた。「我々は愚かだったよ、ミスター・ブライソン、いや、ミスター・ジョーナス・バレットと言っても構わないが。全責任はわたしにある。わたしはきみに個人的に謝罪するためにここに来た。そして説明しにね」

テレビスクリーンの画像がブライソンの脳裏をよぎった——画面いっぱいに映し出された顔の下に表示された白い文字。「ハリー・ダンか。ＣＩＡ副長官の」ブライソンは連邦議会の分科委員会で、男が証言するのを一、二度見たことがあるのを思い出した。

「きみに話がある」男は言った。

「ぼくは話すことなど何もない。さっさと帰ったほうが、互いに時間を無駄にせずに済む」

「話してくれとは言ってない。聞いてくれと言ってるだけだ」

「あのごろつきどもを送り込んだのはあんただったと思うが」

「その通りだ」ダンは認めた。「だが、彼らは立ち入りすぎた。きみを見くびってもいた。愚かなことに、フィールドを離れて五年たったきみがヤワになっていると考えていたんだ。そしてきみも彼らに、この先間違いなく役に立つであろう実戦上の教訓を教えてくれた。とりわけ、何針も縫う羽目になったエルドリッジにはな」喉を震わせながら男は笑った。「というわけでわたしはできる限り穏やかにお願いしている。正々堂々とね」ダンはポーチに向かってゆっくりと歩いてきた。ブライソンは後ろ手を組みながら、木の支柱にもたれていた。腰の上にテープでとめてあるベレッタは必要とあらばいつでも抜けた。日曜の午前中のテレビ番組で語っていたダンには威厳みたいなものが備わっていたが、だぶついた私服姿の彼はとても貧弱に見えた。

「ぼくは教える教訓なんか持ち合わせていない」ブライソンは言い張った。「ぼくが元気でいるのを快く思ってないらしい二人組から、自分の身を守っただけだ」

「まったくもって、ディレクトレイトはきみを素晴らしく鍛え上げたものだ」

「残念ながらさっぱり意味がわからない」

「よく知ってるはずだが。しゃべらないのも無理はないがね」

「人違いだろう」ブライソンは静かに言った。「身元違いのケースだ。ぼくにはとにかくちんぷんかんぷんだ」

ＣＩＡの男は喉を鳴らしながら息を吐き出し、咳き込んだ。「こう言うのもなんだが、きみの以前の同僚たちが必ずしもきみと同じほど慎み深いわけじゃない。いや、高潔という言葉を使ったほうが正確かもしれん。忠誠と秘密の誓いは金を手にした瞬間、ないがしろにされる。わたしは大金のことを言ってるんだ。きみの以前の同僚たちは誰一人安くはつかなかった」

「ますますわけがわからない」

「ニコラウス・ローリング・ブライソン、ギリシアのアテネ生まれ、陸軍大将ジョージ・ウインター・ブライソン夫妻の一人息子」CIAの男はほとんど一本調子で続けた。「ワシントンDCのセント・アルバヌス・スクール、スタンフォード大学、ジョージタウン大学の外交学部を卒業。スタンフォード大学在学中、ほんの一握りの者だけにディレクトレイトという名で知られている極秘の諜報機関にスカウトされる。フィールド・エージェントとして鍛え上げられ、秘密に付された十五年間の輝かしい活躍ぶりは――」

「素晴らしい経歴だ」ブライソンは遮った。「ぼくもそんなふうでありたかったよ。我々のような大学講師は、この浮き世離れした蔦で覆われた壁の外に広がっている、世界を駆けずりまわるような生活に思いを巡らすことがあるからね」彼は虚勢を張った。彼のレジェンドは疑惑を避けるように作られていたが、それに耐え得るようには意図されていなかった。

「お互いこれ以上は時間の無駄だ」ダンは言った。「どんな場合であれ、我々はきみに危害を与えるつもりはない」

「よくそんなことが言えたもんだ。CIAの諸君たちは、読んだところによると、いたぶるためのメニューを山ほど持っているそうじゃないか。脳に弾丸をぶち込むとか、十二時間ぶっ続けでスコポラミンの点滴注射を打ち続けるとか。不幸にも我々の側に亡命するという過ち（あやま）を犯したノセンコのことでも話そうか？　彼はきみたちジェントルマンから丁重な持てなしを受けたんじゃなかったかね？　クッション張りの地下室に二十八ヶ月も閉じ込められてね。どんな手段で彼を拷問（ごうもん）したにせよ、あんたらは嬉々（きき）としてそれをやったんだ」

「ずいぶん古くさい話だな、ブライソン。だが、きみが懐疑的になるのも無理からぬことだ。どうすればその疑念を振り払うことができる？」

「疑念を振り払わなきゃならないこと自体が疑わしい証拠じゃないのか？」

「実際にきみの命を奪うつもりなら」と、ダンは言った。「こんな話をしに来たりはしないさ。それはきみもわかってるはずだ」

「あんたが思うほど簡単なことではないかもしれない」ブライソンはもはや聞く耳持たぬといった口調でそう言うと、挑発するように冷笑した。だが、彼はすでに己の仮面を脱いでいた。だからそれはほとんど無意味な行為だった。

「きみがその手と足を使って何ができるのかはわかっている。デモンストレーションの必要はない。わたしが必要なのはきみの、その耳なんだ」

「なら、言ってみろ」ＣＩＡはディレクトレイト時代の俺をどれほど知っているのか？

セキュリティの防火壁をどうやって破ったのか？

「まあ、あわてるな、ブライソン。誘拐犯は神に助けを求めたりはしない。わたしが毎日家庭訪問する人間じゃないことはわかってると思う。わたしはきみに話さなければならないことがある。そしてそれはきみにとって聞くに耐え難いことだろう。ブルーリッジにある我々の施設を知ってるかね？」

　ブライソンは肩をすくめた。

「そこにきみを連れていこうと思っている。話さなければならないことを聞いてもらうのと同時に、見せたいものがある。その上できみが帰りたいと言うのなら、自由にするがいい。そして我々は二度ときみを煩わすようなことはしない」彼は車を指さした。

「行こう」

「まったく馬鹿げてる。あんたはこれがどういうことなのかわかってるのか？　二人組の三流の殺し屋が講堂の外に現れて、ぼくを無理矢理車に乗せようとした。続いて、テレビのニュース番組でちらっと見ただけの男――はっきりと言うなら、ほとんど信憑性のない話をしにきた諜報機関の高官――が玄関前の芝生に現れて、飴と鞭を使いぼくをそそのかそうとしている。ぼくがどう出ると思っていたんだ？」

　ダンの視線は揺らがなかった。「はっきりと言おう、きみは来る」

「根拠は？」

ダンはしばし沈黙した。「それがきみの好奇心を満足させる唯一(ゆいいつ)の方法だからだ」そして彼はついに口にした。「きみが真実を知る唯一の道だからだ」

ブライソンは鼻を鳴らした。「なんの真実だ?」

「最初は」男は物静かな声で括(くく)りあげた。「きみ自身の真実からだ」

第三章

テネシー州、ノースカロライナ州との州境付近、バージニア州西部のブルーリッジ山脈に、CIAはアメリカツガ、ベイツガ、ストローブマツに覆(おお)われた、およそ二百エーカーの人里離れた針葉樹の森林地帯を所有している。リトル・ウィルソン・クリーク自然保護区域側、ジェファーソン国有林内にかかっている所有地の一画は、湖や小川や滝の点在する起伏のある土地で、主要ハイキング道からははるかに離れていた。最寄りの街であるトラウトデールやボルニーも、近くにあるとは言い難い。通電柵(さく)に囲まれ、上方に蛇腹形鉄条網を張り巡らせているこの自然保護区域内の所有地は、当局者の間で、領域（レインジ）という特徴のない、すぐに忘れられそうな名前で呼ばれている。

ここでは、岩肌に囲まれた場所で超小型爆弾のような新兵器の試験開発が行なわれていた。各種伝達装置や追跡装置も周波数を敵の監視範囲外に調整され、その性能を試されている。

レインジにいると、海抜の低いところにあるコンクリートとガラスの建物をつい忘れてしまう。その建物は行政司令部、トレーニング施設、会議施設、そして宿舎の集合体で、草木に囲まれた高台にあるためにほとんど気づかれることのないヘリポートから、百ヤードほど離れた場所に位置していた。

ハリー・ダンはそこへ着くまでの道中、ほとんど口をひらかなかった。もっとも、話す機会があったのは、キャンパスのヘリポートへリムジンで向かったわずかな移動時間だけだった。バージニアまでのヘリコプターでの飛行中、二人の男は押し黙った補佐官に付き添われ、防音装置内蔵のヘッドホンを着用していた。ダークグリーンの政府専用ヘリコプターを降りると、三人の男たちはこれまた個性の乏しい別の補佐官に出迎えられた。

ブライソンとダンと補佐官たちは一列になって施設の中央ロビーを通り、階段を降りて、地下にあるスパルタ式の天井の低い部屋に入っていった。滑らかな白い壁に、まっさらなカンバスのような、二組の薄い、大型ガス・プラズマ・ディスプレー・モニターが備え付けられていた。二人の男は磨き込まれた光沢のあるスチール製テーブルの前の椅子に腰を下ろした。物言わぬ補佐官たちの一人が姿を消した。もう一人は閉じられたドアのすぐ外にある詰め所に陣取った。

椅子に座るや、ダンは儀式めいたものや前置きも一切なしに本題に入った。「きみの思っているところを話しておこう」彼は口をひらいた。「きみは自分のことを決して讃えられることのないヒーローだと思っている。実際、これはきみの揺るぎない信念で、そう信じていたからこそ、並の連中には絶対に耐えられない十五年もの苛酷な緊張の連続を耐え抜くことができた。きみは十五年間、自分の国に奉仕してきたとも思っている。ディレクトレイトとして知られている極秘の諜報機関で働くことでね。そう、その機関を知る者は誰もいない、連邦政府の上層部の人間ですらその存在を知らない。知っているのは大統領外交情報顧問委員会の最高責任者と、ホワイトハウスの陰の立役者である数名の要人だけ。きみは閉じられた輪の中にいた、この堕落した世界の中の閉じられた輪の中にいたと信じている」

ブライソンは呼吸を整え、ショックを顔に出すまいと自分に言い聞かせた。だが、彼は度肝を抜かれていた。CIAの男は徹底して覆い隠されてきた事柄を知っていた。

「十一年前、きみは並々ならぬ国家への奉仕に対し大統領栄誉賞を受賞した」ダンは続けた。「だがきみの任務は極秘だ。セレモニーもなければ、大統領もいない。それにきっときみはメダルを手にすることすらなかったはずだ」あのときの瞬間がブライソンの脳裏をよぎった。ウォラーが箱を開け、重そうな真鍮の物体を彼に見せてくれた。ブライソンがホワイトハウスでの授与式に招待されれば、任務の秘密性は当然のことながら著しく危険に晒される。それでも彼は誇らしさで胸を膨らませていた。ウォラーは彼に、アメリカにおける市民最高の栄誉を獲得しながら、誰もそれを知らないという事実にわだかまりが残るのではないかと訊いてきた。ブライソンはきっぱりと〝ノー〟と答えた。ウォラーが知っている、大統領が知っている。彼の仕事が世界をちょっとだけ安全にした。それだけで充分だった。そして彼はそのつもりでやってきた。つまり、それこそがディレクトレイトの理念だった。

ダンはスチール製テーブルにはめ込まれた、コントロールパネルの上に並ぶボタンを押した。二組のスクリーンがチカチカ光りながら鮮明な画像に変わった。スタンフォード大学在学時のブライソンの写真だった。証明写真ではなく盗み撮りされたスナップ写真。もう一つのスクリーンには作業服を着てペルーの山中にいる彼が映っていた。その画面が消え、シリアの軍需品専門家ジャミール・アル・ムアッリムに扮した、着色した肌と灰色の髪のブライソンが浮かび上がった。

驚きとは長続きしない感情である。ブライソンのショックは徐々に薄らぎ、強烈な不快感へと変わり、やがて怒りに取って代わられた。ディレクトレイトのやり方の合法性を巡って、関係機関が喧嘩をふっかけてきているかのようだった。

「おもしろい」ブライソンはだしぬけに乾いた声で言った。長い沈黙のあとだった。「だけど、こういう問題は議論できる立場にいる人間に持ち出すべきだ。あんたも知っての通り、今のぼくは教えることがただ一つの職業なもんでね」

ダンは手を伸ばし、ブライソンの肩を馴れ馴れしく叩いた。落ち着かせようとしているのだ。「いいかね、ブライソン、問題は我々の知ってることじゃない。きみの知ってることだ。そしてもっと的確に言うなら、きみの知らないことだ。きみは自分の国に十五年間仕えてきたと信じている」ダンは身を乗り出し、鋭い視線でブライソンの目を覗き込んだ。

静かな硬い声でブライソンは答えた。「それが事実だからな」

「そこだよ、そこがきみの間違いのもとだ。ディレクトレイトが政府の機関じゃないと言ったらどうする？　そんなことはかつて一度もなかったと言ったら？」ダンは椅子にもたれると、乱れた白い長髪を掻き上げた。「ああ、なんとも聞くに耐え難い話だろう。でも口にする側のつらさもわかって欲しい。二十年前、わたしはある男を捕まえた。男は自分がイスラエルのスパイを働いていると思っていた。いや、ひたすらそう信じていた。わたしは男が違う国の旗の下で働かされていることを本人に説明しなければならなかった。男に金を払っていたのはリビアだった。仲介役も命令役もテルアビブのホテルでの密会人も、みんなリビアの手の者だった。すべて罠だったんだ。それを聞かされて、男は崩れ落ちた。凡人は裏の顔を持つべきじゃない。それでも男が本当の雇い主を知ったときは同情せざるを得なかった。あのときの彼の顔は決して忘れないだろう」

ブライソン自身の顔には激しい怒りが滲み出ていた。「いったい、何が言いたい？」

「翌日、司法省の閉ざされた法廷で罪状の認否を問うことになっていた。その前に男はピストル自殺した」ガス・プラズマ・ディスプレー・モニターの一つが別の画像に変わった。「きみをスカウトした男だね？」

ブライソンのスタンフォード大学での指導教授で、高名な歴史学者でもあるハーバート・ウッズの写真だった。ウッズはいつもブライソンに良くしてくれた。ブライソンが十ヶ国以上の言葉を流暢に話し、卓越した記憶力を持っているという事実を賞讃してくれた。ブライソンが運動一本槍の無骨者ではないということも気に入っていたのだろう。健全な精神と健全な体。これこそがウッズの好むところだった。

スクリーンが白くなり、続いて、街の通りに立っている若き日のウッズの粒子の粗い写真が浮かび上がった。その場所が冷戦後、ロシア革命以前の名称だった〝トヴェルスカヤ通り〟に再度改名された、かつてのゴーリキー通りであるのは一目で見て取れた。

ブライソンは憎々しげに笑った。嘲りをあえて隠そうとはしなかった。「これこそ愚の骨頂というやつだ。あんたは若き日のハーブ・ウッズがコミュニストだったという

〝衝撃的な〟事実をぼくに〝暴露〟しようとしている。だが残念なことに、みんなそれを知っている。彼は自分の過去を隠さなかった。だからこそあれほど強固にアンチ・コミュニストの姿勢を貫いた。ユートピアを目指す馬鹿げた非現実的な美辞麗句がどれほど人を惑わすものか、彼はずっと以前に身を以て知ったんだ」

ダンはかぶりを振り、不可解な表情をした。「先走り過ぎたかもしれない。わたしがきみに頼んだのは聞いてもらうことだった。今のきみは歴史学者だったね？　ところでわたしの歴史のレッスンにちょっとだけ付き合ってくれ。当然トラストのことは知ってるね？」

ブライソンはうなずいた。トラストは各方面から掛け値なしに、二十世紀最大の諜報謀略と見なされていた。それは七年間にわたる囮戦略で、レーニンのもとでスパイ網を指揮していたフェリクス・ジェルジンスキーの頭脳の所産だった。ロシア革命直後、KGBの前身であるソビエト諜報組織チェカは極秘に偽りの反体制派グループを設立し、ソビエト崩壊が差し迫っていると信じている、あるいはそういう陰口を叩いている政府上層部の不満分子をメンバーに引き入れた。やがて亡命中の反ソビエト派の各グループがトラストと接触を持ちはじめた。そして西側諸国の諜報機関は、トラストから提供されたまったくの偽情報に依存するようになった。トラストはソビエト崩壊を目論む西側諸国の政府を欺き導くための見事なでっち上げ戦略というだけでなく、モスクワが主要敵国のネットワークに侵入するためのこの上なく効果的な方法でもあった。実際、それは驚異的に機能したため、完璧なスパイ戦略の事例研究として世界中の諜報機関で教授されているのだ。

二十世紀後半、その欺瞞の仮面がさらけ出されたときには、すでに遅きに失した。亡命グループの指導者たちは誘拐されて殺害され、反逆者のネットワークは破壊され、国内の反体制派は処刑された。政府に敵対した勢力は二度と復活しなかった。アメリカの著名な諜報アナリストの言葉を借りるなら、トラストは〝ソビエト政府機構の土台となった〟スパイ戦略だった。「今度はあんたが古くさい話をしている」ブライソンは椅子の中で身をよじらせながら、うんざりした様子で言った。

「インスピレーションの力を甘く見てはいけない」ダンは語を継いだ。「六〇年代前半、GRUに一握りの頭脳集団が存在した。矛盾してると思わないでくれよ」彼はくすっと笑った。「連中は自分たちの諜報機関を、何もかもが平等な、つまり味噌も糞もいっしょにする非能率的な組織だと結論づけた。連中の考えでは――彼らは天才で、並外れたIQを持ち、カリスマ性があった――GRUは大部分の時間を無駄に費やしていた。そして彼らは自らをシャープマティ、つまりチェスのプレーヤー、チェスクラブの一員と称した。彼らはまぬけなソビエトの諜報部員たちを見下した。協力してくるアメリカ人を哀れな負け犬として、徹底的に軽蔑した。と同時に彼らはトラストを振り返り、学ぶべき教訓を得ようとした。我々同様、敵陣営から有能な人材を引き抜こうとしたのだ。我々同様、その方法を模索し、優秀な人材が冒険の世界に引き込まれた」

「さっぱりわからない」

「我々もそうだった、つい最近までは。ＣＩＡがディレクトレイトの存在を知ったのはここ数年のことにすぎない。そしてその存在以上にはるかに重要な、その目的を知ったのは」

「まともな話をしようじゃないか」

「これは二十世紀全体を通じて最も大がかりな諜報謀略活動についての話だ。いいかね、すべてが入念に仕組まれた陰謀なんだ。トラスト同様にね。彼らＧＲＵの天才たちの凄(すご)いところは、敵の土壌、つまり我々の土壌にスパイ活動の拠点を設けたというところだ。多くの有能な人間をスタッフに持つ極秘諜報機関、だがスタッフたちは幹部連中の正体について首脳部(コンソーシアム)という名しか知らされていない。そして業務内容を一般人や政府の役人に漏らすことを堅く禁じられている。なんともうまいやり方だ。誰にも口外できない、とりわけ同じ公僕である政府関係者には！　正義の血潮をたぎらせたアメリカ人たちが朝目を覚まし、マクスウェルハウスのコーヒーを啜(すす)り、ワンダーのトーストにかじりつき、ビュイックやシボレーに乗って仕事へ向かう。そして謀略の世界に飛び込み、命を張る。にもかかわらず、彼らは本当の雇い主を知らない。昔懐(なつ)かしいぜんまい仕掛けのロボットにも似ているじゃないか」

ブライソンはもはやこの回りくどい話に耐えられなかった。「いい加減にしろ、ダン！ もうたくさんだ！ 全部でたらめだ、嘘八百だ。こんな世迷い言でぼくを騙せると思ってるなら、あんたは気が狂ってる」彼は立ち上がった。「ここから出してくれ。安っぽい芝居はもううんざりだ」

「信じてもらえるとは思ってないさ。今の段階では」ダンは静かにそう言うと、わずかに身をひねった。「こんな話はわたしだって信じたくないんだ。でももうちょっとだけ付き合ってくれ」彼はスクリーンの一つを顎でしゃくった。「この男を知ってるね？」

「テッド・エドマンド・ウォラー」ブライソンの口からかすかな囁き声が漏れた。まだ太りすぎていない、頑丈な体格をした若き日のウォラーが、ロシアの軍服に身を包み赤の広場で行なわれている式典らしきものに参加している写真だった。クレムリンの一部が背景に写っている。映像のサイドが上にスクロールされ、経歴の詳細が表示された。本名、ジェナディ・ロソフスキー。一九三五年、ウラジオストク生まれ。少年時代はチェスの天才と称され、七歳の頃からネイティブスピーカーによるアメリカ英語の特訓を受ける。イデオロギー論と軍事科学の修了証明書が映し出され、戦功勲章のリストが続いた。

「チェスの天才」ブライソンは思わずつぶやいた。「どういうことだ？」

「その道に進めば、スパスキーもフィッシャーも凌駕していたと言われている」ダンはざらざらした声で答えた。「だが残念なことに、彼はもっとどでかい勝負に出た」

「写真が改竄されているかもしれない。ピクセルにデジタル処理を施し……」ブライソンが言う。

「わたしに言ってるのかね？　それとも自分自身に言い聞かせてるのかね？」ダンが遮った。「いずれにせよ、大半のものに関して、我々はオリジナルを所有している。なんなら調べてもらってもいっこうに構わない。だがすべて顕微鏡で検査済みだということは保証しておく。実のところ、我々はこの諜報謀略に気づかなかった可能性が高い。ところが幸運の女神が微笑んだ。語るも奇妙なことながら、教授、我々はクレムリンの機密文書を手に入れた。金の力が埋められていた文書を掘り起こしたんだ。その中にこれはと思う文書が一、二あった。だが正直なところそこから得るものはなかった。数名の反政府派が幸運にも生き延びていたという事実以外はね。そして彼らが知ってることを洗いざらい話してくれた。彼らの告白そのものだけではなんの意味もなかった。ところがクレムリンの文書と重ね合わせると、いくつかのパターンが浮かび上がった。それで我々はニック、きみのことを知った。しかしまだディレクトレイトの全貌はつかめていない。首謀者たちは危険分子をすぐに除去できるように、戦略を信じられないほど細分化しているらしいのだ。

そこで我々は未知の部分を探りはじめた。それがここ三年間の最優先プロジェクトだった。黒幕が誰なのかということについては、漠然と見当がついているに過ぎない。もちろんきみの友人である、ジェナディ・ロソフスキーは外せる。あの男にはユーモアのセンスがある。それは第二の彼、ウォラーにも引き継がれている。きみはあの男の名前の由来を知ってるかい？　エドマンド・ウォラーというのは、極めて掴みどころのない性格の持ち主である十七世紀の詩人の名だ。彼からイギリスの内戦の話を聞いたかね？」

ブライソンはごくりと唾を飲んで、うなずいた。

「これを聞いたら、間違いなくきみは笑うよ。エドマンド・ウォラーは君主不在期間にイングランドの護国卿、クロムウェルを讃える詩を書いた。だが知っての通り、彼は王党派の陰謀の共謀者でもあった。王政復古の後、彼はローヤル・コートで表彰された。これがきみにとって何を意味するか？　この男は己をして英詩界の二重スパイと称した。先にも言った通り、きみのような優秀な人間には大いに受ける話ではないかね？」

「つまりぼくは在学中に、いわゆる……いわゆる人を勝手に道具に使う組織にスカウトされ、その後ぼくがやってきたことはすべてまやかしだった、あんたはそう言いたいのか？」ブライソンは苦々しげに、同時に訝しげに言った。

「陰謀はそのときに始まったわけじゃない。もっと以前から始まっていた。ずっとずっと前からだ」

ダンはコントロールパネルのボタンに触れた。次のデジタル映像がスクリーンに現れた。左のスクリーンにはブライソンの父親、陸軍大将ジョージ・ブライソンが映っていた。屈強な体をした、ハンサムで精悍な顔の男である。その隣りにいるのは母親のニーナ・ローリング・ブライソン。穏やかな物言いをする淑やかな女性で、ピアノを教えており、世界各地を転々とする夫に連れ添いながらも愚痴一つこぼしたことがなかった。右のスクリーンには――警察記録から持ち出されてきた写真――雪の山道で瓦礫と化した車が映っていた。忘れていたあの鋭い痛みが再び胸中を駆け巡った。どんなに月日が流れようとも、それは耐え難いものだった。

「一つ訊かせてくれ、ブライソン。きみはこれが事故だったと思っているのか？　きみはあのとき十五歳にしてすでに、頭脳明晰、スポーツ万能なアメリカの若者の最高峰にいた学生だった。そして突然、両親が死んだ。名付け親がきみを引き取り……」

「ピートおじさん」ブライソンは抑揚のない声で呟いた。彼はかつての自分の世界に、衝撃と苦痛の世界に入り込んでいた。「ピーター・マンロー」

「確かに彼はそう名乗っていた。だが本名じゃない。彼はきみが行くことになっていた大学にきみを行かせ、それ以外にも多くのことできみに関しての意志決定をした。それはすべて、最終的にきみが彼らの手に渡るのを確実にするためになされてきたことだ。つまり、ディレクトレイトの手にだ」

「ぼくが十五のときに親が殺されたと言うのか」ブライソンの頭は朦朧としていた。
「ぼくの人生は隅から隅まで……まったくの欺瞞だったと言うのか」

ダンはためらいがちに口をひらいた。「なんらかの救いがあるとすれば、それはきみ一人じゃないということだ」優しい口調だった。「きみのような人間はたくさんいる。ただ、きみはその中でも最も輝かしい成功を収めた」

ブライソンはＣＩＡの男と議論して、論理の矛盾を指摘し、ぼろを出させてやりたかった。だが強烈な目眩のような感覚と胸を抉られるような罪の意識が彼をがんじがらめに捕らえていた。ダンの言う通りなら、いやおよそ言う通りであるのなら、俺の人生における真実とはなんだ？ 何が本当なんだ？ 俺は自分自身のことすらわかっていないのか？ そして「エレナは？」と、彼は呆然とした表情で訊いた。だが答えを知りたいとは思わなかった。

「エレナ・ペトレスク、彼女も然り。興味深いケースだ。彼女はセキュリターテから引き抜かれ、監視要員としてきみにあてがわれた」

エレナ……嘘だ、そんなことは考えられない、彼女はセキュリターテなんかじゃない！ 彼女の父親はセキュリターテの敵、政府に反旗を翻した勇敢な数学者だ。そしてエレナは……俺が彼女を、そして彼女の両親を救助し、俺たちは二人だけの生活を築き上げ……

カリブ海の果てしなく続く誰もいない砂浜、二人はそこで馬を疾駆させていた。手綱を引き、二人はスピードを緩めた。銀色の月明かりに包まれた涼しい夜。

「ここは二人だけの島ね、ニコラウス?」彼女ははしゃいだ声で言った。「ここにいるのは二人だけ、何もかもが二人のものみたい!」

「その通りさ、ダーリン」ブライソンは彼女の喜びに満ち溢れた声につられて答えた。「言わなかったかい? 機密資金口座から資金を流用したんだ。ぼくはこの島を買ったのさ」

彼女の笑い声は陽気な歌の調べのようだった。「ニコラウス、凄い!」

「きみのその〝ニック-オ-ラス〟って発音、とても好きだよ。そんなに上手な馬の扱い方、どこで覚えたんだい? ルーマニアで馬を持てたなんて思ってもいなかった」

「そお、でもそんなことないわ。わたしはね、カルパティア山脈の麓にあるニコレタおばあちゃんの牧場で乗り方を覚えたの。フトスルのポニーは荷役用として育てられる馬なんだけど、可憐で力強い、地にしっかりと足をつけた素晴らしい駆けっぷりをするのよ」

「まるできみみたいだ」

背後で波が大きな音をたてて砕け散った。彼女はもう一度笑った。「あなた、わたしの国のこと全部は知らないでしょう、ダーリン？　コミュニストがブカレストをあんなにひどい街に変えちゃったけど、田舎のほうにあるトランシルバニアやカルパティア山脈近辺はとても美しいところで、まったく荒らされていないのよ。今だって荷馬車を引いて、昔ながらの生活を送ってるわ。大学での生活に疲れると、いつも家族でドラゴスラベルにいるニコレタおばあちゃんのところへ遊びに出かけたの。おばあちゃんは毎日、トウモロコシの粉を煮たママリガやわたしの大好物のチョルバを作ってくれたわ」

「故郷が恋しいんだね」

「ちょっとだけね。でもわたしが恋しいのは親よ。とてもとても恋しいわ。会えないなんてもの凄い苦痛よ。盗聴防止回線で年に数回話すだけ、たったそれだけだなんて！」

「だけど少なくともきみの両親は安全だ。きみのお父さんには多くの敵がいる。居所が知られれば殺されるだろう。セキュリターテの残党やプロの殺し屋連中が、原始コードを暴露しチャウシェスク政権を崩壊に導いたきみのお父さんに責めを負わせようとしているんだ。今、奴(やつ)らはルーマニア国内や海外に身を隠しているが、骨身に徹する恨みを忘れちゃいない。〝掃除屋〟と言われているチームがあって、昔の敵を探し出しては処刑している。そして奴らは、最大の裏切り者と考えられている男を何がなんでも制裁しようとしているんだ」

「お父さんは英雄よ！」

「もちろんそうだ。だけど連中にとっては裏切り者だ。そして連中は復讐のためには手段を選ばない」

「脅かさないで！」

「きみの両親が身を隠し、保護されているのがいかに大切なことかをわかってもらいたいだけだよ」

「ああ、神様、ニコラウス、両親が無事でいられますように！」

ブライソンは手綱を引き、馬を止めると、エレナを振り返った。「約束するよ、エレナ、どんなことがあろうとぼくがきみの両親を守り抜いてみせる」

沈黙の数分間が過ぎ去り、再び沈黙が訪れた。ブライソンは激しくまばたきし、ついに口をひらいた。「だけど馬鹿げている。ぼくは途方もなく価値のある仕事をやり遂げてきた。何度も何度もぼくは――」

「――完膚なきまでに我々を叩きのめしてきた」ダンが口を挟んだ。タバコを指先で弄んでいたが、火はつけなかった。「きみの輝かしい成功の一つ一つが、アメリカ人の利益に壊滅的な打撃を与えた。これはプロとしてのきみに最大限の敬意を払って言っているまでだ。ああ、そうそう、きみが保護したあの〝穏健的改革を唱えていた大統領候補者〟、覚えているだろう？　あの男は〝輝く道〟（訳注　ペルーの左翼ゲリラ組織）に雇われていた。

スリランカでは、タミール族とシンハラ族の極秘和平交渉が成立する寸前で、きみはその成果をぶち壊した」

高解像度スクリーンのピクセルが攪乱しながら新たな色と形をとり、次の画像がダウンロードされた。ブライソンは画像が鮮明になる前にその顔の正体を認めていた。

アブだった。

「チュニジア……」ブライソンは喘ぎながら言った。「こいつは――この男は狂った連中を糾合しクーデターを画策していた。ぼくが入り込み、反対派グループを動かし、陰で両サイドの糸を引いていた官邸内の黒幕を見つけ出した……」これっぽっちも懐かしくないエピソードだった。ハビブ・ボルギーガ通り沿いでの、あの大量虐殺を決して忘れはしないだろう。そしてアブに仮面を剝がされ、命を奪われそうになったあの瞬間を。

「このときみは」とダンは言った。「アブを罠に陥れた。そして政府に手渡した」

その通りだった。彼はアブを治安維持隊の信頼できる一派に引き渡し、アブはあまたの取り巻きたちとともに投獄された。

「それでどうなったのかね？」ダンは試験官のような口調で質した。

ブライソンは肩をすくめた。「数日後に獄中死した。言っておくが、涙なんて一滴も出やしなかった」

「わたしもそう言えたらいいのだが」ダンの声が不意に強張った。「アブは我々の一員だったのだよ、ブライソン。もっとはっきり言うなら、わたしの部下だった。わたしが彼を仕込んだ。彼は地域全体の指揮者だった。砂漠地帯のな」

「それじゃあ、仕組まれていたクーデターは……」弱々しい声だった。ブライソンは動揺していた。すべて根も葉もないでたらめだ！

「まったくの作り話だ。狂った連中を惹き付けておくための。アブはアル・ナーダを見事に指揮した。それは限りなく危険な綱渡りだった。彼は慎重に、極秘裏に事を進めた。生き抜くためにはそうせざるを得なかったんだ。テロリストの集団、とりわけヒズボラのような超過激派組織に入り込むのがたやすいことだと思うかね？　連中は恐ろしいほどに懐疑的だ。素性のわからない人間はもちろん、その家族の経歴がわからない人間は、自分たちの目の前で一ガロンの血を流させる。イスラエル人の血をな。そうしない限り、奴らには信用してもらえない。アブは残虐非道な如才ない男を演じた。だが、あくまでも我々のための如才ない男だった。いいか、問題は彼がカダフィに接近していたというところにある。極めて近くまでな。カダフィには、アブがチュニジアを落とせば、多少なりともリビア領にできるという思いがあった。アブは奴の無二の親友になろうとした。我々はサハラ以北のすべてのイスラム系テロ集団に直接網をかけられる寸前だった。そのときディレクトレイトがアブの裏をかき、偽の軍需品にすり替えた。はめられたことに気づいたときにはすでに手遅れだった。約二十年間、我々の情報網構築はいたるところで阻止されてきた。素晴らしい仕事だ。チェスの天才たちを正当に評価しなければなるまい。素晴らしい、いや素晴らしすぎる、一方のアメリカスパイ組織がもう一方の組織の仕事を虚仮（こけ）にするなんて。もっと聞きたいかね？　ネパールできみが実際に何をやったのか話そうか？　ルーマニアのことにしようか？　きみはおそらくチャウシェスクを始末することに一役買ったと思ってるんじゃないのかな？　茶番もいいとこだ。旧政府のほとんどのメンバーがある日衣替えをし、新政府を発足させた。このことはきみもわかっているはずだ！　チャウシェスクのしもべたちはずっと以前から独裁者打倒を企てていた。自分たちのボスを失脚させて権力の座を奪おうとしていた。それこそがクレムリンの思惑だった。それでどうなった？　いんちきクーデターが勃発（ぼっぱつ）し、独裁者とその妻はヘリコプターで逃亡しようとした、が、そこでエンジン故障が発生する。二人は密閉された法廷でカンガルー裁判（訳注　法律や人権などを無視した私的裁判）に晒（さら）され、クリスマスの日に一斉射撃を浴びせられた。すべてが巧妙に仕組まれた八百長だった。そして恩恵を被（こうむ）るのは誰か？　東ヨーロッパの衛星国はドミノのごとく崩れていった。筋金入りのコミュニストは追放され、民主主義が到来し、ソビエト圏から離脱していった。だがモスクワはルーマニアを手放すつもりはなかった。チャウシェスクを消さなければならない。奴は危険な宣伝媒体だ。あの男は常にモスクワの頭痛の種だった。にもかかわらず、モスクワはルーマニアをキープしておきたかった。治安機構を維持し、あやつり人形を据え付けたかった。そして奴らの汚い仕事を担っていた連中とは？　きみときみのディレクトレイトの友人たち以外に誰がいる？　いやはや、きみ、いったいどこまで本当のことを話させるつもりかね？」

「黙れ！」ブライソンは怒鳴った。「すべてたわごとだ！　ぼくがそんなに馬鹿だと思っているのか？　ＧＲＵだの、ロシアだの、全部過去のことじゃないか。ひょっとして、あんたら冷戦を追っかけ回してるラングレーのカウボーイたちはまだニュースを聞いていないのか——戦争は終わったんだ！」

「知ってるさ」ダンは掠れた声で呟いた。「にもかかわらず、ディレクトレイトは存在している」

ブライソンはダンを見つめた。言葉が見つからなかった。頭が急速に回転し、思考回路がショートし、火花が飛び散った。

「正直に言おう、ブライソン。きみを殺してやりたい、この手で絞め殺してやりたいと思ったこともあった。ディレクトレイトの機能に関し、全体の筋書きを把握する前の話だ。いや、お互い隠し事は止そう。全体の筋書きに接近するわずかな手掛かりでも持っていると言ったら、わたしはきみと自分自身に嘘をついていることになる。我々はいまだに断片的な知識を持っているにすぎない。ここ数十年噂はあった。だが、まったくと言っていいほど根拠のない噂ばかりだった。冷戦に終止符が打たれるや、ディレクトレイトの活動全体が鳴りを潜めていった。これは盲目の男と象の昔話にも似ている。ここに胴体を感じ、向こうで尻尾を感じる。だが扱おうとしているのがどんな類の獣なのかは依然としてわからない。わかっているのは――我々はここ数年間きみを監視していたのだが――きみが騙されていた連中の一人であるということ。だからわたしはこんなに穏やかに話をし、この手できみの喉を絞めていないのさ」ダンは嫌みったらしく笑った。笑いが短く激しい空咳に変わった。「ところでこれは推測だが、冷戦後、元々の首謀者が組織から身を引いたようだ。指揮権が他の者の手に渡ったらしい」

ブライソンは憮然とした表情のまま、あえて乱暴に訊いた。「誰に？」

ダンは肩をすくめた。「わからない。五年前に組織は活動停滞期間に突入したようだ。解雇されたのはきみだけじゃない。かなりの連中が首を切られた。おそらく拠点も閉ざされているだろう。はっきりとは言えないがね。しかし、再び活動を開始しようとしているふしがある」

「〝再び活動を開始する〟とはどういうことだ？」

「わからない。だからきみをここに連れてきたんだ。我々はちょっとしたネタを小耳に挟んだ。きみの昔のボスたちはなんらかの理由で兵器を集めているらしい」

「なんらかの理由」ブライソンはぼんやりとした声で繰り返した。

「世界的な不安を惹き起こす準備をしていると言ってもいいだろう。いずれにせよ、我々の優秀なアナリストたちはそう判断している。しかし、わたしは自問自答している。奴らの目的は何か？　何を企んでいる？　しかし答えはない。いつも思うのだが、恐ろしいのは自分が知らないことだ」

「おもしろい」ブライソンは嘲笑った。「あんたは〝噂〟を耳にし、〝推測〟し、企業コンサルタントよろしくぼくにデジタルスライドショーを見せておきながら、自分が口にしたことを証明する手掛かりを持ってない」

「だからきみが必要なんだ。旧ソビエト体制は崩壊したかもしれない。だがその指導者たちはまだ白旗を掲げていない。例えばジェネラル・ブシャロフ。あの男はロシアの政治情勢を覆そうとしている黒幕だ。奴がアメリカを非難できるような事態でも起きてみろ、たちどころに権力を手にするだろう。合議制民主主義？　多くのロシア人が言うはずだ。そんなものは糞食らえだ、とな。北京では全人代と中央委員会の両方に強大な勢力を持つ極右派連中がいる。それ自体が独自の勢力でもある中国正規軍、ＰＬＡ（人民解放軍）は言うまでもない。どう見たところで、莫大な金と強大な権力が危険に晒されている。北京のある思想集団に、シャフマティの残党が接近を計った痕跡がある。だがわたしにはそれ以上のことはわからない。悪い奴ら以外は真実を知らないからだ。そして悪い奴らはしっかりと口を噤んでいる」

「あんたがこれまでの話をすべて本気で信じ、前世紀最大の陰謀ゲームでぼくがまぬけな役割を演じてきたと思ってるなら、いったいなんのためにぼくが必要なんだ?」
二人の男はしばし視線を絡め合った。「こともあろうに、きみは組織の指導者であり設立者である人物に仕えてきた。ジェナディ・ロソフスキー――ロシアでの彼のニックネームは、〝魔法使い〟。それできみは?」笑い声がまたもや苦しそうな空咳に変わった。

「魔法使いの弟子だ」

「ふざけるな!」ブライソンは再び怒りを爆発させた。

「きみにはウォラーの思考がわかっている。きみは一番優秀な生徒だった。わたしが何を頼もうとしているかわかったかね?」

「ああ」ブライソンは冷ややかな笑みを浮かべた。「内部に潜り込ませようという魂胆だな」

ダンはゆっくりと首を縦に振った。「我々はきみに賭けている。わたしはきみの愛国心、きみの中の天使の部分に訴えている。だが、我々に借りがないとは言わせないぞ」

ブライソンの心はかき乱されていた。どう考えるべきか、目の前の男になんと答えるべきか、彼にはわからなかった。

「言葉は悪いが」とダンは言った。「連中のにおいを嗅ぎ出そうとするなら、少なくとも最も嗅覚の鋭い捜索犬を送り込む必要がある。わかるだろう?」ダンの手の中のタバコから葉っぱがこぼれはじめた。「きみは連中のにおいを嗅ぎとれる唯一の人間なのだ」

第四章

真昼の強い日差しがKストリート沿いのビルを白く照らし、オフィスの板ガラス窓をぎらつかせていた。ニコラウス・ブライソンはKストリート一三二四番地にある、かつてはとても馴染み深く、それでいて決して正体を見ることのなかった建物を凝視していた。汗が額から滴り、白いシャツをじめつかせている。彼は小型の双眼鏡を目に押し当て、片方の手で慎重に覆い隠しながら、がらんとしたオフィスの窓の前に立っていた。空いている賃貸ルームの鍵を渡した不動産屋は、国際ビジネスマンだと言うこの男が自分のオフィスにするかもしれない場所で、そこの感触を味わうためにせよ、風水術か何の理由であるにせよ、ちょっとの間一人になりたいと言い出したのを奇妙に思ったことだろう。新世代の繊細なビジネスマンの一人だと考えたのか、不動産屋はともかくブライソンをしばらく一人にしてくれた。

ブライソンの脈が波打ち、こめかみがピクついた。そこは長い間のホームベースであり、神聖なる復活の場所であり、絶え間なく移り変わる戦闘の世界の中で常に安らぎを与えてくれたオアシスでもあった。しかし今、その司令部として機能しているモダンなオフィスビルにはまったく懐かしさが感じられなかった。薄暗い、誰もいないオフィスの窓から目を凝らして優に十五分は経過したころ、ドアをノックする音が聞こえた。不動産屋が戻ってきたのだ。返事を知りたくてむずむずしている様子だった。

　微妙な変化とはいえ、Kストリート一三二四番地が変わったのは一目瞭然だった。賃貸者の名を告知しているビルの正面プレートには、以前の借り主同様陳腐な名ではあるものの、別の名が記されていた。ハリー・ダンは本部がKストリートから立ち退いたと言ったが、ブライソンはその話を額面通りに受け取るつもりはなかった。ありふれた光景の中に身を隠すのはディレクトレイトの得意とするところである。「灯台もと暗し」、ウォラーはかつてそう言った。

　だったらプレートの文字は？　〈アメリカ繊維製品製造業者委員会〉と〈アメリカ合衆国穀物生産者委員会〉は、ディレクトレイトのクリエイティブな偽装アーティストに命名された以前の名前と同じほど、もっともらしい組織名だった。だが、なぜ変える必要があったのか？　Kストリート一三二四番地には他にも変化が見られた。密かに監視していた十五分間、通常では考えられないほど多くの人間が正面ドアを通り抜けていった。ディレクトレイトのメンバーやプレートに記された職種の関係者にしては明らかに多すぎる。つまりそこでは、以前とまったく別のことが行なわれているのだ。

結局、ダンの言った通りなのかもしれない。しかし、ブライソンの中の早期警報装置はすでに作動していた。〈何事も額面通りに受け取ってはならない。聞いたことはすべて疑ってかかれ〉テッド・ウォラーの格言の一つである。これはウォラーにもダンにも、そしてついでに言うなら、この業界にいるすべての人間に当てはまる言葉なのだ。

どうすれば警戒されずにビルに入り込めるか、それがずっと頭を悩ませていた問題だった。彼の頭はいくつもの巧妙な侵入方法をひねり出していた。だが、どれをとってもリスクのほうが大きかった。不意にウォラーの――あの忌々しいジェナディ・ロソフスキーの――言葉が頭を掠めた。〈迷ったときは正面から入れ〉この場合は正々堂々と中に入るのが最も効果的な戦略だろう。

しかしゲーム戦略には時に〝二枚舌〟が必要だった。これはいかなる場合にも言えた。ブライソンは不動産屋に礼を言うと、気に入ったことを告げ、賃貸借契約書を用意するよう頼んだ。そして偽の名刺を渡し、次のアポの場所に急行しなければならないことを伝えた。

彼はビルの正面玄関に近づいていった。周囲の急激な〝変化〟に警戒を怠らないよう神経が研ぎ澄まされていた。それは脅迫の合図かもしれないのだ。

ウォラーはどこだ？

真実は？　正気は？

往来を行き交う車の騒音が膨れ上がり、不協和音が彼を包み込んだ。〈きみが真実を知る唯一の道だからだ〉

〈なんの真実だ？〉

〈最初はきみ自身の真実からだ〉

だが真実はどこだ？　嘘はどこだ？

〈きみは自分のことを決して讃えられることのないヒーローだと思っている……きみは十五年間、自分の国に奉仕してきたとも思っている。ディレクトレイトとして知られている極秘の諜報機関で働くことでね〉

止めろ！　世迷い言だ！

エレナは？　きみもか？　生涯の恋人、突然現れ、突然去っていったエレナは？

〈きみは十五年間、自分の国に奉仕してきたと思っている〉

流してきた血が、心の底から湧き上がった恐怖が、命を失いかけた数えきれないほどの一瞬が、他の人間の命を無意味に消し去ってきたと言うのか？

〈これは二十世紀全体を通じて最も大がかりな諜報謀略活動についての話だ。いいかね、すべてが入念に仕組まれた陰謀なんだ〉

〈ぼくの人生は隅から隅まで……まったくの欺瞞だったと言うのか！〉

〈なんらかの救いがあるとすれば、それはきみ一人じゃないということだ。きみのような人間はたくさんいる。ただ、きみはその中でも最も輝かしい成功を収めた〉

狂気の沙汰だ！

〈きみは連中のにおいを嗅ぎとれる唯一の人間なのだ〉

誰かがぶつかってきた。ブライソンは体を翻すや前かがみになり、脇を締めて身構えた。しかし相手の男は、スポーツバッグとスカッシュのラケットを手にした、背の高い、がっしりとした体型のどこかのエグゼクティブだった。男は恐怖の色が浮かんだ目で、ブライソンを睨んだ。ブライソンは謝った。エグゼクティブは一瞥をくれると、大急ぎで歩き去った。

立ち向かえ！　過去に、そして真実に！

テッド・ウォラーではなかったテッド・ウォラーに！　今のブライソンはこのことをよく心得ていた。彼は旧KGBやGRUからの独自の情報網をまだ手放してはいなかった。彼らは隠居するか、あるいは冷戦後の資本主義世界で新たなビジネスに就いていた。ブライソンは記録をチェックし、データを確認し、過去をほじくり返した。電話をかけ、偽名を名乗り、意味がなさそうだが実は極めて重要な意味を含む言葉を囁いた。彼は男たちと接触した。二度と振り返ることはないと信じていた過去の人生で出会った男たちと。アントワープのダイヤモンドのディーラー、コペンハーゲンの弁護士、モスクワの高給取りの国際貿易〝コンサルタント〟や〝アドバイザー〟――これらが連中の第二の顔だった。かつての貴重な情報源であったGRUの役人たちは、案の定スパイの世界からきっぱりと足を洗っていた。しかし、彼らの誰もが過去の記録を金庫に保管したり、暗号化して磁気テープに保存したり、あるいはぎっしりと詰まった脳味噌の中にしまい込んでいた。そして彼らの誰もが、過去の職業で情報と引き換えに大金を手渡してきた男からの接触に驚き、あるいは狼狽し、あるいは恐怖に駆られた。それぞれの接触において、二人の男の身元確認が何度も繰り返し行なわれた。

そして、ジェナディ・ロソフスキーとエドマンド・ウォラーは同一人物であることが確認された。

テッド・ウォラー――ブライソンのかつての上司であり、親友であり、雇い主だった男――はGRUの諜報部員だった。またもやCIAの男、ハリー・ダンの言った通りだった。狂っている！

外ロビーに入ると、常時変更されるコードナンバーを入力するインターコム・パネルが取り外されていることに気づいた。そこにはガラスケースに入った弁護士事務所とロビー団体の案内板が設置されていた。それぞれの社名の下に責任者と従業員の名前が記されている。ブライソンはブザーを鳴らすとか、鍵を外すとかといった手続きなしに正面ドアが開いたことに驚いた。誰でも自由に出入りできるのだ。

防弾ガラスではない、普通のガラスドアの向こうにある内ロビーはほとんど変わっていなかった。背の高い半月形をした大理石のカウンターの後ろにガードマン兼受付係がいる標準的な受付ホールである。青いブレザーを着て、赤いネクタイをした若い黒人の男が事務的な様子でブライソンを見上げた。

「アポを取ってあるんだが――」彼は外ロビーの案内板にあった名前を思い出そうとして、ほんの一瞬口ごもった。「アメリカ繊維製品製造業者委員会のジョン・オーケス氏にね。わたしはボーン連邦議会委員事務所のビル・サッチャーという者だ」彼はかすかなテキサス訛り(なま)りを使った。ルーディ・ボーン連邦議会委員はテキサス州出身の実力者で、その発言および委員長職にあるという事実が繊維委員会に少なからぬ意味を持つことは間違いない。

型どおりの手続きが済むと、受付係が委員会の理事室に電話で取り次いだ。理事長付きの幹部補佐はボーンの立法政策担当側近の訪問など寝耳に水だったが、かくも重要な人物をもてなせることはこの上ない喜びだった。髪を部分脱色した、快活そうな若い女性がやってきて、ブライソンをエレベーターに案内しながら手間をとらせた詫(わ)びを何度となく口にした。

三階で降りると、エレベーターの前には、あわててブロンドの髪に櫛を入れたらしい、高価なスーツを身につけた、いささか決まり過ぎているように見える男が待ち受けていた。オーケスは飛びつかんばかりにブライソンに近づき、両腕を広げた。「ボーン先生のご支援には心から感謝しています！」ロビイストは声を弾ませ、両手でブライソンの手を固く握りしめると、親しげな口調で付け加えた。「ボーン先生が強いアメリカを維持し、粗悪な、不当に安値のつけられた輸入品を締め出すことの重要性を理解していらっしゃるのは存じておりますよ。つまり、モーリタニア産の繊維のことですけどね。この国はあんなものと関わりを持っちゃだめなんです！　先生はちゃんとそのことをわかっていらっしゃる」

「ボーン先生は、あなた方が支援している国際労働基準法案に関して、詳しい内容を知りたがっています」ブライソンはかつてとても馴染み深かった廊下を歩きながら、辺りに目を配った。しかし、昔の同僚たちはいなかった。クリス・エッジコームも、単に顔だけ知っている他の連中も。通信ステーションも通信モジュールも広域人工衛星モニターもなくなっている。オフィスの調度品を含めてすべてが変わっていた。フロアー全体が根本から作り替えられたかのように、間取り図すら変更されていた。かつての小火器庫は値の張りそうなマホガニーのテーブルと椅子を置いた、スモークガラスの壁に囲まれた会議室になっていた。

りゅうとした身なりのロビイストは、奥まった場所にある自分のオフィスにブライソンを招き入れ、椅子を勧めた。「先生が来年、再選を目指していることは知ってますよ」男は身を乗り出した。「強いアメリカ経済を維持する重要性を理解していらっしゃる先生方を支援することこそ、最も肝要なことだと我々は考えているんです」

ブライソンは室内を見回しながら上の空でうなずいた。この部屋はかつてテッド・ウォラーのオフィスだった。わずかに残っていた疑いすらも今はきれいさっぱりと消え失せていた。ここは架空の組織でも秘密の組織でもなかった。

ディレクトレイトは消え去った。ディレクトレイトの正体について、ハリー・ダンが話したことを裏付けられる——あるいは否定出来る——唯一の男、テッド・ウォラーの痕跡はどこにもなかった。

嘘をついているのは誰だ？　真実を語っているのは？

以前の雇い主たちが元々存在していなかったかのように地表から姿を晦ました今、探す手段はどこにある？

ブライソンは打つ手に窮した。

二十分後、立体駐車場に停めてあるレンタカーに戻ると、ブライソンは半ば条件反射的に車をチェックした。運転席側のドアハンドル沿いに取り付けておいた細い圧力感知フィラメントも、助手席側のそれもそのままの状態だった。鍵を開けるにせよ、他の手段を用いるにせよ、車内に侵入しようとすれば知らぬ間にその目印を取り除くことになる。さっと膝(ひざ)をついて車体の下に目を走らせ、何も仕掛けられてないことを確かめた。Kストリートに向かう途中も、立体駐車場に入るときも尾行の気配はいっさい感じられなかったが、スパイ行為をしている以上、もはや彼は安全ではなかった。車のキーを回す瞬間、長い間忘れていた胃が突き上げるような緊張のしこりが戻ってきた。現実を司(つかさど)る恐怖の一瞬は無事過ぎ去った。エンジン始動による爆発はなかった。

平面交差点を通って出口までくると、磁気テープのついたチケットをゲートバーのカード読み取り機に差し込んだ。チケットが吐き出されてくる。畜生！　ブライソンは一人悪態をついた。慎重の上にも慎重に事を運んできたにもかかわらず、単なる機械の故障に手間どるとは、ほとんど――ほとんどであって、まったくではない――笑い話である。彼はもう一度カードを挿入した。それでもゲートは開かない。係員がうんざりした様子で管理室から姿を現し、車のドアに歩み寄ってきた。「わたしがやってみますよ、お客さん」係員はチケットを入れた。チケットはまたもや押し返された。係員は青いチケットにちらっと目をやると、ふと何かに気づいたかのようにうなずき、再びブライソンに顔を向けた。

「お客さん、これ、入ってきたときに受け取ったチケットですか？」係員はそう訊(き)きながら、ブライソンにチケットを返してよこした。

「どういう意味だ？」ブライソンは腹立たしげに言った。この男はこれが俺の車でなく、他人の車をかっぱらおうとしていると言いたいのか？ 彼は係員を振り返った。そして振り向きざまに目に入った男の手に、何か引っかかるものを感じた。

「違いますよ、お客さん、お客さんが考えているような意味じゃありませんよ」係員はそう言いながら、車の窓に上体を近づけた。次の瞬間、ブライソンの左のこめかみには、冷たく硬い銃口が押しつけられていた。係員は小口径の、銃身の短いピストルを握っている！ 馬鹿（ばか）な！「いいかい、お客さん、その両手をハンドルから離すんじゃないぜ」係員は低い、どすの利（き）いた声で言った。「こんな物騒なものは使いたくないんでね」

しまった！ 男の手ときれいに切られた爪（つめ）——これは必要以上に見掛けに気を配っている人間、おそらく気位の高い金持ち連中と付き合いのある人間の、しなやかなよく手入れされた手だった。駐車場の係員の手ではない。だが、気づくのが一瞬遅かった！

男はすかさず後ろのドアを開けて後部座席に滑り込み、再びブライソンのこめかみに銃口を押し当てた。

「行け！ 早くしろ！」偽（にせ）係員は矢継ぎ早に叫んだ。「ハンドルから手を離すな。手を滑らせて引鉄（ひきがね）を引きたくないんだ、わかるな？ ちょっとドライブしようじゃないか、おれとあんたと二人だけで。新鮮な空気でも吸おうぜ」

ブライソンの武器はダッシュボードの中だった。今は駐車場からKストリートに車を出して、偽係員に言われるがままに進むしかなかった。幹線に入るや、銃口がこめかみに食い込んだ。後部座席の男は低い、よく通る声で嘲った。

「今日みたいな日がくると思ってたかい？」プロは言った。「いつかはこんな日が来るもんさ。あんたは踏み込みすぎた。ちょっとばかり出しゃばりすぎた。引くべきところで押した。もはや自分には関係のないものに首を突っ込んだんだ」

「行き先を聞かせてくれないか？」ブライソンは軽い口調で言おうとした。心臓は早鐘を打ち、頭に血が上っている。そして話のついでにといった調子で付け加えた。「ニュースをつけても……？」何気ない振りをして右手をラジオのスイッチに伸ばした。と、次の瞬間、銃身が頭に叩き込まれ、殺し屋がわめいた。「ふざけるんじゃねぇ、ハンドルを握ってろ！」

「くそったれ！」激しい痛みがブライソンを襲った。「少しはまともに扱え！」

ブライソンのもう一つの武器であるグロックが腰のホルスターに入り、骨盤にぴたりと身を擦り寄せていることを殺し屋は知らない。だが、ブライソンにはチャンスがなかった。

問題はそれをどうやって取り出すか？　殺し屋——男がディレクトレイトの一員であるにせよ、一時的な雇われ人であるにせよ、プロの殺し屋であるのは間違いない——は、ブライソンの手が常に見える位置にあることを要求していた。今は言われる通りにして、相手が注意をそらす瞬間を待つしかない。この男の特徴は大方把握していた。大胆な計画、迅速な無駄のない動き、よくまわる舌。

「ベルトウェーの外れにある、人目をはばからずに二人の男が話のできる場所とだけ言っておこう」だが、話し合いという文字がこの男の計画にないことは明らかだった。

「たまたま拳銃(けんじゅう)の前と後ろにいる同業の二人の男がな、それだけさ。あんたもわかっての通り、私情は絡(から)んでいない。まったくのビジネスだ。照準越しにあんたを見た時、それがあんたの最期(さいご)だ。いったん回りだした歯車は止められない。あんたが現役のころとても有能だったことはわかっている。だからこの状況を男らしく受け入れると信じているよ」

ブライソンは何も答えずに己の選択肢を考えていた。駆け出しの頃以外は銃口を向けられる側にいたことはなかったが、似たような状況は何度となく経験してきた。後部座席にいる男の思考のフローチャートはわかっていた――Aが起きればBで対処する。突然動く、命令を無視して違う方向に向かう、いきなりハンドルを切る、あらゆる場合に備えて相手はその対抗手段を用意している。殺し屋は往来では引鉄を引かないだろう。車が暴走し、二人揃(そろ)ってあの世行きの恐れがあるからだ。敵の選択肢の見極めが今のブライソンに講じられるわずかな戦術の一つだった。

しかし同時に、必要とあらば男がためらうことなくブライソンの頭を撃ち抜き、身を乗り出してハンドルを握ることもわかっていた。好ましくない可能性だ。

車はキー・ブリッジを渡っていた。「左だ」男は怒鳴った。レーガン国際空港の方向だった。ブライソンは観念した振りをして、ぶつくさ言いながら従った。相手の警戒心を解くに越したことはない。

「そこの出口だ」殺し屋が指示した。ほとんどのレンタカー会社が支店を構えている界隈に通じる出口だった。

「駐車場で始末することだってできただろうに」ブライソンは愚痴をこぼすように呟いた。「いや、そうすればよかったんだ」

だが、殺し屋は戦術上の内輪話にうつつを抜かすほど愚かではなかった。どうやらこの男はブライソンの性質や、ブライソンがこういう状況でどんな反応を見せるかを充分に教えられているらしい。「そいつは考えもしなかったぜ」プロは忍び笑いを漏らした。「ビデオカメラに囲まれた、目撃者がいるかもしれない場所で殺るなんてな。冗談もほどほどにしてくれ。あんただって間違ってもそんなことはしないはずだ。おれが聞いている限りあんたはそんな馬鹿じゃない」

語るに落ちた。男が一時的な雇われ人、つまり部外者だということがはっきりした。それは援護してくれる人間がいないということを意味していた。男は単独で動いている。

ディレクトレイトの一員ならフォロー役がいるはずだ。これは貴重なデータだった。

車はかつて中古車置き場だった敷地の外れにある、人気(ひとけ)のない、がらんとした駐車場に入っていった。ブライソンは指図通りに車を止めた。男に話しかけようとして頭を右に向けるや、銃身がこめかみに捻(ねじ)り込まれた。プロは苛立(いらだ)ちを隠そうとしなかった。

「動くな」鋭い声が耳に飛び込んできた。頭を戻し、まっすぐ前を見ながらブライソンは口をひらいた。「なぜさっさとやらないんだ？」

「同じような目に遭った連中の気分を充分に味わわせてやってるのさ」男は楽しそうに言った。「恐怖、虚(むな)しさと絶望、そして諦(あきら)めの境地をな」

「そんな哲学的な話に興味はないね。あんたはきっと、小切手の発行人すら知らないんだろう」

「それを換金すること以外には興味がない」

「連中が誰であっても、何をしようとも」ブライソンは静かに言った。「アメリカに敵対する連中であろうがなかろうが、か」

「そう、小切手が換金出来る限りはな。おれは政治には興味がない」

「おそろしく短絡的だな」

「おれたちは短絡的な商売をしている」

「そう早まる必要はないさ」ブライソンは一瞬沈黙した。「お互いに歩み寄ればの話だが。この道の人間は誰でもいくらかは自分の懐にしまい込むもんだ。暗黙の了解というやつだ。機密資金口座の金、後払いの経費、もちろんふっかけて請求した経費だ——つまり与えられた経費の何パーセントかはロンダリングしたり、市場に投資したりして蓄える。そうやって自分のために役立つ金を貯め込むんだ。ぼくは今その一部を自分のために使いたいと思っている」

「自分の命を買おうというわけか」プロは重々しい口調で言った。「だが、一回の取引じゃおれの生計が成り立たないことを忘れてるんじゃないのか？　あんたは個人銀行かもしれないが、連中は大銀行だ。それに組織相手は分が悪い」

「その通り。組織相手は分が悪い」ブライソンは同意した。「しかし、聞かされていたよりもはるかに標的は手強くて、狡猾だったと報告すればいいだけだ。逃げやがった。まったく大した野郎だった、ってな。連中は疑わない。どのみちそれが奴らの信じたいことなんだ。あんたは金の出所である依頼人をキープし、ぼくが契約金の倍を支払う。ビジネスの常套だと思うがね」

「金の出し入れは昨今厳重に監視されているんだ、ブライソン。あんたの頃とは違う。金はデジタル化されている。デジタル取引は跡を残す」

「現金は跡を残さない。番号が控えられていない限りは」

「この頃はどんなことだって跡を残すのさ。あんたも知っての通りな。悪いが仕事をさせてもらう。今回のケースは楽になりたいがための自殺だ。あんたには鬱病の病歴があるからな。あんたは人に話せない過去があり、緑に囲まれた大学での生活は刺激的なスパイ活動とは較べものにならなかった。あんたに臨床的鬱病の診断を下したのは一流の精神科医であり、精神薬理学医でもある――」

「残念だが、ぼくは政府から派遣された精神科医に診てもらったことしかない。それも何年も前にな」

「それこそ残念だが、あんたの健康保険記録によれば」殺し屋の声には冷ややかな含み笑いの響きがあった。「あんたは一年以上前から精神科通いをしている」

「でたらめだ！」

「コンピュータでデータベースを管理するこの頃はなんだって可能なのさ。薬局の記録もある。あんたは抗鬱剤を処方してもらい、抗不安薬、睡眠薬とともに購入している。何もかもが揃っているんだ。あんたの家のパソコンには遺書も残されている」

「遺書はふつう直筆だ。タイプされたり、パソコンで作成されることはない」

「万が一に備えて消去する準備もしているさ。だが、間違いなく誰もそこまで突っ込んでは調べない。検死もされないだろう。あんたには死体解剖を要請する家族もいない」

プロが指図された通りに話していることは疑いなかったが、その言葉はブライソンの心に深い傷を負わせた。なぜなら真実だからだ。彼には家族がいない。エレナが立ち去って以来。いや両親がディレクトレイトに殺されて以来。ブライソンは胸の内でそう苦々しげに付け加えた。

「だがひとこと言っておくと、おれはこの任務を与えられたことを光栄に思っている」殺し屋は語を継いだ。「なんたってあんたはフィールド・エージェントのトップにいた男らしいからな」

「自分に白羽の矢が立った理由を知ってるのか？」

「知らないし、興味もない。仕事は仕事だ」

「無事でいられると思ってるのか？　あんたに秘密を漏らして歩かれるのを連中が喜ぶと思っているのか？　ぼくがどれだけあんたにしゃべるか誰にもわからんだろう？　これが最後の仕事になるとは思わないのか？」

「痛くも痒くもない言葉だ」その口調にはしかし説得力がなかった。

「とにかく、ぼくにはあんたの雇い主があんたを生かしておくとは思えない」ブライソンは陰にこもった声で続けた。「問題は、ぼくがあんたに何を漏らしたか、ということだ」

「どういう意味だ？」しばしの息詰まる沈黙の後に、殺し屋が口をひらいた。男は一瞬躊躇した。押し当てられていた銃口の圧力が弱まった。ブライソンはこの一瞬に賭けていた。暗殺者がためらうこの瞬間に。静かにハンドルから左手を落とし、背中に滑り込ませてグロックを握った！　次の瞬間には銃口を座席の背もたれに向け、連続で引鉄を絞った。大口径の銃弾がシートのクッションをたてつづけに三度貫き、鼓膜が破れんばかりの音が車内に轟いた。果たして殺し屋に命中したのか？　ピストルの銃身が後頭部からずり落ちるや答えは出た。ブライソンはグロックの銃口を向けたまま、素早く振り返った。額の上半分を吹き飛ばされ、男は死んでいた。

二人の男は今回、ラングレーのCIA新築ビル七階にあるダンのオフィスで会った。型通りのセキュリティチェックはパスされ、ブライソンは最小限の儀式でCIA本部への立ち入りを許可された。

「ディレクトレイトの連中がきみに死の宣告を下したとはね」ハリー・ダンは嗄れた声で笑い、そのまま激しく咳き込んだ。「奴らは誰を相手にしているのか忘れていたに違いない」

「どういう意味です？」

「連中が誰を送り込もうときみにはかなわないということだ、ブライソン。あの愚か者どもは今ごろそのことを思い知らされてるはずだ」

「このビルのこのオフィスで、ぼくに洗いざらいぶちまけられたくないとも思っているでしょうね」

「ぶちまけられるネタを持っていてもらいたかったよ」ダンはぼやいた。「だが、奴らはきみを孤立させ、引き離しておく術を心得ていた。きみは仲間の実名を知らない。知っているのはレジェンドだけだ。それじゃほとんど役には立たない。ディレクトレイト内で使われる、あるいは使われていたレジェンドでは、我々の持っているデータを検索できないからな。きみの言う〝プロスペロ〟は——」

「言ったはずです、その男をその名でしか知らないことは。それに十五年以上も前の話だ。フィールドで十五年と言えば、地質年代の一代にも等しい。プロスペロはオランダ人だ。いや、少なくともオランダ出身で、極めて有能な諜報員だった」

「我々の優秀なスケッチアーティストたちが、きみの話にもとづいて絵を描き上げた。我々はその像を、蓄積してきた写真や写生図や口頭による叙述と釣り合わせようとしている。だが人工知能ソフトはまだ充分に進歩していない。扱いが困難な上に、仕事がぞんざいだ。デジタルハードディスクの操作員の言葉を借りるなら、我々はこれまでのところ一つだけヒットした。上海での極秘脱出のケースできみが組んだと言っていた男だ」

「シグマか」

「本名はオーグルビー、フランク・オーグルビーだ。住所はサウスカロライナのヒルトンヘッド。いや、そこにいたと言うべきだろう」

「引っ越し？　それとも転勤？」

「ある暑い日の人でごったがえした砂浜。七年前の話だ。心筋梗塞で突然倒れたらしい。目撃者の話だと、ちょっとした騒ぎになったそうだ。人で溢れた板張りの遊歩道でな」

ブライソンは窓のない壁を見つめながら、静かに考えていた。そしてだしぬけに口をひらいた。「蟻を探すならピクニック場へ行け」

「なんだって？」ダンはまたもや無意識のうちにタバコをくしゃくしゃにしていた。

「ウォラーの格言の一つです。蟻を探すならピクニック場へ行け。奴らがいた場所を探すんじゃなく、奴らのいる場所を考える。自分自身に問うんですよ。奴らは何を欲しがっているのか？　どんな青写真を描いているか？」

ダンはしわくちゃになったタバコを捨てて顔を上げると、突然鋭い目をした。「兵器だ。連中は兵器を蓄え、我々の考えでは、南部バルカン諸国で混乱を引き起こそうとしている。といっても、最終目標は別の場所のはずだがね」

「兵器か」ブライソンの心の中を何かがよぎった。

「銃と弾薬。しかも高性能の代物」ダンは肩をすくめた。「夜陰に乗じて射ち上げる類のもの。それらの爆弾が投下され、銃弾が発射されるや、上官の顔が満足気に輝きだす。連中が何を企んでいようと、我々はそれを阻止しなければならない。どんな手段を使おうとな」

「どんな手段を使おうと？」

「わたしもきみもその意味を理解している。もっともリチャード・ランチェスターのような真っ正直な人間には決して理解できない。まっとうな心積もりだけだと、結局のところ単なる理想主義で終わってしまう。聖者たちはもうこの世にはいない、そのことに気づかなきゃならんのだ」聖人君子の誉れ高いリチャード・ランチェスターは国家安全保障会議の事務局長である。「ディック・ランチェスターは規則と規律を信じている。だが、世界は規則で動いていない。時には、規則を救うためには規則を壊さなきゃならないこともある」

「クイーンズベリー・ルールじゃ世界は動かせないと？」ブライソンはテッド・ウォラーの言葉を思い出しながら言った。

「兵器をどうやって調達していたのか教えてくれ。政府からの接収品でないことはわかっている。裏取引の類か？」

「実のところ道具の調達には常に細心の注意を払っていた——ぼくたちはそう呼んでいたんです、軍需品のことを。あんたの言う通り、多くの制約を受けて秘密裏に物資をかき集めなければならなかった。譲渡証を持参して軍の武器保管所にトラックを走らせるのとはわけが違った。例えば八二年にコモロで行なわれたような、軍需品集約型の作戦を実行するとしましょう。ちなみにあのときは、政府に不満を抱く傭兵部隊による占領を阻止するのが目的だった」

「連中はCIAだった」ダンは我慢できないといった調子で口を挟んだ。「そして彼らの目的はパトリック・デナード大佐という狂人に誘拐され、人質にされていた十人ほどのイギリス人とアメリカ人を救い出すことだった」

ブライソンはたじろいだ。が、そのまま話を進めた。「まずはカラシニコフのライフルを二、三百挺。これは安く、期待を裏切らず、しかも軽量だ。加えて十ヶ国ほどで製造されているので入手経路が辿られにくい。暗視スコープ付きのスナイパーライフルもある程度は用意する必要がある。願わくばBENS9304かジャガー・ナイト・スコープがいい。そしてロケット弾発射筒とロケット手榴弾。できればCPADテクノロジーズの製品が欲しいところだ。スティンガーミサイルも何かと重宝する。これはギリシアが認可を受けて大量生産しており、入手しやすい。クルド族のゲリラ（PKK）の連中は、それらをタミルタイガース（タミルイーラム解放のトラ）に売り渡して資金を得ていた」

「話が見えないな」

ブライソンはいらいらした様子で溜息をついた。「違法の武器輸送には相当数の紛失がつきものだ。どういうわけかすべての積み荷から少しずつなくなっている」

「トラックの荷台から落ちる――」

「そういう言い方もできるでしょう。当然ながら、武器よりも弾薬のほうが肝心なのだが、結局、素人は弾薬より銃を多く積み込むことになる」

ダンは不思議そうにブライソンを眺めた。「きみはやっぱり凄かったようだな」それは質問でもなかったし、世辞でもなかった。

ブライソンは不意に立ち上がった。目が見ひらかれていた。「ぼくはやつらを発見できる場所を知っている。とりあえずどこを当たればいいのか。ちょうどこの時季は」彼はデジタル・ウォッチの日付に目をやった。「なんてことだ、あと十日もすればコスタ・ダ・モルテ沖で――つまりスペイン沖の公海で――毎年恒例の船上武器バザールがひらかれる。メーシーズの感謝祭のパレードよろしく、定期的に行なわれている二十年来の恒例行事みたいなものですよ。巨大コンテナ船がメジャーリーグ級の兵器と密売人で埋め尽くされる」そこで彼はちょっと間をおいた。「船の登録名は〝スペイン無敵艦隊〟です」

「ピクニックか」ダンは狡そうな笑みを浮かべた。「蟻の集まる場所。なるほど、悪くはないな」

ブライソンはうなずきながら、まったく別のことを考えていた。昔の仕事に戻るという思いが――騙されてその世界に引きずり込まれたことがわかった今となっては特に――彼の心に激しい嫌悪感を渦巻かせていた。しかし別の感情もあった。怒り、そして復讐の念が。さらにもう一つ、静かな感情もあった。それは自らの過去を徹底的に調べ上げ、解明しなければならないという欲求、あらゆる秘密と嘘をかき分け、真実に、つまり自分の心と折り合いをつけられる真実に到達したいという欲求だった。「その通り」とブライソンはじれったそうに言葉を添えた。「反逆者のグループであれ、政府の秘密組織であれ、どんな集団だって公の監視を受けずに武器を調達することには興味を持つでしょう。〝スペイン無敵艦隊〟は常にピクニック場なんです」

第五章

大西洋。スペイン、フィニステレ岬より南西十三海里

その船は霧の中からぬっと現れたかのように、街の一区画、いやひょっとすると数区画にも及ぶやもしれぬ巨大で不気味な影を晒した。全長千フィート、黒い船殻は半ば水中に沈んでいる。この超大型貨物船には多彩な配色を施された波形の金属製コンテナが積載されていた。三段積みにされた長さ二十フィート、高さ九フィートのその箱は縦八列、ブリッジから舳先まで横十列に並べられている。ベル407ヘリコプターが船の上空を旋回し、船首楼の真上に近づくや、ブライソンはさっと計算した。二百四十の巨大な箱、それは甲板の上の見えている貨物にすぎなかった。甲板の下にはその三倍のコンテナが隠されているに違いない。莫大な量の積み荷は箱がすべて同じであるがゆえにいっそう不気味さを増し、それぞれの中身を禍々しく感じさせていた。

ヘリコプターのまばゆいライトが甲板全体をくっきりと照らし出した。船尾には、黒っぽい窓のある白い船楼がコンテナの横に聳え立ち、そのブリッジを新型のレーダーや衛星アンテナが埋め尽くしていた。甲板室は別種の船舶のそれに見えた。貨物船ではなく豪華客船の。船首楼甲板に描かれた円内の巨大なHの文字の上に静かに着陸するヘリコプターの中で、ブライソンはこの船が単なる貨物船でない理由をつくづくと思い知った。

そう、この船は〝スペイン無敵艦隊〟。それはテロリストやスパイ、非合法あるいは法の網の目をくぐろうとしている秘密諜報員たちの闇の世界では伝説的存在になっている。もっとも、この〝無敵艦隊〟は無敵でも艦隊でもない。それは最新鋭かつ、現実の世界の兵器をぎっしりと積み込んだ巨大船舶の別称である。この船上での武器バザールを主催する、謎に包まれた首領カラカニスが物をどこで手に入れるのかを知る者はいない。だがその多くは、大量の兵器を所有しているものの資金の不足している、ブルガリアやアルバニアなどの東ヨーロッパ諸国、ロシア、北朝鮮、中国といった国から極めて合法的に購入されていると囁かれていた。カラカニスの顧客は世界中から、つまり裏の世界中からやって来た。アフガニスタンからコンゴに至る内戦の絶えない一帯からも。そこでは合法的に選任された政府の代理人によって不法に購入された兵器が大火をかき立てている。彼らはスペイン沖十三海里の地点に錨を下ろしたこの船――大陸棚のすぐ向こう、スペイン領海域を少し外れた地点に停泊しているこの船――を訪れて、法の拘束を受けずに思うがままにビジネスをしているのだ。

ブライソンは他の三人の乗客と同時に、ヘッドホンを外した。彼はマドリードに飛んで、イベリア航空に乗り継ぎ、ガリシアのラ・コルニャまで来た。そこで他の乗客とともにヘリコプターに乗り、南西四十七マイルにある港町ムーロスに立ち寄り、さらに十三マイル飛んでこの船に到着した。乗客たちは儀礼的な当たり障りのない会話以外はほとんど言葉を交わさなかった。お互いがそれぞれを買い物客、カラカニスと取引をしにきた客だと決め込んでいた。つまり話す必要がなかった。彼らの一人はIRA（アイルランド共和国軍）の過激派だと思われるアイルランド人。もう一人は中東、あとの一人は東ヨーロッパから来たらしい。パイロットは不機嫌そうに黙りこくったバスク人。ヘリコプターの内装は豪華で、革張りの椅子と球状の窓ガラスが備え付けられていた。カラカニスはどんなところにも金を出し惜しみしないらしい。

ブライソンは普段着ている地味な服よりはるかにあか抜けた、イタリア製のスーツを身につけていた。この船上バザールに備えて、CIAの経費で仕立てられ、購入された代物である。何年も前に使っていたディレクトレイトでのコードネームを用いてのフライトだった。

ジョン・T・コールリッジは、汚い商取引に深く関与していることで知られるカナダのビジネスマンで、アジア諸国やペルシア湾岸の二、三の危険な国に蔓延る犯罪シンジケートのブローカーを演じ、場合によっては殺し屋の斡旋すら行なっていた。彼は得体の知れない人物だったが、その名は特定のサークル内で知られており、そこが肝心な点だった。確かにコールリッジは七年間姿を現していないものの、この普通でないビジネスの世界ではとくに珍しいことではなかったのだ。

ハリー・ダンは、CIAのテクニカル・サービス・ディビジョンにいるグラフィックアートを操る鬼才たち――婉曲的に〝認証及び検証〟と呼ばれる分野に精通する捏造のプロ――が創り出す新しいレジェンドを使うことを強く勧めた。だがブライソンはきっぱりと断った。国の機関にペーパートレイルを残すことで、機密漏洩のルートを作りたくなかった。ハリー・ダンを信じるか否かはまだ先の問題なのだ。実際彼はダンの組織を信用していなかった。CIAが故意に機密を漏洩する掟破りを犯したという噂を長い間耳にしてきたからだ。かくして彼はまったくためらうことなく、昔のコードネームを使った。

しかしブライソンはカラカニスと面識がなかったし、〝スペイン無敵艦隊〟に足を踏み入れたこともなかった。バジル・カラカニスは接近してくる人間に対して用心深いことで有名だった。ビジネスの性質上、大火傷を負う可能性があるからだ。そこでブライソンはバジルに受け入れられるための根回しをした。

彼は武器取引のブローカー役を演じたことがある。そのとき実際に金は動かなかった――結局、取引は成立しなかった――ものの、コールリッジとして数回会ったことのあるドイツ人の兵器ブローカーに連絡をとった。トロントで豪華なホテル住まいをしているこの男は、かつてドイツキリスト教民主党の指導者たちに賄賂を贈り、そのことで窮地に陥っていた。男は捕まって本国に送還され、法廷に引きずり出されるのを恐れていた。同時にひどく資金を必要としていた。だからブライソンは、二人でちょっとしたビジネスをやらないかというジョン・コールリッジからの提案に、このドイツ人が大いに興味を示したことにもとくに驚かなかった。

ジンバブエ、ルワンダ、コンゴの策略家グループの代理人に扮したコールリッジは、彼らが強力な、入手しにくい、高価な兵器を購入したがっていること、そしてそれを提供できるのはカラカニスしかいないことを話した。しかし現実問題として、カラカニスの武器バザールへの立ち入りを許されない限り、この武器取引が成立しないことをコールリッジは充分に心得ていた。カラカニスと幾度となくビジネスをしてきたこのドイツ人が二人の仲を取り持ってくれれば――カラカニスの船に紹介状のファックスを流すだけで――この儲け話に一枚嚙み、莫大なコミッションを手にすることになるだろう。

ブライソンと他の乗客たちがヘリコプターから降りると、若くて、頑健な体つきの、禿げかかった赤毛の男が手を差し出し、愛想笑いをしながら出迎えた。男は客たちの名を口にはしなかったが、自らをイーアンと名乗った。

「本当によく来て下さいました」イーアンはイギリス上流階級のアクセントで言った。「最高病に伏せった友人を見舞いに来た昔の仲間を目の前にしているかのようだった。これ以上の夜は望めまの夜にいらっしゃいましたね。穏やかな海、輝くばかりの満月。これ以上の夜は望めません。ちょうど夕食の準備も整ったところです。さあ、こちらへどうぞ」彼はそう言うと、ヘリポートの目の前でサブマシンガンを片手に待機している、三人のいかついガードマンの方に手を振った。「不粋なまねではなはだ恐縮ですが、みなさんもバジル氏のことはご存じでしょう」男は済まなそうに微笑んで、肩をすくめた。「ご承知のとおり、ひどく警戒心の強い方です。この頃はことさらにね」

黒服に身を包んだ三人のガードマンは新たな四人の到着客を睨みつけながら、慣れた手つきでボディチェックした。アイルランド人が抗議の声を上げたが、ガードマンの手は止まらない。ブライソンはこの儀式を予想していたので、武器を携帯していなかった。彼の体に手を這わせていた男はお決まりの場所のチェックに加えて、例外的な箇所にも手を伸ばした。だが、もちろん何も発見されない。続いて男はブリーフケースを開けるよう要求した。「書類か」そう呟いたアクセントから、ブライソンは男をシチリア人だと判断した。

男はどうやら気が済んだらしい。

あたりを見回すと、舳先にはパナマの国旗が掲げられ、大部分のコンテナには〝ランクA／爆薬〟のラベルが貼り付けられていた。一部の特別扱いされているバイヤーは商品を吟味したり、実際にコンテナの中を見ることを許可されていた。だが、積み荷はここでは下ろされない。〝スペイン無敵艦隊〟は後日、カラカニスの本拠地と考えられているエクアドルのグアヤキル、あるいはブラジルのサントスのような安全な港を選んで寄港する。この二つの港は地球上で最も悪名高い、現代の海賊たちの巣窟なのだ。地中海ならば、世界最大の抜け荷拠点の一つ、アルバニアの港市ブローレに船をつけるだろう。アフリカならナイジェリアのラゴス、リベリアのモンロビアといったところか。

ブライソンはガードマンの横を通り抜け、中に入った。

「さあ、こちらです」イーアンは甲板室に手を差し向けながら言った。そこには乗組員の部屋、ブリッジ、そしてカラカニスの特別室とオフィスがある。四人の乗客の後ろから、ある程度の距離を置いて武器を手にしたガードマンがついてきた。ヘリコプターがけたたましい音をたてて発進したが、船楼に着くころにはその音も耳に届かなくなった。

今、ブライソンは海上でお馴染みの、かもめの鳴き声や船腹を打つ小波の音を聞き、ディーゼル排気ガスの強い刺激臭の混じった潮の匂いを嗅いでいた。こうこうと輝く月が大西洋の水面を照らしている。

五人の男は体をくっつけるようにして小型のエレベーターに収まり、メイン甲板から06甲板へと移動した。

ドアが開くや、目の前の光景にブライソンは驚いた。億万長者たちのヨットの中でもお目にかかったことのない豪華な装いだった。ふんだんに金が使われている。大理石張りの床、暗色のマホガニーの壁、光沢を放っている真鍮の調度品。娯楽センター、映写室、最新式の運動器具とサウナと図書室を備えたフィットネスセンターを通り過ぎた。五人の男は港に向いた船尾にある、広々とした特別室に到着した。床が二段高くなっているその部屋には、超一流ホテルでもめったに見掛けることのない華麗な内装が施されていた。

四、五人の客がバーカウンターの前に立ち、黒いネクタイを締めたバーテンダーが応対している。鮮やかな金髪と美しいグリーンの瞳を持つ、白い制服姿のウェイトレスがブライソンにクリスタルシャンパンの入った脚付きグラスを差し出し、はにかむように微笑んだ。ブライソンはグラスを受け取り、礼を言うと、さり気なくあたりを見回した。大理石の床の大部分をオリエンタルカーペットが覆い、ところどころにフラシ天のソフアが置かれている。壁には見事な書物の模造品が列を作っていた。クリスタルのシャンデリアがある。場違いなのはゲームフィッシュの記念品に相違ない、壁にかけられた大きな魚の剝製だけだった。

他の客たち——互いにおしゃべりしている者もいた——の中に、見たことのある人間が二、三いた。だが誰だ？　ブライソンの頭はフル回転した。人並みはずれた記憶力が限界まで駆使された。インプットされている個人情報がしだいに見覚えのある顔に結びついていく。パキスタンの仲介人、IRA過激派の幹部、イラン・イラク戦争の火の手を煽った張本人ともいえる兵器ブローカー。この男たちは他の連中同様、問屋や小売商として商品を買い付けにきたのだ。以前の生活で彼らに目撃されている可能性を考えると、ブライソンの背筋は凍り付いた。コールリッジとしてであれ、あるいは多くのコードネームの中の一人としてであれ、ここにいる誰かに知られているのではないか？　ある人物になりすましているときに、別の名前で呼ばれることで仮面を剝がされる恐れは常にあった。それはこの仕事に付きまとうリスクであり、職業上のあまたある危険の一つである。彼はそういう可能性を常時頭に叩き込んでおかなければならなかった。

今のところは、競争相手を詮索し、蹴落とそうとする高圧的な一瞥以上のものを送ってくる者はいなかった。誰もこの顔に見覚えがないようだ。こちらの正体を見破った者の、後頭部をちくちく刺すような視線も感じられない。ブライソンの緊張感は徐々に薄らいでいった。

〝マルチモードのドップラーレーダー〟について誰かが何か囁いた。他の誰かの口からチェコ製の対空ミサイル、スコーピオンの名が聞かれた。

金髪のウェイトレスがこちらを盗み見していた。ブライソンはにっこりと微笑みかけた。「ボスはどこなんだい？」

ウェイトレスは当惑したように、「まあ、ミスター・カラカニスですか？」

「他にいるのかい？」

「皆様方とディナーをごいっしょされますわ。キャビアをお持ちしましょうか、ミスター・コールリッジ？」

「いや、結構。アル・ビカ訛りだね？」

「えっ？」

「きみのアクセントだよ。アラブのレバント地方のアクセントだ。ベッカー谷の出身、違うかい？」

ウェイトレスは頬を赤らめた。「凄いわ」

「カラカニス氏は世界中から人を集めているんだね。雇用の機会均等を心得ているらしい」

「ええ、船長はイタリア、航海士はクロアチア、乗組員はフィリピン人です」

「国連のモデル機関みたいだな、ここは」

彼女は照れくさそうに笑った。

「で、他の客たちは？」ブライソンは続けた。「彼らはどこから来たんだい？」

ウェイトレスの顔から笑みが消え失せ、突然態度がよそよそしくなった。「ご用はお済みですね、お客様。では失礼します」

ブライソンは踏み込みすぎた。カラカニスの雇用人は愛想はいいが、何はさておき用心深い。カラカニス本人について尋ねるなどもってのほかなのだ。しかしダンの話とディレクトレイト時代に得た知識から、その人物像は組み立てられていた。バジリュー・カラカニスはトルコ生まれのギリシア人。イートンにあるイングランド最大の武器製造ファミリーの一つに送り込まれ、その後——どういう方策を用いたのかはわからぬものの——他のファミリーと提携関係を確立し、やがてイギリスファミリーの代表として、キプロスと戦うギリシアに武器を売り、ビジネスの表舞台に立つようになった。現在の地位を築き上げる道程で、イギリスの有力な政治家たちに金をばらまき、強力なコネを作りあげ、バジリューはバジルになり、そしてバジル卿に変わった。彼はロンドン社交界の一員である。フランスとはイギリス以上に深い関係にあり、メインハウスの一つであるフォッシュ通りの大邸宅では、フランス外務省のお偉方を定期的にもてなしていた。

ベルリンの壁崩壊後、バジルは東ヨーロッパ諸国、とりわけブルガリアと余剰兵器の大量取引をした。イラン・イラク戦争では両陣営に大量のヘリコプターを出荷し、莫大(ばくだい)な利益を得た。リビア人やウガンダ人が彼の上顧客になった。アフガニスタンからコンゴに至る一帯では、内乱が勃発(ぼっぱつ)し、少数派民族や国粋主義者が街中を焼け野原にしているが、アサルトライフル、迫撃砲、地雷、ロケットなどの容易な獲得ルートを提供することで、それをかき立てているのがバジルだった。この豪華クルーザー兼貨物船はおびただしい罪なき人間の血で装われているのだ。

ウェイターが客の一人一人にそっと話しかけて回った。「夕食の準備が整いました、ミスター・コールリッジ」

ダイニングルームは特別室以上にゴージャスで、さらに凝った意匠が施されていた。それぞれの壁には幻想的な海の絵が描かれており、晴れ渡った午後に優美なセールボートに囲まれて海上で食事をするかのようである。大きなクリスタルシャンデリアの下のロングテーブルには真っ白いリネンのクロスが被(かぶ)せられ、クリスタルの燭台(しょくだい)に蠟燭(ろうそく)が灯っていた。

ウェイターがブライソンを上座の隣席に案内した。上座には胸板の厚い、灰色の顎鬚(あごひげ)を短く刈り揃(そろ)えた、オリーブ色の顔の男が座っていた。ウェイターが顎鬚の男の耳元で、何か囁(ささや)いた。

「ミスター・コールリッジ」バジル・カラカニスは、ロシア人がバッソ・プロフォンド

（バスの低音域）で発声するような声を響かせ、手を差し出した。「座ったままで失礼」

ブライソンはカラカニスと固い握手を交わしながら、席に着いた。「とんでもない。お目にかかれて光栄です。お噂はいろいろとお伺いしてます」

「いやいや、こちらこそ。今まで顔を合わせなかったとは驚きですな」

「仲介業者にはさんざん甘い汁を吸わせてきましたからね」ブライソンが自嘲気味にそう言うと、カラカニスは豪快に笑った。テーブルを囲んで席に着いた他の者たちは、主人と主人にもてなされている正体不明の客とのやり取りにそれとなく耳を傾けていた。ブライソンはそういった客たちの一人、バーで見掛けなかった客に目を留めた。ストライプのダブルのスーツをきっちりと着こなし、豊かな銀髪を肩まで伸ばしている男だった。嫌な予感が脳裏を掠め、再び背筋が凍り付いた。ブライソンはその男に見覚えがあった。会ったことはなかったが、監視ビデオカメラと写真で見た顔だった。男は闇の世界を巧みに渡り歩いているフランス人で、テロリストグループの間では名の知れたブローカーだった。名前こそ思い出せなかったものの、この長髪の男がジャック・アルノという極右のフランス人武器ディーラーの使者であることはわかっていた。カラカニスがアルノから仕入れているということか、それともその逆か？

「それにしても、ここに買い物に来るのがこんなに楽しいとわかっていたら、もっと早くに訪れたんですがね」ブライソンは続けた。「まったく素晴らしい船ですね」

「またまたお上手なことを」武器商人は軽く受け流した。「このぼろ船に対して、〝素晴らしい〟なんて言葉は口にしたくてもできません。こいつはかろうじて航海してるにすぎない。十年も前にマースク海運会社から買ったときにお見せしたかったですよ。連中はおんぼろ船を廃船にしようとしてたんです。わたしは掘り出し物を見逃すような人間じゃない。でもマースクには一杯食わされた。この船にはどうしたところで修理や再塗装が必要だった。それに加えて大量の錆（さび）を擦（こす）り落とさなきゃならなかった」彼はパチンと指を鳴らした。美しい金髪のウェイトレスがシャサーニュ・モンラシェのボトルを手にして現れ、カラカニスのグラスに、次いでブライソンのグラスに注いだ。彼女はブライソンの存在をほとんど無視した。カラカニスはブライソンに向けてグラスを持ち上げ、ウインクした。「戦争の恩恵に」二人は乾杯した。「いずれにせよ、〝スペイン無敵艦隊〟はそれなりの速度――二十五から三十ノット――で走ってます。それで一日に十五トンの燃料をたいらげる。もっともあなたがたアメリカ人なら、これを必要経費という一言で済ますんでしょうな？」

「あいにくわたしはカナダ人です」ブライソンは心の中で身構えた。カナダ人はそういう無駄はしない人種である。彼はさりげなく続けた。「元々このような内装だったとは思えませんが？」

「この船の居住部分ときたら昔の病院みたいだった」カラカニスはあたりをぐるりと見

渡した。「必要な設備がまったく備わっていなかった。ところでミスター・コールリッジ、あなたのクライアントはアフリカ人だと思いますが？」

「わたしのクライアントは」ブライソンはとびっきりの笑みを浮かべた。警戒心が作り出した裏の顔だ。「相当気合いが入ってますよ」

カラカニスは再びウインクした。「アフリカ人は常にベストの顧客です。コンゴ、アンゴラ、エリトリア……対立する二派が常時戦闘を繰り広げ、どういうわけか両陣営ともたっぷり金を持っている。あなたのクライアントの希望を当ててみましょう。まず一般的なところとして、AK-47（訳注　旧ソ連製の狙撃銃）、弾薬、地雷、手榴弾。それにおそらくロケット推進式の手榴弾、暗視スコープ付きスナイパーライフル、対戦車用兵器。いい線いってるんじゃありませんか？」

ブライソンは肩をすくめた。「ここのカラシニコフですが、ロシア製ですか？」

「とんでもない。ロシア製は屑ですよ。わたしが扱っているのはブルガリア製のカラシニコフ」

「ほう、つまりあなたにとって最高と思われる物以外は扱わない？」

カラカニスは満足そうな笑みを浮かべた。「まったくその通り。ブルガリアの兵器工場で製造されたカラシニコフは今だって世界で最も完成度が高い。ドクター・カラシニコフ自身もブルガリア製を好んでいる。改めてお訊きしますが、ハンス・フリードリヒとはどういういきさつで顔を合わせることに？」

「彼がサウジアラビアに大量のティッセンA・Gフックス戦車を卸す際に、手を貸したんです。ペルシア湾で油まみれになっている知り合いを紹介しましてね。それはともかく、カラシニコフに関してはあなたの専門知識に従わせてもらいましょう」ブライソンは丁重に言った。「で、アサルトライフルですが――」

「ライフルと言えば、南アフリカのベクター5・56ミリ口径CR21の右にでるものはない。あの素晴らしい光沢。一度使ったら他のものは使えませんよ。レフレックスの光学スコープが一発目の命中率を六十パーセントにまで引き上げている。自分がどこを狙っているのかわかっていなくてもね」

「劣化ウラン弾は？」

カラカニスは眉をつり上げた。「たぶん用意できるでしょう。実に興味深い選択だ。鉛の二倍の重量、最高の対戦車用兵器。バターにナイフを入れるかのように戦車を真っ二つにする。それにプラスして放射能。あなたのクライアントはルワンダとコンゴでしたかね？」

「そうとは言ってませんが」このゴールのないやり取りがブライソンの緊張を限界まで高めていた。これは交渉ではなかった、ガボットダンスだった。早いテンポの曲に合わせて踊りながら、相手がステップを踏み損なうのを待ちつづけているのだ。お前のことはお見通しだ、カラカニスの態度はそうほのめかしているようにも見えた。この老獪な武器商人はジョン・T・コールリッジを額面通りに受け取っているのか？　この男の情報網がスパイの世界の隅々にまで張り巡らされていたとしたら？　コールリッジとしての身元が極めて用心深い——あるいは報復を試みようとしている——テッド・ウォラーに抹消され、フィクションだと暴露されていたら？

カラカニスのディナープレートの横に置かれていた携帯電話が鳴った。武器商人は電話を取り上げ、つっけんどんに答えた。「なんだ？……わかった、チッキー。だけどあの男とは信用取引というわけにはいかんぞ」電話が切られ、テーブルの上に戻された。

「わたしのクライアントはスティンガーミサイルにも興味を示しています」

「ああ、そうでしょうな。あれは引っ張りだこです。最近はどこのテロリストやゲリラグループも手に入れたがっている。アメリカ政府のおかげで相当数の在庫品が出回っていますよ。かつてアメリカは飴玉でも渡すように、スティンガーミサイルを友人たちに分け与えていた。ところが八〇年代後半、それはイタリアの砲艦を襲い、ペルシア湾では自国海軍のヘリコプターを撃ち落とした。にわかにアメリカはそれを買い戻さざるを得ないというなんともきまりの悪い立場に置かれた。ワシントンはスティンガー一基の買い戻し額に十万ドルという元値の四倍の値をつけている。もちろんわたしはそれ以上出していますがね」カラカニスは口を噤んだ。金髪のウェイトレスが主人の右隣りに配膳用のトレイを持って立っていた。カラカニスがうなずくと、彼女はサーモンソースがたっぷりとかかったタンバルに、ブラックキャビアを真珠のようにちりばめた皿を主人のプレートに載せた。

「それじゃあ、ワシントンもあなたの上顧客だと？」ブライソンは静かに水を向けた。

「連中は何はともあれ財源を持っている」カラカニスはあいまいな返答をした。

「でも、購入サイクルが最近早まっているという噂が流れてますよ」ブライソンは低い声で続けた。「なんでもワシントンのある組織が、政府の監視下に置かれずに自由な活動を許可されているある機密機関が、かなり……いや、大量に買い込んでいるとか」

ブライソンは何げない口調で話そうとしたが、カラカニスはそれを敏感に察知し、横目でじろりと見た。「わたしの商品、わたしの顧客、どちらに興味をお持ちですかな？」

見込み違いの展開に、ブライソンの全身は硬直した。

カラカニスは席を立とうとした。「ちょっと失礼させてもらいます。他のお客様方を無視してしまっている」

間髪を入れずに、内緒話を打ち明けるような低い声でブライソンは続けた。「理由があるんですよ。ビジネス上の理由が」

カラカニスは警戒するように振り向いた。「政府機関といったいどんなビジネスをすると言うのかね？」

「ネタを手に入れたんです」ブライソンは言った。「政府と公には関係を持っていなくとも、あなたの言う財源を持っている連中と繋がりのある大物には、とても興味深いネタを」

「わたしにネタを提供すると言うのかね？　さっぱり理解できない。自分で取引したいならわたしを挟む必要はないはずだ」

「この場合」ブライソンはさらに声を低くした。「他に受け入れ可能な水路がないんです」

「〝水路〟？」カラカニスは苛立った。「いったいなんの話をしてるんだ？」

ブライソンの声は今やかすかな囁きとなった。カラカニスは首を傾けて耳を澄ませた。

「兵器の設計図があるんです。特定のグループが、つまり無尽蔵の予算を持った連中が大枚をはたくに値する複写図と仕様書がね。しかし、いかんせんわたしにはさばけない。どうやったところで連中と接触することができない。水路として、ブローカーとして――この場合なんと言っていいのかわからないが――あなたが手を貸してくれればそれ相当の報酬を約束しましょう」

「なかなかおもしろそうな話だ」カラカニスは答えた。「この続きは後ほど、人のいない場所でじっくり話し合おうじゃありませんか」

応接間には趣味のいいフランスのアンティーク家具が置かれ、目にはつかないねじで床に固定されていた。ローマ式のブラインドとカーテンが二つのガラスの壁を覆い隠し、他の壁には額に入った年代物の航海図が並べられていた。その一方の壁の真ん中にオークの鏡板を張ったドアがあったが、それがどこに通じているのかブライソンにはわからなかった。

カラカニスが夕食の席をはやばやとあとにしたのは、今彼が手にしている複写図と仕様書に大いに惹き付けられた証拠だった。それはCIAテクニカル・サービス・ディビジョンのグラフィックアーティストたちの手により、その種の設計図に長年目を通してきた武器商人のお眼鏡にかなうように作成されていた。

カラカニスは興奮を隠そうとはしなかった。黒い瞳を欲望の光でぎらつかせながら、複写図から顔を上げた。「これは新世代のジャベリン対戦車兵器システムだ」彼は畏怖の念を込めて言った。「いったいどこで手に入れたんです?」

ブライソンは微笑した。「あなたは取引上の秘密を漏らさない。それはわたしも同じことです」

「軽量、ポータブルタイプ、射ち放し式。ミサイルそれ自体は以前同様直径一二七ミリだが、指令発射装置の性能がはるかにアップし、対抗兵器への耐性も強化されている。わたしの目に狂いがなければ、命中率はほとんど百パーセントだ!」

ブライソンはうなずいた。「わたしもそう理解しています」

「原始コードはあるんですか？」

兵器のコピーを作るプログラムのことだった。「もちろん」

「興味を示す客には事欠かない。問題は誰がそれほどの金を出せるか、だ。相当の額になるでしょう」

「すでに目星をつけている顧客がいるのでは？」

「そう、今この船に乗っていますよ」

「夕食の席にいた？」

「彼は夕食への招待を丁重に断ってきました。人の輪に入るのが好きじゃないらしい。今頃は商品に目を凝らしているはずです」カラカニスは携帯電話を取り出し、ダイヤルを押すと、電話が繋がるのを待ちながら続けた。「このジェントルマンの組織は最近買いの一手です。戦車や軍艦を大量購入しています。新兵器に興味をそそられるのは間違いない。彼の雇い主も金に糸目をつけないようですし」カラカニスはそこで言葉を切った。電話が繋がったらしい。「ミスター・ジェンレットに応接間へ来てくれるよう伝えてくれ」

カラカニスの言う上顧客が、ヘリポートでブライソンを出迎えた禿げかかった赤毛の男イーアンに案内され、応接間のドアの前に姿を現したのは五分後のことだった。

男の名はジェンレット。しかし、〝ジェンレット〟が彼の最新のコードネームであることをブライソンは即座に理解した。灰色のもじゃもじゃの髪をして、くたびれた様子の中年男はブライソンから目を逸らさずにカラカニスの机に歩み寄った。

九竜半島。

ミラマーホテルの屋上のバー。

ジェンレットは、ブライソンがバンス・ギフォードの名で知っていたディレクトレイトの諜報員だった。

〈このジェントルマンの組織は最近買いの一手です。戦車や軍艦を大量購入しています。新兵器に興味をそそられるのは間違いない。彼の雇い主も金に糸目をつけないようだ〉

〈金に糸目をつけない……このジェントルマンの組織……買いの一手〉

バンス・ギフォードは依然ディレクトレイトに所属していた。つまりハリー・ダンの言ったことは正しかった。ディレクトレイトはいまだ存在している。

「ミスター・ジェンレット」カラカニスは口をひらいた。「きみやきみの友人たちがお気に召すに違いない、魅力的な新製品を用意してきたお客様を紹介しよう」ボディガード兼補佐役のイーアンが側柱を背に、直立不動の姿勢をとった。

バンス・ギフォードはほんの一瞬驚いた目をしてから表情を和ませると、ブライソンに微笑(ほほえ)んだ。偽りの笑みであることは明らかだった。「ミスター——ミスター・コールリッジでしたかな？」

「ジョンで結構です」彼はさりげなく答えた。全身が麻痺(まひ)し、心臓が張り裂けそうだった。

「以前どこかでお会いしたような気がするんですがねえ？」ディレクトレイトの男は陽気な口調で続けた。

ブライソンは含み笑いをして、体をリラックスさせた。だがそれは男に対する牽制(けんせい)作戦だった。男の顔を見れば、そして筋肉の引きつりを見れば、男が偽りの仮面を被(かぶ)っているのは一目瞭然(りょうぜん)だ。バンス・ギフォードは現役の、第一線で活躍するディレクトレイトの諜報員である。ブライソンはそう確信した。

八、九年前、東地区(イーストセクター)、九竜半島のミラマーホテルのバーにおいて、二人は過密スケジュールの下で密会を果たした。彼らはほとんど互いのことを知らず、一時間ほど機密資金や情報の受け渡し場所といった仕事の話をした。メンバー各自の任務は細分化されており、したがって組織内で誰が何をしているのかを知ることは決してなかったのだ。

そして、ギフォードはまだ第一線を退いてはいなかった。だからこそカラカニスはこの試作品を——ブライソンが用意した罠(わな)を——見せるために彼をここへ呼んだのだ。

「香港(ホンコン)でしたかね？」ブライソンは訊いた。「それとも台湾だったかな？　わたしもあなたの顔には見覚えがあるんだけどなあ」彼は気さくに振る舞った。相手の顔を思い出そうと頭を捻ることを楽しんでいる振りさえした。だが心臓は高鳴り、額には冷や汗が滲んでいた。フィールド本能が呼び覚まされ、神経は研ぎ澄まされていたものの、もはや普通の精神状態を保つことはできなかった。ギフォードは真っ向から勝負してきている。奴は俺を知っている。だが俺がここにいる理由を知らない。そして有り難いことに、ベテラン諜報員らしくそのことで頭を悩ませている。「まあ、いつどこで顔を合わせたにせよ、再びお会いできて嬉しいですよ」

「わたしはいつも新しい玩具を探し回っていましてねえ」ディレクトレイトの男はくだけた調子で言った。だが、ジェンレットことギフォードの鋭い眼差しはブライソンから離れない。この男は俺が裏の世界を追放されたことを知っている。ディレクトレイトの諜報員が解雇されるや、その話は瞬く間に組織内の隅々にまで伝達される。つまり解雇された人間は再び裏の世界に潜り込むことを妨げられる。だが俺が首になったいきさつをどの程度知っている？　敵だと見なしているのか？　それとも利害関係のない第三者だと？　冷戦後に多くのスパイがそうしたように、俺も個人諜報員になり、軍部に雇われていると考えているのか？　だがギフォードは抜け目のない男だ。自分に提供されているのが盗み出されたトップシークレットのテクノロジーだと思っているに違いない。そして闇市場という奇妙な世界においてですら、これが普通の取引でないことに気づいている。

今は何が起こっても不思議はない。この男は目の前にあるのが〝釣り針のついた餌〟だと思っているかもしれない。そうだとしたら、俺は政府の別の機密組織に、あるいは敵国のそれに鞍替えしたと判断されるに違いない！　餌のついた釣り針を投げるのは、海外の主だった諜報機関が人材引き抜きのために用いる常套手段である。ブライソンの思いは激しく回転した。ひょっとしたら俺が政府諜報諸機関の相互抗争にかかわりを持ち、囮捜査をしにきたと考えている可能性だってあるのだ。

さらに悪いシナリオもある。俺がカラカニスを、あるいはカラカニスのクライアントを罠にはめようとしているペテン師だと見なされたら？

妄想だ！　ギフォードの反応を予測したり、確かなことを知る術はない。今はあらゆる事態に備えるだけだった。

カラカニスの表情からは何も読み取れなかった。武器商人はディレクトレイトの男を手招きし、机の上に複写図と仕様書と原始コードを広げた。ギフォードは歩み寄って腰をかがめると、目を皿にして書類に見入った。

ギフォードは書類に目を落としたまま唇だけをかすかに動かし、武器商人に何か囁いた。

カラカニスはうなずき、顔を上げると、穏やかに言った。「ちょっと席を外させてもらいますよ、ミスター・コールリッジ。ミスター・ジェンレットと二人で話し合いたい」

カラカニスは立ち上がり、オークの鏡板のドアを開けた。それは書斎に続いていた。ジェンレットが従い、後ろ手でドアを閉める。ブライソンはフランス製アンティークの背のまっすぐな椅子（いす）の上で、琥珀（こはく）に閉じ込められた虫のように固まっていた。その姿は二人が戻ってくるのをじっと待ちながら、成立寸前の取引がもたらす莫大（ばくだい）な利益を皮算用している強欲なブローカーのように見えたかもしれない。だが内実、彼は必死で次の手だてを探っていた。そしてそれはつまるところ、ジェンレットの出方次第だった。あの男は何を囁いたのか？　俺を知っている理由をカラカニスに明かすなら、奴自身とディレクトレイトのかかわりを話さざるを得ない。実際そうするつもりなのか？　どの程度まで秘密を漏らす気なのか？　ジェンレット自身がどこまで自分の正体を隠しているのか？　これらはわかりようのないことだった。だがジェンレットにしてみても、ブライソンがここへ何をしに来たのかはわからない。彼の知っていることと言えば、ブライソンが個人諜報員であり、兵器の設計図を売りに来たということだけである。ジェンレットことギフォードがそれ以外に何を知り得よう？

書斎のドアが開き、ブライソンは顔を上げた。金髪のウェイトレスが空のグラスとポートワインのボトルの載ったトレイを掲げていた。武器商人に呼ばれて別の出入り口から書斎に入ったらしい。彼女はカラカニスの机の上から空になった脚付きグラスとワイングラスを片づけると、彼に近づいてきた。さっと身をかがめ、脇テーブルの上からキューバ産葉巻の吸い殻が山盛りになった大きなガラスの灰皿を取り上げながら、ほとんど聞き取れないほどの声で囁いた。

「人気がおありのようですね、ミスター・コールリッジ」一瞥をくれることさえなかった。彼女は灰皿をトレイに載せた。「四人のお友達が隣りの部屋でお待ちですよ」ブライソンはウェイトレスを見上げた。彼女は鋭い視線をオークのドアに向けている。「このヘリズ絨毯を血で汚さないで下さいね。とても珍しい物で、ミスター・カラカニスのお気に入りの一つなんですから」ウェイトレスは立ち去った。

ブライソンは身を強張らせた。アドレナリンがほとばしった。だが彼は冷静さを維持し、感情を表に出さない術を知っていた。

どういう意味だ？

書斎で罠が待ち受けているのか？　あの女も一枚嚙んでいるというのか？　そうでないなら――どうして警告を送ってよこしたのか？

不意に書斎のドアがひらき、カラカニスが入ってきた。背後の戸口にはボディガードのイーアンが立ちはだかり、さらに後ろにジェンレットことギフォードが控えていた。

「ミスター・コールリッジ、いっしょに話しませんか？」

ブライソンは武器商人の意図を読み取ろうと、束の間その目を凝視した。「ええ、でも、ちょっと待って下さい。バーに大切な物を忘れてきたので」

「ミスター・コールリッジ、時間を無駄にはできないんですよ」威圧的なざらついた声だった。

「すぐに戻ってきます」ブライソンはダイニングルームに通じているドアに向かった。武器を持ったボディガードが出口を塞ぐ。しかしブライソンは何事もないかのようにつかつかと進んだ。ボディガードとの距離が二、三フィート足らずになった。

「悪いが、ミスター・コールリッジ、ぜひともすぐに話がしたい」カラカニスはかすかにうなずき、ドアの前にいるボディガードに合図を送った。男がドアを閉めようと後ろを振り返ったとたん、ブライソンの体内でアドレナリンが沸き立った。

今だ！

ブライソンは突進してボディガードに体当たりし、硬材のドア枠に叩きつけた。不意を突かれ、あわてて武器に手を伸ばそうとする男の脇腹に、ブライソンは右足を蹴り込んだ。警報器が耳をつんざくような音を鳴り響かせる。カラカニスが作動を命じたのは明らかだ。ボディガードはよろめき、ブライソンは鳩尾を右膝で蹴り上げると、同時に右手で頭をひっつかみ、男を床に押しつけた。

「動くな！」カラカニスがわめいた。

ブライソンは素早く身を返した。イーアンが両手で三八口径の銃を握り、銃口をこちらへ向けている。

そのとき、足下のボディガードが怒りの雄叫びを上げ、力を振り絞って立ち上がろうとした。ブライソンはそれを逆手にとった。男を引っ張り上げて前に押し出し、右手で男の髪をわし摑みにした。男の頭を自分の顔の前に持ってきて盾にしたのだ。ボディガードに命中する可能性がかくも高い以上、イーアンが引鉄を引くことはないだろう。

突然、炸裂音が轟き、ブライソンは血の飛沫を感じた。ボディガードの額の中央に赤黒い孔が穿たれていた。男が崩れ落ちる。ずっしりとした屍。イーアンは——誤って？——仲間を撃ち殺したのだ。

ブライソンは身を翻した。脇に飛び退いて二発目の銃弾をかわし、ドアに転がり廊下へ飛び出した。背後で銃弾が炸裂し、木を裂き、金属製の隔壁にあばたを穿った。警報器が鼓膜を破かんばかりの金切り声を発する中、彼は廊下を突っ走った。

ワシントンDC

「正直に認めたらどうです。わたしが何を言ったところで思い留まるつもりはない、そうなんですね？」ロジャー・フライは答えをせかすような目つきで、ジェームス・キャシディ議員の顔を覗き込んだ。四年間、フライはジェームスの第一秘書として、議会での政治声明書や政治演説の草稿を作成する手助けをしてきた。議員は厄介な問題が持ち上がると決まって彼に意見を求めた。四十代前半、華奢な体付きをした赤毛のフライを、議員は有権者の動向を探る際に常に頼りにしてきたのだ。酪農家のために価格維持を主張するべきか？　仮にその立場をとるなら市民団体が大声で喚き散らし、反対の立場をとるなら農業関連産業のロビー団体に追いかけ回されるだろう。フライはほとんどの場合こう答えた。「ジム、考えても無駄です。あなたの良心に従えばいい」いずれにせよ、フライはキャシディがそうすることで地位を築き上げてきたことを知っていた。

　遅い午後の陽光がベネチアンブラインドから漏れ、議員のオフィスの床に縞状の影を作り、磨き込まれたマホガニーの机の艶を際立たせていた。マサチューセッツ州出身の議員は書類から顔を上げ、フライの目を見つめた。「きみがわたしにとってどれほど貴重な人物かはわかっているね、ログ」彼は口元に笑みを浮かべた。「きみはこのビジネスの裏舞台における駆け引きや根回しに長けている。だからこそ、しばしばわたしは堂々と立ち上がり、自分の信じているところをはっきりと口にできるんだ」

　キャシディの人目を惹き付ける、まったくもって議員らしい風貌にフライはいつもはっとさせられる。ウェーブのかかった銀色の長髪、整った彫りの深い顔立ち、身長六フィート強、キャシディ議員は四角い顎と高い頬骨を持った、メディア向けの容貌をしていた。だが間近で見たときのその瞳こそが、彼を彼たらしめている所以だった。その暖かく親しげな眼差しに有権者は良き友に出会ったかのように感じるだろう。が、議会でそれは一転、冷たく、情け容赦のない光を発し、せっかちな質問者を射抜くのだ。

「しばしば？」フライはかぶりを振った。「〝しょっちゅう〟と言ってもらいたいですね。そうすることであなたは政治生命の健康を維持してきた。近いうちにその健康を害することになりますよ。こう言うのもなんだが、前回の選挙は楽勝ではなかった」

「心配しすぎだよ、ログ」

「誰かが心配しなきゃなりません、このへんで」

「まあ、聞け。有権者はこういうことを気にかけているんだ。この手紙を見せたかな？」

マサチューセッツ州の北海岸に住む女性からの手紙だった。女性はある市場分析会社が過去十五年間に遡り、彼女についての情報をびっしり三十ページ分収集していたことを訴えていた。実際、その会社は彼女に関する情報を九百項目以上所有し、販売していたのだ。その中には女性が使用している睡眠薬、制酸剤、痔の軟膏薬、シャワーを浴びる際の石鹸の種類が含まれ、さらに離婚歴、施された医療処置、信用格付け、交通違反記録までもが列挙されていた。しかしこれは珍しいことではない。同社は何百万人というアメリカ人に関して同様の調査記録を所有している。珍しいことと言えば、彼女にそれを暴かれたということだけだった。その手紙と、同種の二、三十通の手紙がキャシディの関心を引く引き金となったのだ。

「この手紙にはわたしが返事を書いたことを忘れたんですか、ジム？」フライは応えた。

「あなたはね、自分が何を引っかき回しているのかわかってないんです。これは今日のビジネスの在り方の核心に触れる問題なんですよ」

「だからこそ話し合う価値があるんだ」議員は静かに口をひらいた。

「急がば回れ、ということもあるでしょう」しかしフライは何かに取りつかれているときのキャシディがどんな風になるかを知っていた。徳義心から生じる怒りが政治的な胸算用を打ちのめすのだ。議員は聖人君子ではない。大酒を喰らうこともあるし、とりわけ髪の毛が黒い艶を帯びていた若い頃は、包み隠すことなく多くの女性と関係を持った。しかし同時に、キャシディの心髄には常に政治家としての高潔さが備わっていた。差別的であってはならない、その信念の下で彼は正しいことをしてきた。少なくともその正しさは、それを実行するために払う政治的な犠牲と同じほどにはっきりしていた。それはフライがときに罵り、そして我知らず尊敬している理想主義の極みだった。

「アンブローズ・ビアースが政治家をどう定義したか覚えているかね？」議員はウインクした。「各方面からのプレッシャーに平等の重みを感じることによって品格を維持する、それが政治家なんだ」

「昨日、議員控え室であなたの新しいニックネームを耳にしました」フライは薄い笑みを浮かべた。「お気に召すと思いますよ、〝カッサンドラ議員〟」

キャシディは眉をしかめた。「誰もカッサンドラ（訳注　ギリシア神話における凶事の予言者）の話に耳を貸そうとしなかった。だが、貸すべきだったんだよ」彼は口を尖らせた。「少なくとも、カッサンドラはみんなに自分の予言を伝えた……」言葉がとぎれた。ベクトルは交わらなかった。二人は会話を終えた。今までフライはキャシディをフォローしてきた。キャシディもフライの話に耳を傾けてきた。しかしこの問題に関しては話し合う余地がなかった。

キャシディは自分の思い通りにやるだろう。誰も彼を止めることはできない。どんなに犠牲を払ってもやるだろう。

第六章

階段目がけて突っ走るブライソンの背後から、鉄甲を踏むけたたましい足音が迫ってきた。エレベーターを探していた彼は一瞬躊躇してその選択を捨て去った。エレベーターは動きが緩慢な上に、一度中に入れば垂直の棺に閉じ込められたも同然、電源を切ろうとする人間の恰好の餌食になってしまう。止そう、どんなに足音を響かせることになっても、階段を使おう。他に船楼を抜け出すルートはなかった。昇るか降りるか？　昇って操舵室やブリッジの方に向かえば敵の裏をかくことになるだろう。だが抜け口のほとんどない上甲板では袋の鼠になる危険がある。だめだ、降りることだけが理にかなった行動だった。メイン甲板に降りて、脱出するのだ。

脱出？　どうやって？　船から抜け出すには、メインデッキから海に突入するしかない。つまり大西洋の冷たい海に飛び込むという自殺行為を試みるか、あるいは敵に姿を晒しながら長い道板を下るか……。

畜生！　万事休すか！

いや、諦めてはいけない。何か方法があるはずだ。それを見つけ出さねば。

ブライソンは迷路の中の鼠にも似ていた。この巨大船の見取り図を知らないという事実が彼に決定的なハンデを負わせていた。しかし船の大きさそのものが、無数の逃げ道と追っ手を撒く可能性を提供してくれている。

階段に飛び降り、二、三段飛ばしで駆け降りた。上から叫び声が響いてきた。ボディガードの一人は死んだが、他の連中が各種警報装置や無線で呼び出され、警戒態勢を敷いていることは間違いないだろう。階上から乱れ飛ぶ足音と怒声はますますボリュームを増していた。追っ手の数は大幅に増えている。

汽笛と警報器が重苦しいうなり声と甲高い雄叫びの不協和音を響かせた。階段を降りると短い廊下があり、その先は甲板の別の区画に通じているようだった。彼は廊下の突き当たりのドアをそっと開けて、そっと閉じ、前方へ駆け出し、外気に晒された船尾の甲板に出た。空は真っ暗で、小波（さざなみ）が艫（とも）に打ち寄せている。欄干に駆け寄り、舷側（げんそく）に備え付けられているだろう非常梯子（ばしご）を探した。それを使って他の階に移ろう。そうすれば時間稼ぎにはなる。

だが梯子はなかった。

突然、銃声が轟いた。金属製の巻き揚げ機（ウィンチ）に弾丸がはじき飛ばされる鋭い音が上がった。彼は欄干から、ウィンチの背後に飛び退いた。ケーブルがドラムに巨大なリール状に巻かれている係留設備を盾にしたのだ。二発目の銃弾が数フィート先の金属の盾に穴を穿った。

ここにきて、追っ手はなんら躊躇（ため）らうことなく発砲してきた。ブライソンの背後が海なので、デリケートな航海用の器具を破損させずに思う存分発砲できる。

船内では、慎重に発砲せざるを得なかった。そしてそれは、こちらにとっては見えない防護壁だったのだ！　連中は彼を殺すことに二の足を踏んでいたのではなく、船に、あるいはその貴重な積み荷にダメージを与えたくなかったのだ。

甲板から船内に戻らなければならない。内部には隠れる場所が山ほどあるだけでなく、敵の発砲を牽制できる利点がある。

だがこの場をどう凌ぐ？　ブライソンは晒された空間に追い込まれていた。守ってくれるものは巨大なウィンチしかなかった。ここはこの船の中で最も危険な場所なのだ。目前の敵は二人か三人だろう。数で負けている以上、敵の注意を逸らす必要がある。だが、どうやって？　彼は辺りを見回し、数フィート先に聳えている鉄の双係柱の背後に放置されているペンキ缶に目を留めた。匍匐前進して缶を掴む。中はほとんど空だった。

銃口が火を噴いた。動きを感づかれたのだ。

彼は素早く身を引き、缶の取っ手を握り、欄干のほうへ放り投げた。缶は錨鎖管に当たった。音源を振り返る二人の男の姿が、バリケードの脇から見えた。一人が音源のほうへ走った。もう一人は銃を構えながら自らを軸に円を描く基本的な姿勢で、辺りを素早く見回した。最初の男が船首に突っ走り、二番目の男がウィンチに銃を向けながら、左舷側から回り込んでくる。この男はブライソンの計略を見抜いていた。相手の陽動作戦を疑い、まだウィンチの背後に身を潜めていると考えていた。

だが、ウィンチの後ろからブライソンが飛びかかってくるとは思っていなかった。今、二番目の男はブライソンのわずか数フィート前にいる。と、獲物が船首側にいないことを告げる最初の男の叫び声が聞こえてきた。プロらしからぬ行動。目と鼻の先まで接近してきていた二番目の男が思わず振り返った。

今だ！

ブライソンは男にぶち当たり、腹に膝を蹴り込んだ。相手が肺の空気を失って息を詰まらせ、なんとか立ち上がろうとしたところで、喉首に肘を叩き入れた。片腕を背中に捻り上げながら喉を締め上げ、喉仏がつぶれる音を聞く。男の口からうめき声が漏れるや、すかさず銃をひっつかんだ。だがこのボディガードはプロだった。簡単に武器を手放すまいと、激痛にもかかわらず、カラカニスの兵隊は必死に抵抗した。最初のボディガードが船首側から走ってきたものの、動きながらの発砲が狙いを狂わせた。ブライソンは男の手首をひん曲げた。靭帯の切れる音がし、銃は男の胸に向けられた。人差し指が引鉄に伸び、それを摑むと同時に引き絞った。

ボディガードの体がのけ反った。この緊迫した状況においてでさえ、ブライソンの狙いはパーフェクトだった。銃弾は男の心臓に命中していた。

ぐにゃりとなった手から武器を摑み取った。走りながらの発砲では狙いが定まらない、そう気づいた男が撃つのを止めた。ブライソンはこの一瞬を待っていた。セミオートマチックを立て続けに発砲し、その一発が襲撃者の額を貫いた。男は脇によろめき、欄干に崩れ落ちた。

一刻の猶予が与えられた、そう思った瞬間だった。甲板を踏む足音が聞こえ、それが音響を増しながら接近し、同時に叫び声が耳に届いた。つまり一刻の猶予もなかったのだ。

さあ、どこへ逃げる?

すぐ前方に、〈ディーゼルジェネレーター・ルーム〉と表示されたドアがあった。エンジンルームに通じているに違いなく、今はここへ逃げるのが得策のように思われた。ブライソンは甲板を突っ走り、ドアを引き開け、グリーンのペンキが塗られた、急な狭い階段を駆け降りた。天井の高い、轟音が鳴り響いている広い空間に出た。補助のディーゼルジェネレーターが作動し、エンジンが切られた船舶に電気を供給している。彼は大股で助走し、巨大なジェネレーターの上方に巡らされた作業用通路の手すりを飛び越えた。

ジェネレーターの唸りに混じって追っ手の足音が近づいてきた。一瞬後、階段を降りてくるその姿が目に入った。しかし、グリーン光を放っている照明はほの暗く、かろうじて人影が見えただけだった。

敵は四人。階段を降りてくるぎこちない動きに不可解さを覚えたが、疑問はすぐに氷解した。連中の二人が暗視ゴーグルをかけ、あとの二人は暗視スコープ付きのスナイパーライフルを携帯していたのだ。

ブライソンは銃を構え、先頭の男に狙いを定めた。そして——

真っ暗闇になった！

室内の照明が消えた。おそらく集中管理室で操作されたのだろう。だからこそ、彼らはあのような装備でやってきたのだ！　明かりを消すことで、高性能兵器の利点を生かそうとしている。海上軍需品倉庫とも言えるこの船に、その手の物資は事欠かないのだ。だがいずれにせよ、ブライソンは闇に向かい、一瞬前に狙いを定めた方向へ発砲した。悲鳴に続いて、追っ手が階段から転がり落ちる大きな音が響いた。一人が死んだ。しかし闇に向かって撃ち続け、残り数の知れない、この先手に入らないだろう貴重な銃弾を使い果たすのはいかにも馬鹿げている。

それでは敵の思う壺だ。

ブライソンは今や、窮地に立たされた動物、言うなれば壁の隅に追い立てられたゴキブリのようなものだった。敵の狙いはブライソンにやけを起こさせ、暗闇めがけてやみくもに発砲させて弾丸を使い切らせることだ。そして夜目のきく道具を使って、たやすく仕留める。

ブライソンは闇へ両腕を伸ばし、障害物を探った。赤外線照射式単眼暗視レンズの付いたヘッドギアを着用している男が、ハンドガンを持っているのは間違いない。残りの敵は高性能赤外線スコープを備えたライフルを携帯している。両方とも、生物と無生物との熱放射パターンの差違を識別することによって、暗闇で標的を捕らえることができる。短照射距離の熱画像スコープは一九八二年のフォークランド紛争、一九九一年の湾岸戦争で目覚ましい活躍をした。だが、敵が装備しているのは、ブライソンが察するに、軽量で赤外線照射距離が極めて長い、超高精度の最新式ラプター暗視スコープだろう。戦闘部隊のスナイパーが、五〇口径のスナイパーライフルとの組み合わせで使用することもある。

敵にしてみれば、赤子の手をひねるようなものだろう。ジェネレーターの唸りが暗闇の中でいっそう大きく感じられた。

黒一色の視界に、小さな赤い点がちらついた。

追っ手がブライソンを発見し、彼の顔に、彼の目に狙いを定めている！

測定しろ！　スコープの十字線の方向から狙撃手の位置を割り出せ。暗視スコープを装備した敵の標的にされたのはこれが初めてではなかった。彼はスナイパーとの距離を計算する術を知っていた。

しかし照準を合わせようとする一瞬一瞬が、暗緑色あるいは黒の背景に浮かび上がるグリーンの物体としてこちらを捕らえている追っ手に、同時に狙いを定める間を与えることになる。それに、敵はこちらの位置をしっかり把握しているが、ブライソンは運と錆び付いた昔の勘に頼っているにすぎない。暗闇相手に撃ってどうなる？　何を狙う？

ブライソンは目をすがめ、光源を見極めようとした。だが視界には何も入ってこない。彼は銃を構えて発射した。

悲鳴が上がった！

ダメージのほどはわからないものの、敵に命中した。

しかし次の瞬間、銃弾が彼の左にある機械装置を直撃し、鋭い金属音を響かせた。暗視スコープがあろうとなかろうと敵は外した。連中はジェネレーターに当たることを気にかけていないらしい。機械装置は馬鹿でかい頑丈そうな鋼鉄の覆(おお)いに包まれていた。つまり敵は、何に命中しようがお構いなしなのだ。

相手の人数は？　二番目の男が致命傷を負っていたとしたら、残りは二人。問題はジェネレーターの轟音のせいで、接近してくる足音も、撃たれた男の荒い息遣いも聞こえないということだ。ブライソンは事実上、目と耳を奪われていた。

片手に銃を握りしめ、もう一方の手で障害物を手探りしながら、彼は作業用通路を駆け出した。再度銃声が轟(とどろ)いた。一発が頭の脇を掠(かす)め、頭皮に突風を感じた。と、前方を探る手が固い何かにぶつかった。隔壁だった。彼は広い洞窟(どうくつ)のような部屋の端まで来ていた。銃を右へ、続いて左へ振った。銃は左右の手すりにぶつかった。

追いつめられた！

そのとき、暗闇の中で赤い光が揺れた。敵の一人が暗視スコープのグリーンの中心円に彼を捕らえようとしていた。

ブライソンは前方に銃を突き出すと、大声を上げた。「さあ、撃ってみろ！　外したらジェネレーターをぶち壊すことになるぞ。これはデリケートな電子器具の集積だ。マイクロチップは簡単にこなごなになる。ジェネレーターを破壊してみろ、船の電力はすべてパーだ。カラカニスが喜ぶと思うのか？」

一瞬の静けさ。赤い点がかすんだような気がしたが、幻覚であることは間違いない。

低い含み笑いがし、赤い十字線が再び視界をよぎり、固定された。そしてそのとき――

サイレンサー銃が火を噴いた。立て続けに三発。悲鳴が上がり、三人目の敵が鉄の床に叩（たた）きつけられる大きな音がした。

どういうことだ？

誰が撃った？　俺じゃない！　何者かがサイレンサー銃を発砲したのだ。

何者かが追っ手を撃ち、そしておそらく殺した！

「動くな！」ブライソンは一人残っているはずのスナイパーへ向けて、闇に声を張り上げた。無意味な叫びであることはわかっていた。暗視ゴーグルや暗視スコープを装備している敵が耳を貸すわけがない。しかしこのような突然の、意味のない一言が相手を惑わすこともあるのだ。

「撃たないで！」耳を聾するジェネレーターの音に混じって、人の声がかろうじて耳に届いた。

女。

それは女の声だった。

体が凍り付いた。階段を降りてきたのは全員男だと思っていた。だが無骨な装備品は容易に女性のシルエットを隠してしまう。

しかし、〝撃つな〟とは？

ブライソンは叫んだ「武器を捨てろ！」

突然、閃光が放たれ目が眩んだ。照明がついた！　さっきよりも明るい。

何が起こったんだ？

目が慣れるや、通路の一番高い場所から、彼は声の主が女であることを確認した。女は白い制服を着ている。今や遠い過去のことのように思われる晩餐で、給仕をしていたカラカニスのウェイトレスの制服だった。

女はヘッドギアを着用し、その顔は赤外線照射式の単眼暗視レンズで半ば覆い隠されていた。しかしその女が、夕食前にちょっと言葉を交わし、発砲沙汰がはじまる直前に、警告とも思われる言葉を耳元で囁いた美しい金髪のウェイトレスであることはすぐにわかった。

そして今彼女は、重心を低く据え、長いサイレンサー付きのルーガーを左右へ振り向けていた。室内に倒れている四人の男の姿も目に入った。ジェネレーターのそばに二人、今立っている狭い通路の入り口に一人、残りの一人はわずか六フィート先で大の字になっていた。

女はブライソンを狙っていなかった。敵から彼を守るべく、四方八方に銃口を向け、短く連なる制御機器の傍らに立っている。そこで照明のスイッチを入れたのだ。「さあ！」彼女は小さく叫んだ。「こっちよ！」

いったいどうなってるんだ！

ブライソンは女を凝視した。

「さあ、行くわよ！」声に苛立(いらだ)たしげな響きがこもっている。間違いなくレバント地方出身者のアクセントだ。

「どういうつもりだ？」彼は声を張り上げた。答えを聞き出すというよりは時間を稼ぐためだった。これは罠(わな)ではないのか？ そう考える以外に納得のいく答えがあるだろうか？

「どうもこうもないわ！」女はそう叫びながら彼に銃を向け、再び重心を落とした。ブライソンが女の顔を狙い、引鉄を引こうとした瞬間、相手の銃身が数インチ左に逸れ、サイレンサー銃が咳(せ)き込んだ。

そして同時に、ガシャンという音がし、誰かが真上の通路から落ちてきた。暗視スコープ付きのライフルを持った別の追っ手の死体だった。

彼女が男を殺した！

狙撃手はブライソンの背後に忍び寄り、狙いを定めたところで、彼女に撃ち殺されたのだ。

「早く！」女が声を荒らげた。「他の奴(やつ)らがこないうちに。命が惜しいならさっさと動いてよ！」

「あんたはいったい何者だ？」ブライソンは判断に窮して叫び返した。

「そんなこと訊(き)いてる場合？」彼女は暗視ゴーグルを頭の上に押し上げ、顔を晒(さら)した。

「さあ、時間がないわ！　状況から考えて、選択の余地はないんじゃなくって？」

第七章

ブライソンは女を見据えた。

「早く！」女が叫んだ。必死の思いに声のトーンが高まった。「あなたを殺すつもりなら、さっさと殺していたわ。こっちには強みがあるのよ。わたしは赤外線スコープを持ってる、あなたは持ってない」

「それは今は強みじゃない」ブライソンは奪い取った銃の銃口を、腰元から覗かせながら言い返した。

「わたしはこの船を知り尽くしているわ。ここにいて追っかけっこの続きをしたいなら、勝手にしたら。わたしは降りる以外に道がない。カラカニスの警備隊は大人数よ。残っているたくさんの連中が、今すぐにでも押し寄せてくるわ」女は武器を持ってないほうの手で、隔壁の天井近くに備えつけられている物体を指し示した。監視カメラだった。

「この船はカメラだらけよ。でもどこもかしこもっていうわけじゃない。つまりわたしについてきて生き延びるか、ここにいて殺されるか。決めるのはあんたよ！」彼女はさっと振り返り、作業用通路を駆けてハッチの手前にある短い階段を昇った。掛け金を外しながら後ろをちらっと見やり、開いた入り口へ顎をしゃくると、ついてくるよう合図した。

ブライソンは一瞬躊躇い、女に従った。頭は激しく回転し、この謎の女を理解しようとしていた。この女はいったい何者で、ここで何をしているのか？　いったい何を企み、なぜここにいるのか？

彼女がただのウェイトレスでないことは明らかだった。だったら何者なのか？

女が手招きした。彼は武器を握りしめ、女に続いてハッチへ入った。

「いったい――？」

「しっ！　ここは音がとてもよく通るの」女はハッチを閉じ、大きな差し金をきっちりとスライドさせた。ジェネレーターの音が遮断された。「都合のいいことに、この船は海賊行為を阻止するようにできているのよ。通路の出入り口は閉じられ、施錠できるように設計されている」

ブライソンは女と視線が合うや、彼女の途方もない美しさに束の間目を奪われた。

「きみの言う通りだ」彼は小声ながらもはっきりとした口調で言った。「今のぼくに選択の余地はない。だけど事情を聞かせてくれてもいいんじゃないのか？」

女は率直さと不敵さの入り混じった眼差しで彼を凝視し、囁いた。「説明している暇はないわ。わたしもスパイ。イスラエルを焼け野原にしようとしている、あるグループへの兵器供給ルートを追っているの」

モサドか、ブライソンは心の中で呟いた。だがアクセントから察するに、この女はベッカー谷出身のレバノン人だ。どうもしっくりしない。モサドのスパイがイスラエル人ではなくレバノン人？

女はブライソンには聞き取れない遠くの音を聞くかのように首を傾けていた。

「こっちよ」彼女は不意に口をひらき、鉄の階段へ飛び移った。彼はあとを追って階段の踊り場へ行き、ハッチを抜け、がらんとした長く薄暗い廊下へ出た。女がしばし立ち止まり、左右に目をやった。ほの暗い明かりに目が慣れると、そのトンネルは舳先から船尾まで、船舶の全長に及んでいるようだった。ほとんど使われることのない非常用通路らしい。「行くわよ！」女が囁き、走りだした。

ブライソンは続いた。速度を早めて女のハイペースについていく。彼女の走法は変わっていた。軽く弾むように走りながらほとんど足音をたてない。彼は真似た。鉄の床を踏むこちらの音を聞かれないようにするのと同時に、追っ手の動きに耳を澄ますためだった。

一分足らずで数百フィートほど進んだとき、船尾側から押し殺したような音が聞こえてきた。振り返ると、はるか向こうで陰影が変化している。女にそのことを告げる間もなく、彼女の体は右に逸れ、垂直の鉄桁の背後で隔壁に張り付いた。彼は一瞬遅れて女に倣った。

オートマチックの銃弾が炸裂した。弾丸が隔壁に当たって床に跳ね返る甲高い音が響いた。

ブライソンは素早く左を振り向き、はるか遠くに、銃口から吹き出した煙と狙撃手のおぼろげな影を目にした。再びオートマチックが火を噴き、襲撃者がこちらへ走ってきた。

女はハッチと格闘していた。「何これ！　ペンキが固まりついてるわ！」接近してくる殺し屋を一瞥し、続けた。「こっちよ！」彼女は隔壁と鉄桁の避難場所からいきなり飛び出し、前方へ突っ走った。その判断は正しかった。そうしていなければ、二人は身動きがとれないまま敵の恰好のターゲットになっていただろう。彼は鉄桁の端から顔を覗かせ、後ろを見やった。追っ手が走る速度を緩めながらウージ短機関銃を構え、女を狙っている。

ブライソンは躊躇なく襲撃者に銃口を向け、二回連続で引鉄を絞った。一回目は銃弾が飛び出し、二回目は引鉄を引くカシャッという音だけが虚しく響いた。薬室が空になり、弾倉にも弾は入っていなかった。

だが銃弾は敵を捕らえていた。ウージが鉄の床に転がり、追っ手は脇によろめき、倒れた。遠目からでも、男が死んだことははっきりと確認できた。

女は恐怖に歪んだ顔で後ろを振り向き、事情を察知した。感謝の意だと思われる一瞥を投げかけてきたものの、無言だった。彼は女に追いつこうと駆け出した。

とりあえず二人は難を逃れた。そして今、女は突然右に逸れ、鉄桁で仕切られている隔壁の前でだしぬけに立ち止まった。前かがみになり、隔壁にあるマンホール大の穴の上に据え付けられたバーを握ると、ジャングルジムで遊ぶ子供さながらに両足を蹴り上げ穴へ飛び込んだ。すぐにその姿が消えた。ブライソンもいくぶんぎこちなくはあったが同じように穴へ体を入れた。もともと敏捷ではあっても、彼女と違ってこの船の構造には不慣れなのだ。

　二人は箱形をした天井の低い仕切りの中に出た。非常用通路から明かりが漏れてくるだけの、暗闇同然の場所だった。視覚が闇に適応するや、ブライソンは二人が立方体の空間にいて、そこが別の穴で別の立方体に繋がり、その先も同様の構造になっていることを知った。つまり反対側の舷へ渡ることが可能だった。これは頑丈な鉄桁で仕切られた船体を横切る通路なのだ。女は隣りの仕切りを覗くと、前置きなしにバーを握り、足から入っていった。

　彼は続いた。着地すると同時に、女が囁いた。「しっ！　耳を澄まして！」遠くから鉄の床を駆ける足音が聞こえてきた。今通ってきた非常用通路から、そして上からも聞こえてきた。少なくとも五、六人はいるらしい。女は声を潜めて早口で言った。「あなたが殺した男を見つけたに違いないわ。あなたは武器を持っていることを知られ、そしておそらくはプロだと見なされた」彼女の英語は強い訛りがあったが、まったく澱みなかった。表情こそ見えないものの、女のイントネーションは質問調に聞こえた。「もっともここまで生き延びている以上、プロなのは言わずもがなでしょうけど。奴らはあなたが、というよりわたしたちがまだ遠くへ行ってないことも知ってるわ」

「ぼくはきみの正体を知らないが、きみはぼくのために命を張っている。きみはぼくに借りがない。なのに、どうしてこんなことをするのか説明してほしい」

「ここを脱出したら話す時間はあるわ。でも今はそんな暇はないの。ところで他に武器は持ってないの？」

　ブライソンは首を横に振った。「こいつだけだ。おまけに弾が切れた」

「まずいわ。こっちは数で圧倒されている。向こうはありとあらゆる通路と船倉を探し回れるほどの大人数よ。それにさっき見た通り、本格的な兵器を装備している」

「この船は兵器には事欠かないからな」ブライソンは答えた。「コンテナからはどの程度離れているんだ？」

「コンテナ？」

「箱形をしたやつ。貨物だ」

　暗闇同然の中ですら、その言葉の意味を悟って、女の顔が輝くのがわかった。「ああ、あれね。そんなに遠くないわ。だけど中身はわからない」

「とにかく行ってみよう。非常用通路に引き返さなきゃならないのか？」

「ううん、箱の仕切りのどれかの床下に続いてる通路があるの。でもどの仕切りだかはわからないし、明かりなしでは足を踏み外す怖(おそ)れがあるわ」

ブライソンはポケットからマッチを取り出し、火をつけた。仕切りの中がしばしほの暗いオレンジ色の明かりで照らし出された。次の穴へ歩み寄ると、吹き込んでくる風が炎を消した。新しいマッチを擦る。女が脇にやってきて隣りの仕切りを覗き込んだ。

「ここだわ」炎が指先に到達する寸前でマッチを振り消した。女がマッチ箱に手を伸ばし、彼はそれを渡した。先頭を行く彼女のほうが必要とする機会が多いのだ。

闇が舞い戻ってくるや、女は鉄のバーを摑(つか)み、両足を上げて穴をくぐり抜けた。ついで隣りの仕切りのバーに摑まり、床を脚で蹴(け)って鉄の梯子(はしご)を探る。「いいわよ、気をつけて」

彼はマンホールに体を入れ、慎重に着地し、床の端から足を動かさずにいた。女はすでに垂直の通路に取り付けられている鉄の梯子を降りはじめていた。女が降りるのを待つ間に、甲高い足音と叫び声が近づき、続いて非常用通路を照らす強力な懐中電灯の光線が目に入った。光がこちらに向けられると同時に、彼は身を伏せた。光線は仕切りの端から端をゆっくりと横切っていった。

ブライソンは体を強張(こわば)らせ、冷たい鉄の床に顔を押しつけていた。警報器が依然として鳴り響いていたが、奇妙にも、それは今耳にしているもっと小さな音を際(きわ)だたせているようだった。

彼は息を殺した。光線が仕切りの中央に移動し、こちらを見つけ出したかのように止まった。心臓が激しく動悸を打ち、鼓動が耳に届くほどだった。やがて光は横に逸れ、仕切りの中から消え去った。

けたたましい足音が通り過ぎようとしていた。「ここにはいない!」叫び声が聞こえた。

彼はたっぷり一分間待ってから動きだした。永遠の一分のようだった。床に開いた丸い穴の縁に手を沿わせ、鉄の梯子を探り当てた。

すぐに女のあとを追い、梯子を降りはじめた。

何百フィートも下ったように思われた。やっと梯子の下にたどり着くと、床がじめついた、汚水の臭いが漂っている長い暗いトンネルを、二人は這いつくばるように進んだ。天井が低すぎて普通に立つことができないのだ。今や追っ手の足音は遠くからのかすかな音と化していた。女はトンネルの中を、腰を折り曲げ、カニのような恰好で素早く移動した。ブライソンも無意識のうちにそれに倣っていた。やがてトンネルは右に枝分かれし、女が上に伸びている金属の梯子を摑み、昇りはじめた。だがこの昇りは短く、通路らしきところに続いていた。女はマッチに火をつけ、炎が通路の両脇に聳える波形の鉄の壁を浮かび上がらせた。それがびっしりと積み込まれた鉄のコンテナの一面であることは間違いない。二列に長く連なっているコンテナの間に、通路が延びている。

女は立ち止まって膝をつき、再びマッチを擦り、コンテナのパネルに貼られているラベルを調べた。「スティール・イーグル105、107、111……」静かにラベルの文字を読み上げる。

「ナイフだ。戦闘用。順番に見ていこう」

女は隣りのコンテナに移った。「オメガ・テクノロジ――」

「電子戦争用のコンポーネント。まったく、ここにはなんだって揃っていやがる。だけどそれはぼくたちには必要ない」

「マーク‐トゥエルブ・ＩＦＦ暗号――」

「無線送受信機用の暗号作成システム。次を見てくれ、急いで！」

言いながらも、ブライソンは反対側のコンテナの正面にかがみ込み、数フィート離れた女のマッチから届くほのかな明かりを頼りにラベルに目を凝らした。「こいつは使えそうだ。ＸＭ84スタン手榴弾。殺傷能力のない、破片を飛ばさない代物。閃光と爆音だけの武器だ」彼はそう独りごちた。「致命傷を与える兵器が欲しいところだが、今は贅沢を言ってる場合じゃない」

声を潜めて、女は続けた。「ＡＮ／ＰＳＣ‐11・ＳＣＡＭＰ」

「携帯用多チャンネル対妨害電波機器だ。次は？」

女は炎を振り消し、新しいマッチに火をつけた。「ＡＮＦＡＴＥＤＳ？」

「陸軍フィールド用砲撃データシステム。どちらも今は役に立たない」

「AN／PRC－132・SOHFRAD？」

「特殊戦略用高周波ラジオ。パスだ」

「タディラン――」

ブライソンは遮った。「イスラエルの通信電子機器メーカー。きみの祖国のな。そいつもパス」

そのとき、彼の目が隣りのコンテナのラベルに止まった。M－76手榴弾とM－25暴動鎮圧用手榴弾。軍や警察が暴徒を威圧する際に使用する武器である。「あった」ブライソンは声が上擦りそうになるのを抑えながら言った。「これこそが今のぼくたちに必要な武器だ。ところでこいつの開け方は？」

女が振り返った。「ボルトカッター一本あればひらくわ。ここのコンテナは盗難防止用のハイ・セキュリティシールで閉じられているけど、厳重にロックされてるわけじゃないの」

セキュリティシールを切断するや、コンテナは簡単にひらいた。コンテナの前面で十字に結ばれていた合金製の索具を切り落とし、ドアを開けた。内部には手榴弾や他の武器が入った木製の箱が山積みされていた。まさに兵器で溢(あふ)れたアラジンの洞窟(どうくつ)である。

十分後、二人は多種多様な兵器を手元に置いていた。それらの使い方や暴発を防ぐ術(すべ)

を確認すると、手榴弾や弾薬といった小型の武器をケブラー防弾服のポケットに突っ込んだ。比較的大型の武器は、間に合わせのホルスターやリュックサックやつり縄を用いて、背負い、あるいは肩から吊した。大型の火器は手で運ぶしかない。二人はフェイスシールドの付いたケブラーのヘルメットを被った。

突然、頭上で凄まじい音がした。そしてもう一回。金属が擦れ合うけたたましい音。ブライソンはコンテナの間の狭い隙間に身を隠し、女にもそうするよう合図した。貨物室に通じるハッチが開けられたのだ。光の正体は三、四人の追っ手が握っている懐中電灯の強烈な光線だった。彼らの後ろ、そして脇にも、さらに多くの敵がいた。斜め下の位置からでも、天井の落とし戸がひらき、銀色のまばゆい光が侵入してきた。追っ手の重装備が見て取れた。

くそっ！　奴らと対決するのはここでではない、こんなにすぐにではない！　仲間となった名前の知らない金髪の女と、連携プレーの戦略を練るチャンスさえなかった。

彼はブルガリア製のカラシニコフAK-47アサルトライフルを握り、銃口をゆっくりと上に向けながら選択肢に思いを巡らせた。この状況で敵に発砲するのはこちらの位置を知らせる狼煙を上げるに等しい。カラカニスのボディガードたちは、二人がここにいることに気づいていないかもしれないのだ。

そのとき、歩行路に放り出されていた大量の大型兵器が視界の片隅に入った。それは追っ手に教えていた。連中の読みが正しかったことを、下の階から聞こえてきた音の出所を正確に捕らえていたことを、つまり二人がここにいる、あるいはいたということを。

だがなぜ撃ってこないのか？

数で圧倒されているときは先制攻撃あるのみ。位置を知らせることになろうがなるまいが、先に発砲し、できるだけ多くの追っ手を仕留めろ、彼の本能がそう命じた。

ブライソンはカラシニコフを構え、スコープを通して強烈な光源に目を凝らし、照準を合わせるや引鉄を絞った。

銃口が火を噴き、断末魔の悲鳴が上がった。追っ手の一人が数フィート先の鉄の傾斜路に落ちてきた。狙いは正確だった。男は額を撃たれて死んでいた。

ブライソンは奥の暗がりに引っ込み、敵がオートマチックの一斉掃射で応戦してくるのを待ち構えていた。

しかしなんの攻撃もしてこない！

上から命令を発する怒声が聞こえた。男たちが身を引き、発砲態勢をとった。だが撃ってこない！

いったいどうした？

当惑しながらも、彼は再び銃を構えて慎重に狙いを定め、二度引鉄を絞った。一人が吹っ飛び、もう一人が絶叫とともに崩れ落ちた。

ブライソンははっと気づいた。奴らは発砲を控えるように命令されている！　連中はコンテナ内にある兵器に命中するのを恐れているのだ！　波形のスチール製のコンテナには大爆発を引き起こす火器が詰め込まれていた。もちろん全部がその手の兵器ではないが、船舶を危険に晒す（さら）には充分な量だった。狙いを外した一発がコンテナの薄いスチールを貫き、C－4プラスティック爆弾などの貯蔵倉を爆発炎上させ、この巨大な船が沈没するという事態になりかねないのだ。

コンテナの間に隠れている限り、敵は撃ってこないだろう。だが、ブライソンと女がコンテナから離れた瞬間、狙撃者（そげきしゃ）は二人の命を狙うはずだ。これは彼らがここにとどまっている以上は安全だということを意味していた。しかし逃げ道がないということでもある。そして敵はそのことに気づいている。彼らが出てきて、動き出すのを待ち受けているのだ。

彼はカラシニコフから手を離し、銃は脇腹に吊り下がった。二十フィートほど離れたところで、金髪の女がコンテナの間にうずくまり、彼の出方を窺（うかが）っている。ブライソンは親指を右へ、それから左へ突き出し、無言の問いかけをした。どっちへ逃げる？

女は即答した、同じく手振りで。コンテナの防護壁から出て、入ってきた方向へ通路を引き返すのが唯一（ゆいいつ）の脱出ルートらしい。畜生！　姿を晒さねばならないとは！　ブライソンは自分を指さし、先に行くことを女に伝えた。そして手持ちの兵器の一つ、南アフリカ製のウージ短機関銃を構えると、コンテナを背にしてじりじりと移動し、通路に出るや上のボディガードたちに銃口を振り向けた。持ってきた兵器の分だけ重くなっている体をできる限り素早く動かし、唯一の逃げ道へ向かった。

女もゆっくりと姿を現し、今や二人は巨大なスチール箱を背に横歩きしていた。交差する懐中電灯の強烈な光が二人をまっすぐに照らし出し、その全動向を明らかにした。数人の敵が位置を変え、コンテナに銃弾が当たる危険の少ない斜めの角度から、こちらを狙っている。だがそれにしても、正確な射撃の腕が必要なのだ。

そして、ブライソンは敵に発砲させるチャンスを与えるつもりはなかった。

彼はカラシニコフを狙撃手に向け、安全装置を外した。そのとき、横手から騒々しい音が聞こえてきた。彼はとっさに振り向いた。脱出ルートであるハッチの下から男たちが現れた！　新たな追っ手は至近距離におり、したがって命令を知らずに発砲してくるかもしれない。二人は取り囲まれ、唯一の脱出口が塞がれた！

突然の機銃掃射。放ったのは金髪の女だった。彼女がコンテナの間に身を隠すと同時に叫び声と悲鳴が飛び交い、敵の何人かが負傷し、あるいは死体となって床に倒れた。

一方、ブライソンは防弾ジャケットのポケットから破片手榴弾を取り出し、安全ピンを抜いて上方の敵に投げつけた。男たちは一斉に叫び声を上げて分散したものの、爆発した手榴弾は辺り一帯に凄まじい破片のシャワーを浴びせ、何人かの息の根を止めた。金属の破片はブライソンのフェイスシールドにも飛んできた。

再度女の機関銃が火を噴き、ちょうどハッチから飛び出してきた追っ手は武器を構えながら四方八方に散った。ブライソンは手榴弾の安全ピンを抜き、再び上の敵に投げつけた。一回目よりもはるかにスムーズに爆発し、続いて、接近してくる敵目がけてウージ短機関銃を連射した。何人かに命中したが、うち二人は防弾ベストを着用しており、依然として前進してくる。ブライソンは再度、連射した。ケブラーの防弾ベストをも凌ぐ弾丸の凄まじい衝撃力が一人を悶絶させ、もう一人の男は露出した喉に弾丸が命中し、くずれ落ちた。

「こっちよ！」女が叫んだ。コンテナの間の狭い通路を後ずさりし、徐々に暗がりの中へ入っていこうとしている。ルートを変更するつもりらしい。ブライソンは女を信用するしかなかった。彼女が何をし、どこへ行こうとしているのかをきちんとわきまえていると、信じるしかなかった。やみくもに銃を撃ちまくりながら、彼は傾斜路へ飛び出した。走りながらさらに撃ちまくる。しかしそれが功を奏し、傾斜路を横切った先の狭い通路に無事たどり着いた。女は左へ曲がり、長い重そうな兵器を引きずりながら、背中合わせになったコンテナの間の狭い空間に消えようとしていた。

その兵器の正体は明らかだった。左へ曲がる直前に、彼は手榴弾の安全ピンを抜いて放り投げた。少なくとも、時間稼ぎにはなるだろう。

それにしても、何を考えているのか！　どうして女はわざわざこの馬鹿でかいライフル型の武器を持ち運ぼうとしているのだろう？

「急げ」彼は囁いた。「そいつはぼくが持つ」

「ありがとう」

彼は武器を摑んで肩越しに背中へ回し、胸に布紐をまわして括りつけた。女は下方のコンテナの並びへ通じている階段を降りていく。彼はあとを追い、コンテナの隙間を素早く移動する女のすぐ後ろに続いた。上と後ろを中心に、いたるところから足音が聞こえてきた。追っ手は少人数のチーム単位で動いているのだろう。女はどこへ向かい、そしてどうしてこの足手まといになる武器を手放そうとしないのか？

女はコンテナの隙間をジグザグの線を描いて進み、下の階へ続く梯子を降りた。甲板下のフロアには、コンテナが八段ほども連なっていた。そしてその数知れないコンテナの並びが巨大な迷路を形成している。女の狙いはそこにあった。彼女は迷路の中で追っ手を撒こうとしていたのだ！　ブライソンはすぐに方向感覚を失った。しかし女の動きは迅速で、目的を持っていることははっきりと見て取れる。

ついに二人は、鉄梯子の下がったさっきとは別の垂直のトンネルにやってきた。女は小走りに梯子に飛び移った。ブライソンは息が切れはじめていた。三、四十ポンドの負担重量が重くのしかかっている。女はしかし疲労を知らないらしい。このトンネルは五十フィートほど上方で、直立できる程度に天井が高く暗い水平のトンネルに突き当たっていた。ブライソンが梯子を昇りきるや、女はハッチを閉じてかんぬきをかけた。

「このトンネルは長いわよ。でも出口のそばまで行って02甲板に出れば、脱出できるわ」

女が駆け出した。ぐんぐん速度を上げていく。ブライソンは彼女のあとにぴったりとつけた。

不意にカチッという甲高い音が響き、二人は闇へ飛び込んだ。

ブライソンは反射的に鉄の床へ身を投げた。長年の諜報活動で得た習癖。女が同じ行動をとったのを耳で知った。

銃声が轟き、弾丸はわずか数インチ離れた隔壁を襲い、金属が金属に衝突する音がした。狙いは正確で、熱電対暗視スコープを使用しているとしか考えられなかった。再び銃弾が炸裂した。そして一瞬後、ブライソンの胸に命中した！

弾丸は拳を叩き込むような衝撃力でケブラーの防弾服に食い込んだ。ブライソンは暗視スコープを持っていなかった。引っかき回したアラジンの洞窟にはなかったのだ。しかし、女が持っている。

いや、持ってない？

「ないわ！」女がブライソンの心を読んだかのようにざらついた声で囁いた。「どこかで落としてしまったみたい！」

二人は闇の中から接近してくる足音を聞いていた。走るのではなく、大股で歩いてくる、勝ちを確信した足音を。暗がりで真っ昼間同様に標的を見ることができる殺し屋は、射撃ラインを修正しようと近づいてくる。

「伏せろ！」ブライソンは小声で叫ぶと、足音のする方向にウージを撃ち放った。しかし銃声が虚しく響き渡るだけだった。

ブライソンの防弾服の左ポケットには手榴弾が詰め込まれていた。M651CS催涙ガス手榴弾は使えない。この狭い空間ではこちらにも危害が及ぶ。防護壁がないのだ。噴煙装置のついたM90手榴弾は、厚い煙の幕を作り出すが、これもここでは役に立たない。熱電対スコープは幕の向こうを透かし見ることができるのだ。

しかし他にもあった。この場で威力を発揮してくれるに違いない、ハイテク機能を搭載した新世代の手榴弾が。

女に説明する暇はなかった。彼はコンテナから奪い取ってきた数種の手榴弾を手探りした。さあ、どうする？

今だ！

彼は目ざす手榴弾を、そのでこぼこの少ない特殊な形状を頼りに探り当てていた。安全ピンを抜き、二、三秒待ち、敵がいると思われる位置の数フィート手前に放り投げた。

爆発は束の間だったが、まばゆい白色の燐光が敵の姿をコマ送りで、カメラのシャッターを連続で切ったかのように照らし出した。男は機関銃を構えたまま、顔を仰けに反らせていた。しかし燐光は放たれた途端に消え去り、すぐに灼熱の煙があたりに充満した。殺し屋は不意をつかれて肝をつぶし、ブライソンはその隙に長いライフル型の兵器を両手ですくい上げ、女のほうへ突っ走った。そしてアラビア語で叫んだ。「走れ！まっすぐ！　奴にぼくたちは見えない！」

アメリカ製のM76スモーク手榴弾は、爆発と同時に、落下速度が極めて遅い黄銅色の破片が入り混じった厚い煙の幕を作り出す。これはハイテク時代の煙幕で、熱画像システムを用いた赤外線放射による探知阻止を目的としていた。高温の金属の破片が殺し屋のスコープの機能を麻痺させ、スコープはもはや人体が発する熱の温度と背景の温度を区別することができない。空中は熱い金属の粉塵で覆われ、殺し屋の視界には厚い斑状の雲が広がっている。

ブライソンは女のすぐ後ろを全速力で駆けた。数秒後、殺し屋が我に返り、見境なしに撃ちまくってきたときには、二人は敵のはるか前方にいた。弾丸が四方八方に飛び散り、鉄の隔壁を打ち鳴らした。

手が伸びてきてブライソンの体に触れた。ハッチへ誘導し、鉄の梯子へ引き上げようとする女の手だった。女は彼が真っ暗闇の中で梯子の位置を確認し、脚をかけるまでアシストした。やみくもに放たれる弾丸の嵐の音が再び耳に届いたものの、やがて銃声はぷつりと途絶えた。弾が切れたのだ。敵は弾を装塡しなければならない。

しかし、こちらには息を整えている余裕はない。

女がハッチを開けると、突然目が利くようになった。心地よい、ひんやりとした夜気が肺に届くのと同時に、ブライソンは右舷側にある小さな区画にいることに気づいた。女がハッチを閉じ、差し金をスライドさせた。空は暗く、雲で覆われていたが、トンネルの中と較べればまぶしいほどだった。

二人はメイン甲板の一階上の02甲板にいた。汽笛も警報器も鳴り止んでいる。とぐろを巻く蛇のような、油ぎったケーブルの束をいくつか迂回しながら、女は小走りで舷側板へ向かった。

彼女は膝をつき、ペリカンフックからケーブルをほどいた。吊り柱のアームが解除され、舷側の外側へ伸びていった。ダビットには、全長二十七フィート、世界最高速のモーターボート、マグナ・マリン哨戒艇が救命ボートとして吊されていた。

ボートは不安定に揺れている。乗り込んでロープを引っ張るや、ブレーキが外れてそれは急降下し、真下の海へ叩きつけられた。

女がエンジンをかけると、モーターが嗄れた唸りを上げ、ボートはつんのめるように水面を進み出した。女が操舵輪を握り、ブライソンは苦労して運んできた長い円筒型ミサイルの発射準備をした。ボートは時速六十マイルの高速で滑っていく。カラカニスの船は背後に摩天楼のごとく聳え立ち、その黒い船体がいっそう不気味に感じられた。

マグナ・マリン哨戒艇が発するけたたましいモーター音を敵が聞きつけたらしい。黒い空はまばゆい光線で照らされ、銃声が轟き渡った。カラカニスのボディガードたちが舷側板に集結し、機関銃やスナイパーライフルの火花を散らしている。それはしかし無意味な行動だった。ブライソンと女はすでに射程圏外にいた。

二人は逃げ切り、安全圏に入った！

しかしそのとき、ロケット弾発射筒が甲板上に現れ、筒先がこちらに向けられた。奴らはこのボートを木っ端微塵にしようとしている。

船外モーターの物憂げな音が耳に届き、しだいにそれは音響を増し、凄まじい唸りに変わった。巨大船の船尾を迂回して、全長二十七フィート、ビジラント級、マシンガン搭載型のボストン・ウェイラー哨戒艇が真後ろから迫ってきた。スペイン沿岸警備隊の船舶ではなく、明らかに個人の所有物だった。

哨戒艇は速度を上げて接近し、マシンガンがノンストップで火を噴いた。

銃声に気づいて女が振り返った。促す必要はなかった。彼女はスロットルをいっぱいに開け、最高速度までスピードを上げた。二人が乗ったボートはそのスピード性能ゆえにカラカニスが選んだことは間違いないが、同じことは近づいてくる哨戒艇にも言えた。

二人は海岸を目指しているものの、競争に勝てるという確信はなかった。今や追っ手のボートはこちらを射程圏内にとらえつつあり、マシンガンは間断なく唸りを上げている。追いつかれるのは時間の問題だ。炸裂する無数の弾丸に、海面は泡立ち、かき乱されている。

しかも今、スペイン無敵艦隊の巨大なロケット弾発射筒からミサイルが発射されようとしていた。二人が射程圏内にいることは考えるまでもない。

「撃って！」女が叫んだ。「撃たれる前に！」

ブライソンはすでにスティンガーミサイルを肩にのせ、右手でグリップを握り、左手で発射装置を支えていた。スコープを覗き、片方の目をつぶる。スティンガーには最新技術を駆使したプログラムが内蔵されており、赤外線自動追尾装置を用いることで目標を極めて正確に捕らえることができる。敵との距離は推奨最低距離の二百メートルを優に超えていた。

照準を合わせると、敵味方識別装置を作動させ、ついでミサイル発射装置を始動させた。

小さな音が聞こえ、ミサイルの自動追尾手続きが完了したことを告げた。

発射！

とてつもない衝撃力だった。二重推力構造のロケットエンジンが点火し、ミサイルが撃ち出されるや、その反動で彼は後方へはじかれた。使い捨てのミサイル発射管が海に落下した。

熱誘導ミサイルは上空に舞い上がり、緩やかな弧を描いて哨戒艇を目指した。煙の尾が夜空に殴り書きするようにその軌跡を辿る。

数秒後、哨戒艇は爆発し、火だるまと化し、硝煙の雲が立ちこめた。海面はうねり、高波が二人のところにまで押し寄せてきた。

スペイン無敵艦隊の長い、甲高い警笛が闇を切り裂いた。続いてそれは短い連続した音に変わり、再び長い音となって響き渡った。

女が振り返り、恐怖の面持ちで背後を見つめた。ブライソンの顔はミサイルの発射熱で激しく火照っていた。彼は二基目のミサイルを持ち上げ、一基目といっしょに括られていた最後の一発を発射装置に詰め込んだ。それを左手で支え、赤外線照射スコープを覗き、スペイン無敵艦隊の船楼に狙いを定めた。信号音が耳に届き、自動追尾手続きの完了を告げた。

心臓の激しい鼓動を感じながら、彼は息を殺し、引鉄を絞った。

ミサイルは巨大貨物船目がけて飛び立ち、軌道を修正しながら船の中心部へ直進した。

爆発が起こった。最初に内部が破壊され、外部へと広がっていった。黒い煙と火柱に混じり、船体の破片が吹き上がった。やがて連鎖反応を引き起こしたように、より大きな音とともに新たな爆発が生じた。

そしてまた、さらにまた。

一つずつコンテナが高温で熱せられ、引火性の高いその内容物を爆発させていった。

空は炎と煙と破片が混在する巨大な赤黒い球体によってあざやかに彩(いろど)られた。爆音が耳の機能を麻痺させた。どす黒い油膜が海上に広がるや、即座に火の手が伸び、あたり一帯は煙と火とそそり立つ波に占拠された。

カラカニスの巨大船は姿を変え、傾きはじめた。そして刺激臭を発する黒い煙に半ば隠されながら、徐々に海の底へ沈んでいった。

〝スペイン無敵艦隊〟はついにこの世から消え去った。

第二部

第八章

二人をのせたボートは岸壁を襲う荒波に押し流されて、狭い、岩場だらけの岸辺に打ち上げられた。ここは〝コスタ・ダ・モルテ〟、つまり〝死の海岸〟。その危険極まりない殺伐とした海岸線で、無数の船舶が難破したことにちなんでつけられた名称である。

無言のまま、二人は救命ボートをできる限り内陸側へ引き上げ、沿岸警備隊のサーチライトや密輸人の目ざとい視線を避けるべく岩場の窪みに押し込んだ。これで少なくとも、次の大波でボートがさらわれることはないだろう。ブライソンは胸に巻かれた紐を緩め、二挺の大型兵器、AK-47とウージを抜き取ると、ボートの傍らに隠し、砂や岩や小石で覆った。とはいえ、傭兵らしき二人組がうろつき回っていると思われることはいかんともし難かった。加えて彼らの防弾服のポケットには、他の小型の兵器が大量に詰め込まれていたのだ。

彼らは危なっかしい足取りで、岩場を移動しはじめた。ポケットに詰め込まれた武器が、肩や背中に吊された兵器が、体に重くのしかかっている。二人の衣服――女の白い制服とブライソンのイタリア製のスーツ――は言うまでもなく水浸しで、その氷のような冷たさに彼らは震えていた。

ブライソンはどこに上陸したのか見当がついていた。CIAの監視衛星が伝えてきたスペイン無敵艦隊の停泊地から最短距離の海岸である、ガリシア沿岸の詳細地図に目を通してきたのだ。察するに、ここは先住民が〝フィステラ〟と呼ぶフィニステレ岬の村、あるいはその付近の沿岸だった。〝フィニステレ〟岬は〝世界の果て〟の岬を意味し、スペイン本土の最西端に位置している。かつてスペイン人たちが世界の最西端だと信じていた地、そして、あまたの密輸人がフジツボの張りついた岩礁にぶち当たり、悲惨な、しかし突然であるがゆえに苦しみの少ない最期を遂げた地である。

最初に口をひらいたのは女だった。全身をわななかせながら岩の端に腰を下ろすと、彼女は両手を頭に置いてブロンドの鬘を引き剝がし、とび色のショートヘアをあらわにした。それから密封されたプラスティックの小物入れを取り出し、中からさらに小さな白いプラスティックのケースを引き出した。コンタクトレンズの容器だ。両方の目から色つきのレンズを取り外すと、最初に左、次に右のそれをケースに入れた。煌めくグリーンの瞳は深い茶色の瞳に変わっていた。ブライソンは呆然と眺めていたが、何も言わなかった。続いて女はポーチからコンパスと防水処理が施された地図、そして小型のペンライトを取り出した。「もちろん、ここにはいられないわ。沿岸警備隊が海岸線一帯をしらみつぶしに捜索している。まったく悪い夢よね！」彼女は手のひらを丸くしてペンライトを囲い、明かりをつけて地図に目を凝らした。

「この手の悪夢は経験済みなんじゃないのか？」

女は地図から顔を上げ、ブライソンに鋭い眼差しを向けた。「あなたに説明する義務があって？」

「きみはぼくに何の借りもない。だけど命を張ってぼくを助けてくれた。その理由が知りたい。それに、ブロンドのきみよりもブルネットのきみが気に入ったようだ。イスラエルを守るために兵器の供給ルートを追っていると言ったけど、きみはモサドかい？」

「そうとも言えるわ」女は曖昧な言い方をした。「そしてあなたのほうはＣＩＡ？」

「そうとも言える」相手のことをできるだけ探り出し、自分のことはなるべく漏らさないというフィールドでの鉄則を、彼は常に念頭に置いていた。

「ターゲットは？　狙いはどの地域？」彼女は続けた。

ブライソンは一瞬躊躇してから答えた。「きみが相手にしている何者かよりも、はるかに広域に渡って活動している組織とだけ言っておこう。それよりも訊かせてくれ。なぜこんなことをした？　今までの潜入活動を水の泡にし、その上命まで危険に晒したのはどうしてなんだ？」

「冗談じゃない、自分の意志でしたことじゃないわ」

「だったら誰の？」

「まわりの状況よ。成り行きよ。わたしはあなたに警告するという愚かなミスを犯した。カラカニスが至る所に隠しカメラを据え付けていることを忘れてね」

「見られたことをどうして知った？」

「騒ぎがはじまったあと、仕事から外されて、ボグホジアンに呼び出されたわ。ボグホジアンは殺し屋連中のリーダーよ、いえ、だったわ。あの男から連絡を受けたときに、すぐにその意味を悟った。隠しカメラのテープがチェックされた、ってね。その時点で、わたしは逃げるしかなかったのよ」

「それじゃあ、そもそもぼくに警告したのはなぜかという回答にはなってないな」

女はかぶりを振った。「さらに多くの犠牲者が出るのを見逃す理由はないわ。ことに、わたしの目的がつまるところは、テロリストや狂信者によって罪のない人間が血を流すのを阻止することにある以上ね。それに、自分自身の任務の遂行が危うくなるとは思っていなかった。明らかにわたしの見込み違いよ」彼女は地図に顔を戻した。ペンライトを覆っていた手は片時も地図から離れなかった。

女の率直さに心を打たれて、ブライソンは優しく尋ねた。「名前を訊かせてくれないかい？」

女は再び顔を上げ、わずかに白い歯を覗(のぞ)かせた。「レイラよ。ちなみにあなたがコールリッジじゃないことはわかっているわ」

「ジョーナス・バレット」ブライソンは答えた。しかし自分がここに来た目的については触れなかった。女の想像にまかせよう。情報はそのときが来れば——実際に来ればの話だが——交換されることになるだろう。今は嘘(うそ)や偽名がかつてのようにいともたやすく口をついて出た。俺はいったい何者なのか？ 彼は押し黙ったまま考えていた。多感な年頃のセンチメンタルな疑問が、自らを失った元フィールド・エージェントの崩壊しかかった自意識の中に芽生えていた。波が大きな音をたてて砕け散った。海岸の向こうに高く聳(そび)える灯台から、霧笛のもの悲しい音が鳴り響いてきた。フィニステレ岬の有名な灯台である。「見込み違いかどうかはまだはっきりしてないさ」彼は感謝の意を込めて、囁(ささや)くように言った。

女は悲しそうな笑みを垣間見(かいまみ)せ、ペンライトを消した。「ヘリコプターか自家用飛行機をチャーターしなきゃならないわ。それでわたしは、いえ、二人してここから抜け出すのよ。一刻も早く」

「だったらサンティアゴ・デ・コンポステラに行こう。ここから東南東へおよそ六十キロ、名の知れた観光都市で、巡礼の旅人が集う聖都だ。郊外に国際便が出ている小さな空港がある。そこで飛行機かヘリをチャーターできるかもしれない。行ってみる価値はある」

女はブライソンを見据えた。「詳しいのね？」

「付け焼き刃の知識さ。地図に目を通してきたんだ」

不意に、強烈な光線が数ヤード先の浜辺を照らし出し、二人はとっさに身を投げた。フィールドで磨きをかけられた本能のなせる業。ブライソンは大きな岩の背後に身を伏せ、固まった。レイラは岩棚の間に這いつくばっていた。彼の顔は冷たい、湿った砂を感じていた。二、三フィート向こうから、彼女の落ち着いた息遣いが耳に届く。彼は女性諜報員と組んだ経験はさほどなく、めったに口にすることはなかったものの、スパイを指揮する人間の大部分は男であり、彼らによって張り巡らされた障壁を乗り越えられる女は数少ない例外的な人間であると、信じていた。この謎の女レイラは、巧みな技と重圧に屈しない精神力を持ち合わせた例外中の例外だった。

サーチライトは砂浜をさっと一撫でし、ボートが隠された窪みで束の間止まり、寄せ集められた岩の並びをもう一度探った。経験を積んだ目が、岩や海草やゴミや漂流物からなる自然の造形に、人間の手が加わったことを見抜いたのかもしれない。岩の背後からブライソンは辺りに目を光らせた。哨戒艇は海岸線に沿って移動し、二つのまばゆい光線が粗い岩肌の岸壁をくまなく照らしていく。相手は同時に高倍率の双眼鏡を使用しているに違いなかった。この距離だと、暗視スコープは役に立たないだろう。とはいっても、サーチライトが遠ざかったという理由だけで、体を起こすつもりはなかった。明かりの消滅が本格的な捜索の前触れにすぎないということが多々あるのだ。狙われている獲物が岩陰から飛び出すのは光線が行き過ぎてからである。だから浜辺が再び暗くなったあとも、彼は五分間、身動きせずにいた。促さずともレイラが同じようにしていたことに感心しながら。

二人は四肢をこわばらせながら姿を現すと、ねじくれた松の低木が密集した斜面をよじ上り、岸壁の上の狭い砂利道に出た。道沿いに、背の高い御影石造りの時代がかった家が連なり、壁を苔が覆っていた。どの家にも高い柱で支えられた貯蔵室があり、円錐形の馬草台があり、緑色のブドウの蔓垣があり、果実がぎっしりとなった、節くれ立った木々の並びがあった。ここは集落だった。住民たちは何世代にも渡ってこの土地に住み、この土地で働き、共同生活を送っているのだ。それは来訪者の歓迎されない土地。うろつき回っている人間は疑惑の眼差しを浴びせられ、彼らの話はあっと言う間に土地中に広まるのだ。

突然、百フィート足らず後方から、足を引きずるような音が聞こえてきた。ブライソンは右手にピストルを握って身を翻したが、闇と霧以外は何も目に入らなかった。視界は極度に不良で、おまけに道が曲がりくねっていたために、近づいてくる人間を見ることができない。レイラは銃身の長い、サイレンサー付きのピストルを構えていた。その両手構えの狙撃スタイルは非の打ち所がなかった。二人は身動きせずに耳を澄ませていた。

と、そのとき、下の海岸から叫び声が耳に届いた。少なくとも二人の人間がいるようだが、実際はそれ以上いるに違いない。しかし、連中はどこから来て、何をしようとしているのか？

再び、だしぬけの音。近くで誰かがどら声を張り上げ、ブライソンがとっさには理解できなかった言語を口走った。その言葉がガリシア語――ポルトガル語とスペインのカスティリャ地方の方言が合わさったガリシア地方の古代言語――であることに、彼はやがて気づいたものの、断片的なフレーズしか理解できなかった。

「ベナャ！　アキシナャ・ク・カラロ・ファ・エ？ク・エ・オ・ク・シェ・レバ・タント・テンポ？　モベテ！」

二人は互いを見やると、足音を忍ばせながら、石の壁に沿って音源のほうへ向かった。低い声。ドシンという響き。固い物体同士がぶつかり合う音。壁伝いに回り込むや、二つの人影が時代物のパネルトラックに箱を積み込んでいるのが目に入った。一人は荷台にいて、もう一人が箱を持ち上げ、手渡している。ブライソンは腕時計に目をやった。午前三時を少し回ったところ。この連中は何をしている？おそらく漁師に違いない。土地の漁師が地元の海産物を採取してきたのだ。岸辺でフジツボをすくい取ってきたのかもしれないし、あるいは、貧いかだで沖合に出、イガイを漁ってきたのかもしれない。

彼らが誰であろうと、仕事に精を出している地元の人間であり、直接的な危害をもたらす恐れはなかった。ブライソンは武器をしまい、レイラにもそうするよう身振りした。銃を向けるのは誤りだろう。対決する必要はない。

ブライソンは近くから二人を観察した。一人は中年、もう一人は二十歳そこそこの青年だった。二人とも野暮ったい、田舎の労働者といった風体で、父と息子のようにも見える。若いほうが荷台にいて、年を取ったほうが箱を手渡していた。

中年男が若者にポルトガル語で叫んだ。「さあ、急げ！　予定がぎっしり詰まってる。一刻も無駄にはできんぞ！」

ブライソンはリスボンで数え切れぬほど、サンパウロでも数回の任務経験があったので、二人の会話ぐらいは充分に理解できた。

彼はレイラに目配せし、二人組にポルトガル語で話しかけた。「すみませんが、助けてもらえませんか？　車が道端で故障してしまって。わたしたち夫婦は大至急ビゴへ行かなきゃならないんです」

二人の男は訝しげに顔を上げた。積み荷が見えたが、フジツボでもイガイでもなかった。それは外国産タバコの箱で、大半がイギリスとアメリカ製のものだった。二人組は漁師ではない。禁制のタバコを持ち込み、莫大な値で売りさばいている密輸人だったのだ。

年輩の男が箱を足下に置いた。「よそ者か？ どこから来た？」

「ビルバオから車で来ました。休日を利用して観光に訪れたはいいが、レンタカーががらくた同然になってしまいましてねぇ。ギアがどうしても入らないんです。同乗させてもらえれば、それ相応のお礼はさせて頂きますよ」

「ああ、いいとも」年輩の男はそう言いながら、若い男に合図を送った。若者は荷台から飛び降り、つかつかとレイラに歩み寄っていった。

そして、若者はいきなり時代物のリボルバー、アストラ・キャディックス・38スペシャルを取り出し、レイラに向けた。さらに二、三歩踏み出し、声を張り上げる。「ポケットの中の物を全部出せ。一切合切だ！ へたなまねはするな！ 早くしろ！」

年輩の男もリボルバーを抜き出し、こちらはブライソンに向けられた。「おまえもだ。財布を落として、こっちへ蹴っ飛ばせ」男は吠えた。「その値が張りそうな時計もだ。とっととしろ！ さもないとおまえの可愛いかみさんにこいつをお見舞いすることになるぞ、そしておまえにもな！」

若者は前に踏み込んでレイラの肩を左手で摑むと、こめかみに銃口を突きつけ、ブライソンのほうへ押しやった。レイラの顔色が変わっていないことに、彼女がまったく動揺していないことに、男は気づいてないらしい。彼女の冷静沈着な態度に感づいていたなら、男は慎重にならざるを得なかっただろう。

　レイラとブライソンの視線がぶつかった。彼はかすかにうなずいた。

　意表をつく早業で、彼女は二挺のハンドガンを一気に抜き出し、両の手に握った。左手に、四五口径ヘックラー・ウント・コッホUSPコンパクト、右手に、破壊力抜群の五〇口径イスラエル製デザート・イーグル。同時にブライソンもベレッタ92を素早く取り出し、年輩の男に向けた。

「下がりな！」レイラが若い男をポルトガル語で一喝した。男は急に怖じ気づき、ふらつきながら後ずさった。「銃を捨てな。ぼやぼやしてたら頭が吹っ飛ぶわよ！」男がなんとか踏みとどまり、決断にもたついたところで、デザート・イーグルの引鉄が引かれた。凄まじい轟音とともに男の耳元で銃口が火を噴き、若者はアストラ・キャディックスを投げ出し、両手を上げた。「止めてくれ！　撃たないでくれ！」地面に転がり落ちたリボルバーは暴発しなかった。

　ブライソンは笑みを浮かべ、年輩の男に近づいた。「銃を捨てろ。さもないとぼくの女房があんたの息子だか甥だか知らないが、そこの若造をあの世へ送ることになるぞ。見ての通り、うちのかみさんはかっとなると抑えの利かない質の女でな」

「畜生、気違い女め！」中年の男はポルトガル語でそう吐き捨てると、膝をつき、そっと銃を手放した。そして若い男同様、両手を上げた。「殺すつもりなら、おまえら大馬鹿者だぞ。下の海岸で仲間が待っていて――」

「わかった、わかった」ブライソンはじれったそうに口を挟んだ。「おまえたちのタバコに興味はない。欲しいのはトラックだけだ」

「だめだ、こいつは渡せない！」

「まあ、運が悪かったと思って諦めろ」

「膝をつきな！」レイラが若い男を怒鳴り、若者はすぐに従った。顔を紅潮させ、怯えた子供のように震え上がり、デザート・イーグルの銃口が揺れるたびに体をビクつかせている。

「積んだ箱を下ろすぐらいはいいだろう？　品物は要らんと言っただろうが！」年輩の男が食い下がった。

「さっさと下ろしな」レイラが言った。

「だめだ！」ブライソンは遮った。「積み荷の強奪に備えて、中には得てして武器が隠されてる。二人とも背中をこちらへ向けて、そのままこの道を向こうへ行け。トラックの音が完全に聞こえなくなるまで足を止めるな。いいか、追いかけるとか、発砲するとか、電話するとか、そういう素振りを見せたら、即座に引き返し、おまえらが見たこともない武器であの世へ送る。悪いことは言わん、へんな気を起こすな」

彼はトラックの運転席へ走り、レイラに助手席に乗り込むよう首を振って合図した。

そして二人の男にベレッタを向けながら叫んだ。「行け！」

二人組は手を上げたままおずおずと立ち上がり、砂利道を歩きだした。

「待って」レイラがだしぬけに言った。「危ない橋は渡りたくないわ」

「うん？」

彼女は小口径のピストルを防弾服のポケットに突っ込み、別の銃を引っ張り出した。その変わった外観の武器の正体は一瞥するだけで明らかだった。ブライソンは首を縦に振り、微笑んだ。

「止めろ！」若い男が振り向き、金切り声を上げた。

父親と思われる年輩の男が叫んだ。「撃つな！　言われた通りにしてるじゃないか！　神に誓って誰にも話さん、信じてくれ！」

二人組は一目散に走りだした。しかし数ヤードも行かないうちに、レイラの銃からパンという大きな炸裂音が連続で轟いた。圧縮された二酸化物が強力な鎮静剤のカプセルを発射し、それぞれの男を捕らえた。この射程距離の短い鎮静剤は野獣を生け捕りする際に用いられるが、その効力は人間なら三十分ほどは持続するだろう。二人の男は地面に倒れ、身悶えし、すぐに意識を失った。

旧式のトラックはその老朽化したエンジンをフル回転させ、曲がりくねった山道の急坂をがたと音をたてて走った。朝日が岸壁から顔を覗かせ、淡いタッチの水平線を描き、漁村に連なるスレートの屋根を青白く染め上げていた。隣りの助手席で窓に頭を寄せて眠っている、類い稀な美しい女のことを、ブライソンは考えていた。

タフで非情なところがある一方で、脆さがあり、哀愁すら漂わせている女だった。実のところそれは魅力的な取り合わせだったものの、彼の本能が多くの理由から女との距離を置くよう警告していた。女は彼とあまりに似ていた。激しい葛藤に翻弄されているデリケートな内面を、タフな外面で覆い隠しているサバイバー、それが彼女だった。

そして彼の心の中にはエレナがいた。謎の失踪をしたエレナが亡霊のように彷徨っていた。彼の知り得なかった女。エレナを探し出すという固い決意は、目に見えない、それでいて決して忘れることのできない枷となっていた。

レイラは戦略上のパートナーであり、その場しのぎの仲間にすぎなかった。彼女とブライソンは互いを利用し、互いを援助してきた。二人の間には距離があり、駆け引きがある。彼らはそういう間柄でしかなかった。彼女は目的のための手段なのだ。

疲労が限界に達した。ブライソンは二、三十分仮眠をとるつもりで、トラックを雑木林に止めた。そして数時間後、飛び起きた。レイラはまだぐっすりと眠っている。彼は胸の内で毒づいた。この時間ロスは痛い。だが一方で、極端な疲労は判断ミスを引き起こす。このロスタイムはそれに値するだろう。

雑木林から引き返すと、道路はサンティアゴ・デ・コンポステラ方面へ向かう歩行者で溢(あふ)れかえっていた。数人の人間がぱらぱらと歩いていた先ほどとは打って変わり、人々が列を作り、ひしめき合っている。ほとんどの人間は歩いていたが、古びた自転車や馬に跨(また)がっている者もいた。彼らの顔は日焼けし、大半の者が柄の曲がった杖(つえ)をつき、粗末な衣服をまとい、ホタテガイの貝殻をつけた袋を背負っていた。その貝殻が巡礼者のシンボルであることをブライソンは思い出した。彼らはそれを身につけ、サンティアゴの道、つまりピレネー山脈のロンセスバーリェスにある入り口から聖ヤコブの大聖堂までの数百キロもの巡礼の道を進むのだ。徒歩で行くなら普通は一月(ひとつき)ほどかかる。路傍には屋台が連なり、露天商たちが土産物――絵はがき、羽をばたつかせるプラスティック製の鳥、ホタテガイの貝殻、けばけばしい色調の衣装――を並べていた。

しかし彼は間もなく別のことに気づいた。とはいっても、すぐにはその説明がつかなかった。数キロ先のサンティアゴに至るまでの道路が異常に混雑しているのだ。車やトラックはのろのろと進み、数珠(じゅず)つなぎになっている。おそらく前方に何か障害物があるせいで渋滞しているのだろう。道路工事か？

違った。

カーブを曲がると同時に、木のバリケードと何台ものパトカーの回転灯が目に入った。

警察による検問だ。スペイン警察が車輛を止め、運転手と同乗者をチェックしていた。乗用車はすぐに通過を許可されているが、トラックはすべて路肩に寄せられ、運転免許証と登録書をチェックされていた。巡礼者たちは何事かと眺めながら黙々と通りすぎていく。

「レイラ、起きろ!」

彼女は飛び起きるや、とっさに身構えた。「何? どうしたの?」

「トラックが捜索されている」

彼女はすぐに事情を飲み込んだ。「そうか。あの二人組が意識を取り戻してから、警察へ通報したのね……」

「いや、奴らの仕業じゃない、直接的にはね。ああいう連中はできる限り警察を避けるものだ。誰かがあいつらに大金を握らせ、口を割らせたに違いない。スペイン警察に直接通じている何者かが」

「沿岸警備隊かしら? カラカニスの一味だとは思えないわ。生き残った人間がいたにせよ」

彼は首を横に振った。「おそらくまったく別の連中だ。ぼくがあの船に乗っていたことを知っていた組織の仕業さ」

「あなたが追いかけている諜報機関ね」

「ああ、でもきみが考えているような組織とは違う」〝敵対する〟というよりも、〝悪魔のような〟という修飾語のほうが相応しかった。列強各国の政府に魔の手を伸ばしている組織、ディレクトレイト。ブライソンは急にトラックを道端に寄せ、巡礼者の列に割り込ませた。露天商たちが怒鳴り声を上げ、クラクションが鳴り響いた。

トラックから飛び降りると、彼はポケットナイフについているドライバーで素早くナンバープレートを取り外し、運転席に戻った。「ナンバープレートにだけ目を光らせているかもしれないからね。とにかく二人でいるのはまずい。連中はたぶんぼくたちの風貌と一致する男女の二人組を捜している。そしてにわか仕立ての変装をしていると考えているだろう。だから当然こちらとしては、ばらばらになって歩いて行く必要がある。だけどその前にやっておかなきゃならないことが……」ブライソンは近くの露店の一つに目を留め、言葉尻を濁した。「待っててくれ」

数分後、ショールや民族衣装を売っている肉づきのいい露店の女と、彼はスペイン語で話していた。女はこの客が——その流暢な訛りのないスペイン語から地元のカスティリャ人だと判断した——値切ってくると思っていたにもかかわらず、ペセタの札束を放り投げるように置いていったことに面食らった。露店から露店へと駆けずり回って衣装を買い漁り、彼はトラックに戻ってきた。レイラは目を丸くした。そしてうなずき、まじめくさった顔で言った。「今からわたしたちは巡礼者ね」

混乱、度し難い大混乱！

クラクションが鳴り響き、怒った運転手たちは喚き、罵声を飛ばしている。巡礼者の列は膨れ上がり、敬虔なる信仰心という一点だけを共有している多種多様な人の群と化していた。やっとのことで歩いているらしい年老いた男。全身黒ずくめで、黒いネッカチーフから顔の上半分だけを覗かせている老婆。多くの者は半ズボンとTシャツ姿だった。自転車を押している者がいた。泣き喚く赤ん坊を抱えながら、人混みの中ではしゃぎ回っている上の子供たちに手を焼き、へとへとになっている親がいた。汗やオニオンや香の匂いに混じって、群がる人間たちの体臭が漂っている。ブライソンは柄の曲がった杖を持ち、古風な法衣に身を包んでいた。他と交流を持たない、特定の修道会でいまだに着用されている昔からの修道服である。これは土産物として売られていたもので、頭巾がついており、それを被ることで顔の一部を隠せたし、晒されている部分も影に覆われ曖昧になっていた。五十ヤードほど後ろにいるレイラは、綿モスリンのようなきめの粗い生地で作られた風変わりなシフトドレスを身につけ、スパンコールがちりばめられたけばけばしいセーターを羽織り、頭を紅色のスカーフで覆っていた。その扮装はやはり奇妙だったものの、文句なく群衆に溶け込んでいた。

目の前にある木のバリケードには、歩行者用に幅の広い通路が設けられていた。制服姿の警官が通路の両脇に立ち、気のない様子で通行人の顔を一瞥している。道路の向こう半分では、乗用車やトラックが一台ずつ、通過許可を受けていた。歩行者たちの進む速度は変わっていない。ペースが遅くなっていないことを知って、ブライソンは胸を撫で下ろした。警官の脇にさしかかると、苛酷な長旅の目的地に近づこうとしている巡礼者の足取りを装い、杖に凭れてよろよろと歩いた。警官の顔に目をやらなかったが、露骨に無視もしなかった。彼らは注意を払っていないらしい。数秒で、彼はバリケードを無事通過し、再び人の波に揉まれた。

閃光が放たれた。朝の強い陽光を反射し、何かがきらりと輝いた。振り向くと、ベンチの上に立っている制服警官が、高倍率の双眼鏡を顔にあてがっているのが目に入った。バリケードを受け持っていた同僚同様、その警官はフアン・カルロス一世通りに沿って市内へ入ってくる人間たちの顔をチェックしていた。いわゆる二重チェックというやつだ。まだ早朝だったが、すでに日差しは強く、くすぶっていた人々の顔色に赤みが差していた。

ブライソンは警官の色白の肌と、つばつき帽子から覗いているブロンドの髪の毛に引っかかりを覚えた。スペインのこの地域でブロンドは一般的ではないが、皆無というわけではない。しかし彼のアンテナに触れたのはその点ではなく、真っ白な肌だった。警官であれ、国境警備員であれ、この時季の強い日差しを浴びていれば、顔は日焼けするか少なくとも赤みを帯びる。デスクワーク専門の役人ですら、通勤途中、あるいは昼食をとりに外出する際に、日光に晒されざるを得ないのだ。

そう、この男は現地の人間ではない。スペイン人かどうかすら疑わしかった。汗だくになっていたブロンドの警官は、双眼鏡を下げ、肘で額を拭った。その顔がはじめてあらわに見えた。

剃刀のごとき鋭さを隠している灰色の眠そうな目、薄い唇、真っ白い肌、淡いブロンドの髪。馴染みのある顔だった。

ハルツームで会った男。

ブロンドの男はロッテルダムの兵器技術専門家に扮し、ヨーロッパの兵器専門家のグループとともにハルツームを訪れた。イラクの高官に弾道ミサイル製造工場の建設を勧め、スカッドミサイルの生産に使用される資材一式の受注を請け負っていたグループである。実際この男は、潜入任務専門のフィールド・エージェントだった。ディレクトレイトの一員であり、殺しのエキスパートでもあった。ハルツームで、ブライソンは監視カメラを設置し、後にイラクを不利な立場に陥れるに足る確たる証拠を摑んだ。そして敵の潜伏場所、スケジュール、セキュリティシステムの弱点に関する情報を含めたマイクロフィルムをこのブロンドの男の手に渡した。ブライソンは男の名前を知らなかった。知っているのは、男が突出した腕を持つ超A級の殺し屋の一人で、人の命を屁とも思わない完全無欠な死の請負人であるということだけだった。

ディレクトレイトは、ブライソンを殺すためにエースの一人を送り込んできた。今や以前の雇い主が彼に死の宣告を下したことに疑問の余地はない。

しかしどうやって居所を突きとめたのか？　二人組の密輸人がトラックを盗まれた腹いせと、大金欲しさから口を割ったに相違なかった。この辺りは道路が少なく、フィニステレ岬からのルートは限られており、連中がすぐにヘリコプターを使っていれば見つけ出すのは造作のないことだった。ブライソンはその音も聞いていなかったし、姿も見ていなかったが、眠り込んでいた時間があった。それに、使い古されたトラックがやかましい音をたてていたので、ヘリコプターが頭上を舞っていたところで、エンジン音は耳に届かなかっただろう。

トラックを早急に捨てるべきだった。それはまさに追っ手にとっての目印で、彼とレイラが近くにいることを告げていたのだ。今歩いている道は二手に分かれているだけで、サンティアゴ・デ・コンポステラに入るか、そこから離れるかの二者択一だった。どちらに行っても、その先の交差路にバリケードが築かれているのは明らかである。

後ろを振り返ってレイラの無事を確かめたかったが、その危険を冒すことはできなかった。

脈拍が早まった。振り向いたときには、すでに遅かった。殺し屋の目に一瞬宿った認識の光。奴は俺に気づいた。俺を知っている。

だが走るにせよ、なんにせよ、突然人目につく行動をとるのはこちらの正体を暴露し、相手の疑惑を深めることに等しい。この距離では、殺し屋は自分の目に確信を持てないはずだ。ハルツームで会って以来何年も経過していたし、修道服の頭巾がブライソンの容貌を曖昧にしていた。敵はやみくもに撃ってはこないだろう。

緊張感が高まるにつれて時間の流れが遅くなり、やがて止まったかのように感じられた。脳がアドレナリンを噴出させ、心臓は早鐘を打ち鳴らしている。それでも彼は歩調を早めようとはしなかった。目立ってはいけない。

殺し屋がこちらを向き、右手を腰のホルスターに伸ばすのを、彼は視界の片隅で捕らえた。巡礼者の群はますます膨れ上がり、人波が彼を押しやったものの、その速度は著しく遅かった。殺し屋は俺の正体をどうして確信できたのか？ この頭巾を被っている以上……と、そこで、それを被っているがゆえに自分が群衆の中で浮いていることに気づき、ブライソンの目の前は真っ暗になった。炎天下で直射日光を避けるためにつばのついた帽子を着用している者はいたが、頭巾の中は熱がこもり、のぼせ上がるほどの暑さだった。頭巾のついた時代遅れの修道服を着ている者たちの中に、それを被っている者はいない。彼は明らかに目立っていた。

あえて振り返りはしなかったものの、一瞬の動きが視界の片隅をよぎり、陽の光を反射して金属の物体が煌めいた。銃に違いなかった。殺し屋が武器を取り出したのだ。ブライソンは半ば本能的にそれを察した。

日射病を装い、突然座り込んだ。周りにいた人間が彼につまずいた。迷惑者に腹を立てる怒声。安否を気遣う女の叫び声。

と同時に、サイレンサーのついたピストルが咳き込んだ。辺りは絶叫と混乱に取り巻かれた。数フィート左にいた若い女が、頭の上半分を吹き飛ばされ、半径六フィートほどに血が飛び散った。群衆は逃げ惑い、恐怖の悲鳴と驚愕の叫び声が飛び交った。銃弾が近くの地面を穿ち、土を蹴散らした。殺し屋はセミオートマチックモードで立て続けに発砲している。標的を見つけ出した今となっては、無関係な人間に当たろうと気にかけていない。

騒動のまっただ中、ブライソンは群衆に踏みつけられていた。頭巾を外して起き上がろうとしても、再び押し倒されるだけだった。そこいらじゅうから死んだ者や負傷した者、そして彼らを取り巻く人間の金切り声や号泣が聞こえてきた。前へつんのめりながら修羅場から逃げ出そうとする人波に抗い、彼はやっとのことで立ち上がった。

ブライソンは銃を持っていた。だが、それを取り出し、撃ち返すのは自殺行為だった。敵が複数なのは疑いない。こちらが引鉄を引いた瞬間、狼煙を上げたも同然、ディレクトレイトが唯一の目的を果たすべく送り込んできた殺し屋たちに、自分の居場所を告げることになる。彼は頭を下げて体勢を低くし、ひしめき合う人の群に紛れて駆け出した。銃弾が十フィートほど離れた道路標識に弾かれた。敵は人波に惑わされ、こちらを見失ったらしい。二十フィートほど前方でまた絶叫が上がった。自転車に乗っていた男が背中を撃たれて上体をのけ反らせた。ブロンドの男は今や幻に向かって発砲していた。それはブライソンが隠れ蓑としている混乱状態にますます拍車をかけた。大勢の者たちが必死になって銃弾の出所を見つけようとしており、ブライソンも恐る恐る辺りを盗み見た。と、突然、ブロンドの殺し屋が押し出されるように前へふらついた。男が撃たれたのだ！　狙撃手は体を捩らせ、ベンチからくずれ落ちた。しかし誰が撃った？　視界をよぎる緋色の煌めき。紅色のネッカチーフが群衆の中に消えていった。

レイラだ。

一安心して前へ向き直ると、ブライソンは急流に弄ばれる流木のように人波に流された。逆流して彼女のほうへ行きたかったが、無理な相談だった。彼はあえてサインも送らなかった。ディレクトレイトが重要度の高い殺人任務をどのように展開してくるかを知っており、今回の殺しはその一つに違いないからだ。連中は人員を惜しまない。殺しを担当するフィールド・エージェントはゴキブリにも似ていた。一人がいたら、必ず他にもいる。しかしどこだ？　ハルツームで会った男は単独で任務に当たっているように見えたが、それは他の連中がバックアップに回っていることを意味している。たとえそれらしき人間は見当たらないにしろ、彼はディレクトレイトのやり方を充分に心得ており、ブロンドの男が単独で活動していることはあり得ないと確信していた。

巡礼者の群は大混乱に陥り、恐怖に駆られて喚き立てる人々が通りを突っ走り、あるいは逆方向に駆け出そうとした。今の今まで理想的な隠れ蓑だった人波は、危険で暴力的な様相を帯びはじめていた。ブライソンとレイラはパニックに陥った群衆から離れてサンティアゴ市街に姿を晦まし、十一キロ東に位置するラバコラ空港にたどり着かなければならないのだ。

人と自転車の大波を抜け出すと、ブライソンは奔流に押し流されないよう街灯にしがみつき、レイラが現れるのを待った。群衆の中に彼女の顔を、というよりは真っ赤なネッカチーフを探し求めた。同時に怪しい動きに警戒し、金属の煌めき、警官の制服、殺し屋の特徴を備えた外観に目を光らせた。自分が奇妙に見えるだろうことはわかっていた。明らかに人目を引いている。茶色い修道服のひだの内側で、聖書らしきものを握りしめていた巡礼者が一人、騒然としたフアン・カルロス一世通りの向こう側から詮索するような目つきでこちらを眺めていた。巡礼者が聖書を引き出そうとした瞬間、二人の視線がぶつかった。それは聖書ではなかった。長く、青光りした鋼鉄の物体。

銃だ。

脳が物体の正体を認識するや、ブライソンは右に突進し、自転車にもろにぶつかった。

自転車に乗っていた中年の男が怒鳴りながら、必死に体勢を立て直そうとする。

銃口が火を噴き、ブライソンの顔に血の雨が降り注いだ。自転車の男のこめかみが吹き飛ばされ、その顔にはおぞましい赤黒い穴がぽっかりと開いていた。再び悲鳴が飛び交った。五十フィートほど離れたところで、修道服の男は発砲を止めようとしない。

狂ってる！

ブライソンは群衆の中に転がり込んだ。逃げ出す人々の足が頭や背中を踏みつけた。彼はホルスターの中のベレッタを握り、抜き出した。

近くの男が金切り声を上げた。「ピストルだ！　こいつはピストルを持ってるぞ！」

敵の銃弾が鉄の道路標識に当たってけたたましい音を鳴らし、近くの地面を抉った。ブライソンは懸命に立ち上がると、気を静めて殺し屋に狙いを定め、引鉄を絞った。

一発目は相手の胸に命中し、敵の手から武器が落ちた。二発目が心臓を直撃した。

視界の左隅で物体が煌めいた。振り返ったときには、巡礼者に変装した別の男が二十フィート足らず向こうから、小型の黒いピストルをこちらに向けていた。ブライソンは右に身を翻したが、同時に凄まじい激痛が左肩――照準は彼の胸に合わされていたのだ――を襲い、撃たれたことを知った。

脚がよろめき、体のバランスが崩れた。彼は歩道に倒れた。痛みは耐え難く、なま温かい血がシャツに滲み、左腕の感覚は麻痺している。

誰かに摑まれた。意識が朦朧とし、目は霞んでいたものの、反射的に拳を振り回そうとしたとき、レイラの声が耳に届いた。「止めて、わたしよ。こっちよ。こっち!」

彼女はブライソンの負傷していないほうの肩と肘を摑み、立ち上がらせた。

「無事だったんだな!」彼は安堵の叫びを上げた。混乱状態のさなかでの矛盾した台詞。撃たれたのは彼のほうなのだ。

「ええ、わたしは大丈夫。行くわよ!」彼女はブライソンの体を引っ張り、今や発狂寸前の巡礼者たちの怒濤を横切った。ブライソンは体に鞭打ち、痛みをこらえながら歩調を早めた。修道服を纏った別の男がまたもや何かを握りしめ、数フィート離れたところからこちらを窺っている。発作的に銃を構え、狙いを定めた瞬間、相手は長方形の物体――聖書――を持ち上げ、パニックに陥った群衆に向かって大声で祈りを捧げはじめた。

二人は手入れの行き届いた花壇とユーカリの樹々が並ぶ、広々とした公園に入った。

「あなたが休める場所を探さなきゃ」レイラが口をひらいた。

「大丈夫だ。傷は浅い――」

「出血してるのよ!」

「かすり傷程度とは言わないさ。間違いなく血管をやられている。だけど見た目ほど重傷じゃない。休んでいる暇はないんだ。急がなきゃならない!」

「でも、どこへ?」

「ほら、前を見てみろ。道路の向こう側だ。大聖堂と広場があるだろう。オブラドイロ広場だよ。あそこは人で溢れかえっている。ぼくたちは群衆に混じり、その中に身を隠していなきゃならない。何をするにしても目立つのは禁物だ」ブライソンは彼女がしばしためらうのを察知し、付け加えた。「傷の手当は後にしよう。それは今優先すべき問題じゃない」

「どれほどひどい出血かわかってないようね」彼女は取りあわず、ブライソンのシャツのボタンを外して、血の滲んだ肩口の部分を慎重に捲り上げた。ブライソンは鋭い痛みを感じた。彼女が傷口をそっとさすると、痛みは助長され、目の前を稲妻が走った。

「大丈夫そうね」レイラは宣告を下した。「あとで治療すればいいわ。でも止血しなきゃだめよ」頭からネッカチーフを取り外し、彼の肩にしっかりと巻き付け、脇の下で強く結び、一時凌ぎの圧迫帯をしつらえた。「動かせる？」

ブライソンはこわごわと腕を上げた。「ああ」

「痛むんじゃないの？　強がっちゃだめよ」

「強がってなんかいないさ。痛みを無視することはできない。体が送ってよこすもっとも重要な信号の一つだからな。それに、もちろん痛いけど、もっとひどい怪我を何度も経験してきている」

「わかったわ。ところで上のほうにある聖堂は――」

「大聖堂の本体だよ。それを取り囲んでいる広場が、プラザ・デ・イスパニアとも呼ばれるオブラドイロ広場。常に人でごったがえしている、巡礼の旅の目的地だ。奴(やつ)らを撒(ま)き、逃げ出す手段を探すもってこいの場所さ。早くここから抜け出そう」

二人はユーカリの並木道をそそくさと移動しはじめた。突然、二台の自転車が突っ走って来、進路を逸(そ)れて彼らの横を掠(かす)め、そのまま通り過ぎていった。市街へ向かう途中の民間人、おそらく巡礼者の二人連れなのだろうが、ブライソンは内心ぎくりとした。出血のせいで反応が鈍くなっているのだろう。ディレクトレイトに送り込まれた暗殺者たちは、極めて巧妙に、いかにも敬虔(けいけん)そうな巡礼者に変装していた。通りすがりの誰かが、人混みの中の誰かが、彼を始末するために派遣された殺し屋であり得るのだ。地雷敷設(ふせつ)区域ならば、鍛えられた目が地雷の埋まった場所とそうでない場所を識別できるだろう。しかしここでは、そういう眼力は効かないのだ。

もっとも、相手の面が割れていれば話は別になる。追っ手のある者――すべてではなく、殺人担当エージェントの主要人物の何人か――は、ブライソンが過去に偶然であれ、行きずりであれ、関わりを持ったことのある人間だった。人混みの中でも容易にブライソンを発見できるという理由で、彼らは白羽の矢を立てられた。だが、それは諸刃(もろは)の剣。彼らがブライソンを見てわかるなら、その逆もまた真なりである。彼が油断なく警戒しつづけていれば、先に敵を発見できるだろう。たいした利点ではないにしても、今の彼にできるのはそれだけであり、そのメリットを最大限に活用しなければならなかった。「ちょっと待った」彼はだしぬけに口をひらいた。「ぼくは目撃された。おそらくきみもだ。きみはまだ正体を知られていないかもしれないが、ぼくは正体も知られている。それに血に染まったシャツと赤い圧迫帯。だめだ、この恰好じゃまずい」

レイラはうなずいた。「新しい服を調達してくるわ」

二人の思考は同じ道筋を辿っていた。「ぼくはここで待っている。いや、あそこへ行っていよう」外来植物の花壇に取り囲まれた、苔に覆われた小さな教会堂を彼は指さした。「あの中で待っている」

「わかった」レイラは並木道を足早にメイン広場へ向かい、彼は教会堂のほうへ引き返した。

ブライソンは薄暗い、ひんやりとした人気のない教会堂で、はらはらしながら待っていた。何度か入り口の分厚い木の扉が開いたが、入ってきたのはいずれも本物の巡礼者か旅行者だった、というか、そう見えた。子供連れの女、若いカップル。拝廊の脇にある人目の届かない奥まった場所から、彼は一人一人に目を凝らしていた。見かけだけでは判断できないものの、殺し屋らしき特徴を持つ人間はいなかったし、頭の中の警報装置が作動することもなかった。二十分後、再びドアがひらいた。レイラが紙包みを抱えて入ってきた。

二人は教会堂の化粧室で着替えた。彼女はブライソンのサイズを正確に見積もっていた。今、彼らは中流階級の旅行者らしき服装になっていた。シンプルなスカートとブラウスに、華やかな麦わら帽子のレイラ。カーキ色のパンツと白い半袖のニットに、野球帽のブライソン。レイラは大判の包帯とヨードチンキに加え、カメラも購入してきた。フィルムの入っていないビデオカメラをブライソンが持ち、紐のついた三十五ミリカメラを彼女が首からぶら下げた。

十分後、二人はサングラスをかけ、ハネムーン中のカップルのように手を繋ぎ、賑やかなオブラドイロ広場へ入っていった。広場は巡礼者や旅行者や学生で溢れかえっていた。行商人たちが絵はがきや土産物を売っている。ブライソンは大聖堂の前で立ち止まると、十八世紀バロック様式の建築物をビデオ撮影している振りをした。建物の真ん中にあるのは〝栄光の門〟。天使、悪魔、怪物、予言者の姿を彫り巡らせた、十二世紀スペイン・ロマネスク様式の目を見張るばかりの彫刻作品である。彼は望遠レンズのファインダーを覗きながらカメラを前廊から大聖堂の外観に沿って移動させ、旅行者や巡礼者の群へ向けた。ビデオに全景を収めようとしているアマチュア映画撮影技師といったところだ。

ビデオカメラを降ろすと、彼はレイラを振り返り、満足した旅行者よろしく笑みを浮かべた。彼女はブライソンの手に触れた。二人は蜜月のカップルを大げさに演じ、追っ手の視線を欺こうとした。彼の変装は最小限のものだったが、野球帽のつばが顔に影を投げかけてくれた。これでひょっとしたら、疑惑の眼差しを逸らせることができるかもしれない。

そのとき、ブライソンは動きを察知した。離れた数ヶ所で一時に起こった動作。辺り一帯、常に動いてはいるが、その背景から浮き出た連携した動き。フィールドでの長年の経験を持たない人間には気づかなかったであろう。だが、確かに何かが動いた！

「レイラ」彼は声を潜めた。「ぼくが今話していることに笑って反応してくれ」

「笑う……？」

「早く。ぼくがものすごく滑稽なことを話していると思ってくれ」

彼女はいきなり笑い出した。背中をのけ反らせて大笑いした。まったくもって真に迫った演技で、ブライソンは自分がそれを頼んだにもかかわらず、思わずまごついた。彼女は才能ある役者だった。亭主の洒落に笑い興じる幸せいっぱいの新妻に、一瞬にして変身したのだ。ブライソンは控え目ながらも嬉しそうに微笑み返した。機知に富んだジョークをわかってもらえたことへの満足。笑みを浮かべたまま、彼はビデオカメラを持ち上げ、レンズを覗き、ついさっきそうしたように、人の群を見回した。だが今回は具体的な何かを探していた。

レイラは顔をほころばせていたが、その声は緊張していた。「何か見たのね？」

ブライソンは見つけた。

魔のトライアングル。広場の三ヶ所で、三人の人間がこちらへ双眼鏡を向け、じっと立ち尽していた。一人一人として捕らえるなら、これといって注目に値する点はなく、それぞれが名所見物をしている観光客のように見えた。だが三者一体となると、彼らは不吉なパターンを象徴していた。広場の片側には、亜麻色の髪の毛をアップにした若い女。この炎天下でブレザーを着用しているのは、肩のホルスターを隠すためだろう。二等辺三角形を形作っているもう一方の点には、黒い法衣を纏(まと)い、肉付きのいい顔に顎鬚(あごひげ)を蓄えた、ずんぐりとした体格の男。せわしなく動かしている高倍率の双眼鏡は、その種の身なりをした人間には似つかわしくない装備品である。そして、トライアングルの三点目にいるのが、がっしりとした体つきの、浅黒い顔をした四十代前半の男。ブライソンの記憶の糸に触れた人物であり、もっと詳しく観察する必要があった。ズームボタンを押して画像を拡大し、男の姿をクローズアップした。

身の毛がよだった。

重大任務で何度かかかわりを持った男だった。ブライソンはディレクトレイト時代に、この男を雇ったことがある。チビダーレ郊外にある寒村出身の、パオロという名の男である。パオロはニッコロという名の弟と常にコンビを組んで活動していた。二人は彼らの故郷、イタリア北東部の人里離れた丘陵の田舎町で名を馳せたハンターだった。そしてそれがゆえに、極めて腕のいい人間狩りのハンター、類い稀なる才能を持つ暗殺者に容易に変身したのだ。この兄弟は引く手あまたの金目当てで動く傭兵、殺しの請負人だった。ブライソンはたびたび彼らに業務を請け負わせたが、その中には、生物兵器の研究と製造に携わっていると噂されていた、ヴェクターというロシア企業への危険きわまりない潜入も含まれていた。

パオロのいるところにはニッコロもいる。つまり少なくとももう一人、三角地帯の外側に控えている人間がいるということである。

ブライソンの心臓は激しい動悸を打ち、頭皮がうずいた。

しかし、どうしてこんなに簡単に見つけられたのか？ 追っ手を撒いた、彼はてっきりそう思っていた。これほどの人混みの中で、しかも服を着替えて様変わりしていた二人がなぜ再び発見されたのか？

服装に問題があるのか？ 新しすぎるとか、奇麗すぎるとかいった不自然なところがあるのか？ さっき立ち寄った教会堂の前の舗装道路で、ブライソンは新品の革のローファーの踵を磨り減らし、レイラにもそうさせた。服に軽く埃をまぶすことさえしていた。

なのにどうして？

答えはぞっとする思いとともにゆっくりと到来した。ブライソンの左肩から流れ出る血は絆創膏から滲み出ていた。確かめるために、見たり触れたりする必要はなかった。傷口からは絶えず大量の血が流れ、黄色いニットの大部分を赤く染めていた。この赤い血が秘密を漏らし、警戒のために講じた処置を水泡に帰させていたのだ。追っ手はついに彼を見つけ出し、今、死の宣告を下そうとしていた。

ワシントンDC

ジェームス・キャシディ議員は同僚たちの視線——うんざりした目つき、あるいは用心深い眼差し——を感じながら、のっそりと立ち上がり、染みの浮き出た分厚い手を磨き込まれた木の手すりに置き、張りのある澄んだバリトンで話しはじめた。「不足している資源と絶滅危惧種に関して、我々は議会や議員室で何度となく議論を積み重ねてきました。あらゆるものがビジネスの手段となり、すべてのものに値札やバーコードがつけられている現状で、失われつつある天然資源にどう対処すべきかということで意見を交わしてきたのです。しかしわたしがここで申し上げたいのは、別の部類の絶滅危惧種、言い換えれば消滅しかかっている産物、つまりプライバシーの概念についてです。インターネットの達人が新聞でこう言ってました。〝もうプライバシーは存在しない。諦めなさい〟と。もちろん、わたしがそれに断じて屈服しない人間であることは、わたしという人間をご存じのあなたがたにはおわかりのことと思う。立ち止まって振り返るべきだ、わたしはそう申し上げたい。そこで何を目にするか？　至るところに置かれているカメラやスキャナー、人間の内側に土足で侵入することで巨大になっていくデータベース。マーケティング担当者は常に我々の生活の全動向を追跡しています。朝最初にかけた電話にはじまり、セキュリティシステムが明らかにする家を出た時間、公衆電話に設置されたビデオカメラ、昼食後に手にする伝票。コンピュータに接続すれば、すべての取引、すべてのアクセスが追跡され、いわゆる情報資料に記録される。企業は連邦捜査局に接近し、情報とは誰にでも入手可能な政府の資産であるかのごとく、彼らに記録や情報を売り渡すよう持ちかけています。これはゆゆしき事態のはじまりです。素っ裸にされた社会、監視された社会が幕を開けたんです」

議員は辺りを見回し、めったにない瞬間を体験していることに気づいた。同僚たちが彼に注目していた。呆然（ぼうぜん）として身じろぎ一つしない者もいたし、懐疑的な様子の者もいた。だがいずれにせよ、彼は注目を集めていた。

「そこで一つお尋ねしたい。あなたがたはこういう世の中で生活したいと思われるだろうか？　大切にされてきたプライバシーの概念は、それを破壊しようとしている勢力――国内及び国際的な法執行機関、マーケティング担当者、企業、保険会社、最新式の経営管理を導入している複合企業、そしてそれらと関係しているすべての法人とすべての政府関係団体――の攻勢の前に気息奄々としているのです。秩序を維持したがっている人々、他人から一ペニーでも多く搾り上げようとしている人々。つまり、この秩序という力とビジネスという力が、諸君、がっちりと手を握り合っているんです！ それこそが、プライバシー、いや我々のプライバシーが立ち向かおうとしている相手です。それは真っ向からの、しかし、まったくもって一方的な戦いです。そしてわたしの質問、この通路を挟んだ両側にいる尊敬すべき同僚たちへのわたしの質問は単純明快です。あなたがたはいったいどちら側の人間なのか？」

第九章

「見るな」ブライソンはビデオカメラを人混みへ向け、拡大されたファインダーを覗いたまま、静かに言った。「振り向くな。ぼくの見る限り相手は三人組だ」

「距離は？」彼女は緊張した声で訊いた。そして同時ににこやかに笑った。敵を攪乱するみごとな演出。

「十七、八フィート。奴らは二等辺三角形を作っている。三時の方角には、ブレザーを羽織ったブロンドの女。髪をアップにし、大きな丸いサングラスをかけている。六時の方向には、顎髭の大男。黒い修道服を着ている。そして九時の位置には三十代後半のやせ形の男。浅黒い顔、黒っぽい半袖と黒っぽいパンツ姿。三人とも小型の双眼鏡を持っている。そして間違いなく銃もだ。いいかい？」

「わかったわ」彼女は唇をかすかに動かした。

「一人がリーダーで、残りの二人はそいつの合図を待っているはずだ。今から、ぼくは何かを指さし、きみにビデオを覗かす。奴らを確認できたら教えてくれ」

だしぬけに、ブライソンは空いているほうの手で大聖堂の前廊を示すと、ビデオカメラをレイラに差し向けた。「ジョーナス」彼女は驚いて言った。偽名ではあるものの、彼ははじめて名前で呼ばれた。「血が滲んでるじゃない！　あなたのシャツ！」

「大丈夫」ブライソンはそっけなく答えた。「残念ながら、こいつが連中の目を引きつけたんだ」

レイラは驚きの表情を明るい笑顔に変え、くすくすと笑い出した。再び、三人の観客に向けられた巧みな演出。彼女が前かがみになり、ファインダーを覗くと、ブライソンはビデオをゆっくりと、弧を描くように動かした。「ブロンドの女、確認」レイラは言った。そして数秒後、つけ加えた。「顎髭の男、確認。黒っぽいシャツの若い男、確認」

「よし」彼は笑顔でうなずき、パフォーマンスを続けた。「ぼくが思うに、連中はバリケードで起こった事態の再発を避けようとしている。もちろん必要とあらば、奴らは無関係な人間を殺すことを厭わない。だが、できれば避けたいはずだ。政治的な悪影響を恐れているんだ。そうでなきゃ、すでにぼくを撃ってきているだろう」

「あるいは、あなただとはっきりわかってないのかもよ」彼女は指摘した。

「奴らの位置を見れば明らかさ。確信していなかったら、もうあそこにはいない」ブライソンは声を押し殺して言った。「奴らは戦闘隊形を作っている」

「でも、わからないわ。連中は何者？　あなたは何か知ってるようね。単なる正体不明の追っ手ではないんでしょう？」

「ああ」ブライソンは答えた。「ぼくは奴らのやり方を知っている。どういう出方をしてくるのかをな」

「どうして？」

「連中のフィールド・マニュアルを見たことがあるんだ」彼は中途半端な答えをした。詳細を語りたくはなかった。

「知ってるなら、どういう危険を冒してくるかもわかっているということね。〝政治的な悪影響〟って言ったけど、政府のスパイっていう意味？　アメリカ？　ロシア？」

「多国籍という言葉がもっとも相応しい。今きみが言ったどちらでもないかもしれないし、両方かもしれない。つまり、ロシアでもアメリカでもフランスでもスペインでもないが、国境という概念を取り払った別の次元で活動している組織。奴らは政府とともに活動しているが、政府に仕えてるわけじゃない。どうやら三人組はこちらを見張り、ぼくの周囲が空くのを待っているらしい。この距離だと、標準的な誤差を見込むにはある程度の空間が必要だ。だけどぼくが急に動けば、突然逃げ出したと見なし、奴らは躊躇なく発砲して、他の人間を巻き添えにするだろうな」

二人はひしめき合う旅行者や巡礼者の群に囲まれていた。ブライソンは続けた。「きみはあの女をマークしてくれ。でも銃を抜く際にはくれぐれも慎重にな。奴らはきみの全行動を監視している。きみは正体を知られていないかもしれないが、ぼくといっしょにいる、連中にはそれだけで充分なんだ」

「どういう意味?」

「共犯者とは思われてないにせよ、少なくともぼくの付属物だと見なされているということだ」

「けっこうだこと」レイラは喉を鳴らし、呆れた様子の笑みを浮かべた。

「すまん。巻き込むつもりはなかった」

「いいのよ。わたしが決めたことだもの」

「こんなふうに他の人間に囲まれている限り、腰より下で手を動かすのは問題ない。だけど、胸から上の動きはすべて見られていることを頭に叩き込んでおくんだ」

　レイラはうなずいた。

「銃を取り出したら教えてくれ」

　彼女は再び首を縦に振った。その手が大きな網目のハンドバッグの中へ伸びた。

「取ったわ」

「そしたら、首からぶら下がっているカメラを左手で持ち上げ、大聖堂をバックにぼくの写真を撮ってくれ。広角レンズで撮影するんだ。そうすればブロンドの女が視界に入る。たっぷり時間をかけろ。きみはアマチュアの写真家、カメラを上手に扱えない。素早い動作は厳禁だ。手際のよさやプロらしさは必要ない」

　彼女はカメラを顔にあて、右目を細めた。

「よし、次はぼくがふざけて、写真を撮ろうとしているきみをビデオに収める振りをする。ぼくがビデオを覗こうとしたら、すぐにいらいらした様子をしてくれ。完璧な構図を台無しにされたという寸法だ。きみはさっとカメラを目から離す。その突然の動きに相手は一瞬まごつく。その瞬間に、右を狙って引鉄を引け。ブロンドの女を仕留めるんだ」

「この距離で？」彼女の口調は懐疑的だった。

「きみの狙いは確かだ。ぼくの知る限り、きみの射撃の腕は最高ランクだ。心配いらないよ。だけど二度引鉄を引くな。撃ったら即、地面に飛び込め」

「で、あなたは？　あなたはどうするの？」

「顎髭の男を狙う」

「でも三人目が――」

「三人全員をマークすることはできない。そこがこのトライアングルのいかんともし難い点なんだ」

レイラは再度作り笑いを浮かべると、カメラを目に当てた。腰の脇(わき)にある右手には、四五口径ヘックラー・ウント・コッホが握られている。

ブライソンはいたずらっぽく笑いながら、ビデオカメラを顔に近づけた。同時に、空いている手をさりげなく腰のくびれに伸ばし、ウエストバンドからベレッタを引き抜いた。手は震え、呼吸が止まりそうだった。

ビデオカメラのレンズを通して、彼女の真後ろ、十五から十八フィート離れたところで、顎髭のインチキ司祭が双眼鏡を下ろすのが見えた。何故(なぜ)だ？　こちらの演技(スタント)に混乱し、発砲を見合わせたのか？　無関係な人間を撃ちたくないのか？　そうだとすれば、わずかながら時間を稼げたことになる。

そうでないとすれば……

顎髭の男がいきなり手首を揺すった。一見、手のこりをほぐそうとしているような何気ない仕草。だが、明らかに仲間へ送られたサインだ。予想以上に早く訪れた一瞬。明暗を分ける瞬間の判断。

今だ！

ブライソンはビデオカメラを落とすや銃を上げ、レイラの肩越しに三連続で引鉄を引いた。

同時にレイラがカメラを手から離し、四五口径のマグナム銃を右へ振り、群衆の頭越しに発砲した。

続いて起こったのは、泡を食った敵の連続発射だった。発砲は発砲で応酬され、そこいらじゅうで悲鳴が湧き起こった。ブライソンは地面に飛び込む瞬間、顎髭の男がよろめき、崩れ落ちるのを見た。レイラは身を投げ、ブライソンの上に倒れ、周りの人間の脚にぶつかり、若い女を押し倒した。すぐ近くにいた誰かが流れ弾に当たり、致命傷ではなかったものの、怪我をした。

「女を撃ったわ！」レイラは脇に転がり、喘ぎながら言った。「ブロンドの女よ。倒れるのを見たわ」

発砲ははじまったとき同様、唐突に終わった。しかし、絶叫や恐怖の叫び声は絶え間なく続いていた。

ブライソン暗殺未遂者の二人は倒れた。おそらく永久に立ち上がることはないだろう。だが、残りの一人は依然として二本の足をしっかりと地につけている。チビダーレから来た暗殺者パオロである。そしておそらく他にも。そう、パオロの弟が近くに潜んでいるのは間違いない。

駆け出す足が二人を蹴った。二人につまずき、転ぶ者もいた。ここでも、群衆はなだれを打って逃げ出した。再び訪れた大混乱の中で、ブライソンとレイラは必死に立ち上がると、パニックに陥った群衆の中へ紛れ込んだ。

人混みをかき分けながら、ブライソンは、広場の外れに丸石の敷き詰められた通りが、というよりは路地があるのを目にした。車一台がかろうじて通過できるほどの小道である。群衆の間を縫うようにそちらへ向かった。その道へ入り、イタリア人の兄弟であれ、誰であれ、追っ手を撒くつもりだった。小道の傍らには昔ながらの建物が連なり、たぶん小さな中庭があり、脇道から脇道へと通じているのだろう。それが敵を撒くための迷路になる。

肩の傷が疼き、出血は止まらない。途方もない痛みを堪えて、ブライソンは懸命に走りつづけた。レイラは楽々とついてくる。二人の足音が人のいない路地に響き渡った。物陰になった脇道を覗き、中庭、店屋、とにかく手っ取り早く身を隠せる場所を探した。一際古めかしい石造りの建物に挟まれて、ロマネスク様式の小さな教会がひっそりと佇んでいた。だが、鍵がかけられている。頑丈そうな木の扉に手書きの紙が貼られ、修理中のため閉鎖と記されていた。教会堂と大聖堂が軒を連ねるこの街で、小さな教会や礼拝所は観光客の目を引きつけないがゆえに、資金繰りが苦しいのだろう。

教会に近づき、扉の前に立ち止まると、鉄の取っ手を掴み、ガタガタと揺すった。

「どうしたの？」レイラがびっくりして訊いた。「足音が聞こえるわ。急ぎましょう！」

胸を上下に揺らし、顔を紅潮させている。足音が接近してきた。

ブライソンは答えなかった。最後に、力を込めて取っ手を引っ張った。南京錠は錆びついた小型のもので、バリバリという音とともにあっけなく扉から剝がれた。人々は概して教会に押し入りはしない。錠はほとんど形式的な意味合いしか持たず、敬虔な信徒の集うこの街ではそれで充分なのだ。

扉を引き開け、薄暗い表玄関に入った。レイラは不満な様子ながらも、彼に従い、後ろ手で扉を閉じた。拝廊の中はほの暗く、埃にまみれた四つ葉形の小さな窓ガラスから外光が差し込んでいるだけだった。じめついた黴の臭いが漂い、空気は冷え冷えとしている。ブライソンは辺りを見回すと、ひんやりとした石の壁に凭れた。心臓の鼓動は激しく、灼熱感にも似た傷の痛みと血が体力の弱まりを感じさせていた。レイラは拝廊から内陣までを行ったり来たりしていた。出口や隠れ場所を探しているのだろう。

一息つくや、彼は入り口の扉へ引き返した。壊れた錠はこの街を知る人間の注意を引くだろう。壊れていないように見せかけるか、完全に取り外してしまうかのどちらかだった。取っ手を摑んで扉をわずかに引き開け、間近に迫る足音に耳を澄ませた。

走ってくる足音に続いて、スペイン語でもガリシア語でもない奇妙な言語が耳に飛込んできた。身を強張らせ、床へ目を走らせた。ドアの下側についた鎧窓から漏れる光が床に細い帯を作っている。膝を突き、窓の羽根板に耳を当て、じっと聞き入った。

聞き覚えのある言語だった。

「さっき見た男は奴だ、ニッコロ！　おれはこの通りを探す。おまえは広場へ回れ」ブライソンは言葉を聞き取り、理解した。

それはフリウリ語だった。極めてマイナーな今や滅びつつある言語で、久しく耳にしていなかった。古代イタリア語の方言だと言う者もいるし、独立した言語だと信じている者もいる。スロベニアとの国境付近、イタリア北東部の数少ない住民が使っている言葉だった。

ブライソンの言語を駆使する才能は、武器を扱う能力と同じほど貴重な働きをしてきた。フリウリ語を覚えたのは十年ほど前のことで、チビダーレの山奥に住む、卓越した才能を持つハンター兼殺し屋である二人の若い兄弟――パオロ並びにニッコロ・サンジヨバンニ――を雇ったときだった。それは主としてこの兄弟を監視し、彼らの会話の内容を盗み聞くためだったが、それを理解していることは隠していた。

そう、今の声の主はパオロ。オブラドイロ広場での銃撃戦を奇跡的に生き抜いた彼が、ニッコロに叫んだ声である。この兄弟はブライソンから与えられた任務を一度もしくじったことがなかった。簡単に撒ける相手ではないが、今は撒くつもりはなかった。

レイラの足音を耳にし、彼は顔を上げた。「ロープかそれに代わるものを探してきてくれ」

「ロープ？」

「急いで！ 内陣に居宅か物置に通じているドアがあるはずだ。早く！」

彼女はうなずき、内陣へ駆け戻っていった。

ブライソンは立ち上がり、細く扉を開けると、フリウリ語で叫んだ。アクセントには自信がある。しかも声の調子を高くし、喉を絞ってパオロの声色を真似た。それは完璧な声帯模写であり、彼の実用的な才能の一つだった。室内で発せられた押し殺された二、三のフレーズは、相手の耳に届くまでにひずみ、パオロには弟の声に聞こえるだろう。

「おい！ パオロ、こっちだ！ 奴を殺った。仕留めたぞ！」

返事はすぐに戻ってきた。「どこだ？」

「こっちのぼろな教会だ。錠が壊れた建物だ！」

ブライソンは素早く身を引き、扉の脇に身を翻し、扉枠に背中を押しつけた。左手にはベレッタが握られている。

足音のピッチが加速し、緩まり、徐々に接近してきた。パオロの声は今やドアのすぐ外から聞こえてきた。「ニッコロ？」

「こっちだ！」ブライソンはシャツに唇を当て、声を押し殺して叫んだ。「早く！」

束の間の逡巡。そしてドアが一気にひらかれた。突然押し寄せてきた外光の中に、浅黒い肌、細身の筋骨逞しい体、短く刈り込まれた黒いチリチリの髪が浮かんだ。パオロは目をすがめ、険しい顔を作ると、腰元の手に武器を握りしめ、左右を見ながら慎重に足を踏み入れた。

ブライソンは突進し、パオロに体当たりした。右手を鉤状にして喉仏を突き、半殺しにする程度に喉を締め上げた。相手の口から苦痛と驚きの金切り声が漏れるや、左手のベレッタで後頭部を殴りつけた。狙いは正確だった。

パオロは床に叩きつけられ、失神した。もっとも軽い脳震盪で、数分もすれば意識を取り戻すだろう。ブライソンはイタリア人の銃、ルーゴを摑み取り、ボディチェックした。兄弟にフィールド戦術を仕込んだのは彼自身なので、他に武器を持っていることはわかっていたし、隠し場所も知っている。それはだぼだぼのスラックスの内側、左のふくらはぎに括られていた。その武器を取り上げ、さらにベルトの携帯ケースからフィッシングナイフを抜き取った。

レイラは啞然とした表情で見守っていたが、すぐに我に返り、絶縁線の大きな束を投げてよこした。うってつけとはいえないものの、強度はあり、どのみちそれで間に合わさなければならない。二人はイタリア人の両手、両足を、もがけばもがくほど結び目がきつくなるように縛り付けた。結び目を引っ張り、ほどけないことを確認すると、ブライソンはレイラといっしょにパオロを抱えて北側の袖廊の脇にある聖具室へ放り込んだ。いっそう薄暗い場所だったが、二人の目はすでにほの暗さに慣れていた。

「まったく理想的な体をした男だわ」レイラは批評家のような口調で言った。「強靭な筋肉、全身バネっていったところね」

「こいつとこいつの弟はずば抜けた運動神経の持ち主だ。二人ともハンターで、獲物を仕留める天賦の才能と直感力を持つクーガーみたいな奴らだ。そしてその残忍さにおいてもな」

「あなたの下で働いたことがあるの？」

「過去の話さ。こいつとこいつの弟を雇った。短期の仕事で二、三回、それからロシアでの大仕事でね」レイラは物問いたげな視線を投げてよこした。ブライソンは看過できなかった、これだけ借りのできた今となっては。「ノボシビルスクのコルツォヴォに、このヴェクターというロシアの研究機関がある。八〇年代の中ごろから終わりにかけて、このヴェクターがただの研究機関じゃなく、生物兵器の病原体の研究開発にかかわっているという噂がアメリカの諜報機関内に広まった」

彼女はうなずいた。「兵器化された炭疽菌、天然痘菌、そしてペスト菌。確かに噂を耳にしたわ……」

「八〇年代後半にアメリカへ亡命してきたソビエト生物兵器開発プログラムの副主任によれば、ロシアは生物兵器の最初のターゲットにアメリカの大都市を選んでいたらしい。アメリカの専門機関は情報をほとんど独り占めにしていた。高圧電流の柵に囲まれ、武装ガードマンに警備された低層階の建造物――CIAにしろNSAにしろ、想像力に欠けたアメリカ諜報機関が知り得たのはそこまでだった。具体的な証拠がなければ、アメリカ政府も、NATOの他の政府も、進んで動きたくはないのさ」彼はかぶりを振った。「官僚主義的な立場にもとづく典型的な受け身の姿勢だ。そんなわけで、他の諜報機関があえてやろうとしない、非常にリスクの大きい潜入活動にぼくが送り込まれた。ぼくは侵入のスペシャリストや殺し屋を集めてチームを作った。その中にこいつら兄弟が含まれていたというわけだ。雇い主から与えられた指令内容は、格納施設、気密室、そして培養されているウィルスとワクチンの発酵タンクを高解像度写真に収めてくること。しかし何にも増して、ペトリ皿に入った病原菌のサンプルを彼らは手に入れたがっていた」

「まあ……あなたの雇い主は――でもさっき、〝他の諜報機関〟はそんなことはしたがらないと言ったわよね……だったらCIAじゃ……」

彼は肩をすくめた。「そこで止めておこう」今はそこまで説明している時ではない。「こいつらサンジョバンニ兄弟に与えられた任務は、夜警と武装ガードマンをすみやかに始末することだった。凡庸な連中にできることじゃない」彼は陰にこもった笑みを浮かべた。

「それで成果は？」

「上々だったよ」

パオロが正気づくのを待つ一方で、レイラは入り口の扉へ行き、壊れた掛け金と南京錠をつなぎ合わせ、無傷であるように見せかけた。ブライソンのほうはイタリア人の暗殺者を見張っていた。およそ二十分後、パオロは身をよじらせ、瞼の下で目を動かした。かすかな呻き声を漏らし、やがて目を開けたが、焦点はまだ定まっていない。

「ノボシビルスク以来だな。おまえが忠誠心のかけらもない男なのは百も承知だ。弟はどこにいる？」彼は切り出した。

パオロは目を見ひらいた。「コールリッジ、おまえだったのか」手を引き抜こうとして、細いワイヤーを手首に食い込ませ、顔を歪めた。そして、歯をむき出してフリウリ語で喚いた。ブライソンは微笑むと、レイラに通訳してやった。「フリウリ地方には、豚についての古い諺があると言っている。豚は貴重品のように大切に扱われ、至れり尽くせりで世話をされるそうだ。殺されて肉になる日まではな」

「誰を豚にたとえてるのかしら？」レイラが訊いた。「あなた、それとも、この男？」

ブライソンはパオロに向き直り、フリウリ語で言った。「これから真実か運命かを選択するちょっとしたゲームをする。ぼくに真実を話すか、あるいは何も語らずに運命に従うか。簡単な質問からはじめよう。弟はどこだ？」

「けっ！」

「なるほど、でもおまえはぼくの知りたいことの一つに答えた。ニッコロもいっしょに来ているというわけか。ぼくは広場で危うくおまえに殺されるところだった。それが昔のボスに対するおまえ流の挨拶か？」

「まだ殺しちゃいない！」パオロはフリウリ語で怒鳴り、絶縁線をふりほどこうともがき、顔をしかめた。

「ああ」ブライソンは笑いながら答えた。「こっちもな。雇い主は誰だ？」

イタリア人はブライソンの顔に唾を吐きかけた。「くそったれ！」英語で叫んだ。知っている数少ないフレーズの一つだった。

ブライソンは袖で唾液を拭った。「もう一度訊く。それでも本当のことを答えないなら――いいか、大切なのは、この〝本当のこと〟というところだ――こいつを使うことになる」ベレッタが突き出された。

レイラが近づき、声を潜めて早口で言った。「ドアを見張ってるわ。喚き声のせいで近づいてくる人間がいるかもしれないから」

ブライソンはうなずいた。「確かに」

「さっさと殺せ」暗殺者は母国語で毒づいた。「構うもんか。まだまだ大勢の連中が残ってる。おれの弟がおまえを地獄へ送る楽しみを味わうかもしれない。あいつへの置き土産だ」

「馬鹿な、殺す気なんかないさ」ブライソンは冷ややかな口調で答えた。「おまえは勇敢な男だ。死に対して恐怖心を抱いていない。死はおまえを脅かさない。そしてそれがおまえに成功を収めさせてきた理由の一つだ」

イタリア人は訝しげに目を細め、言葉の意味を探ろうとしていた。そうしながら足首と手首を動かし、絶縁線を緩めようとしている。しかし、無駄な抵抗だった。

「だが」ブライソンは続けた。「その代わり、おまえにとって掛け替えのないものを奪ってやる。ハンターとしての能力をな。愛しのイノシシであれ、政府を陰で操っている連中から〝死の宣告〟を下された人間であれ、おまえはもはや狩ることができない」そこで言葉を止め、ベレッタの銃口を暗殺者の膝頭へ向けた。「片膝を失えば、言うまでもないが歩けなくなる。もっともこの頃は進歩した義足があるらしいが、走ることはできないだろう。両膝を失えば、そうだな、人生を奪われたも同然だ、違うか？」

「暗殺者の顔から血の気が引いた。「裏切り者のくそ野郎が」男は罵った。

「奴らがそう言ったのか？　どこの誰に寝返ったと言ったんだ？」

パオロは挑戦的な目で睨みつけた。だが下唇がわなないていた。

「それじゃ、もう一回だけ訊こう。答えないにせよ、嘘をつこうとするにせよ、ようく考えてからにしろ。おまえを雇ったのは誰だ？」

「くそったれ！」

ベレッタが火を噴いた。イタリア人は絶叫し、スラックスの膝が血まみれになった。膝頭のすべてではないにしろ、大部分が砕け散ったのは間違いない。相手が人間であれ、動物であれ、二度と獲物を狩ることはできないだろう。パオロは激痛にのたうち回り、フリウリ語で声を限りに悪罵を連発した。

入り口付近で凄まじい音がし、男の怒声とレイラの甲高い叫び声が聞こえた。ブライソンは振り返った。レイラが襲われたのか？　入り口へ突進し、暗がりの中でもつれ合う二つの人影を目にした。一人はレイラに違いないが、もう一人は？　彼は銃を向け、叫んだ。

「動くな、撃ち殺すぞ！」

「大丈夫」レイラの声がし、彼は胸をなで下ろした。「この男が悪あがきしてるだけよ」

パオロの弟ニッコロだった。両手が背中の後ろで括られ、首はワイヤーで締めつけられている。侵入した瞬間にレイラに巻きつけられたのだろう、絞殺しない程度の緩みを残しているだけだった。首の付け根に滲んでいる細い真っ赤な線が、窒息死しそうになったことを告げていた。彼女はニッコロを奇襲し、手を強く動かせば動かすほど、ワイヤーがきつく喉に食い込む巧妙な仕掛けを施していた。だが、足は縛られていないため、ニッコロは床を這いずり、蹴飛ばし、転げ回りながら、必死に立ち上がろうとしていた。

ブライソンはニッコロの腹に飛び乗り、足を思いきり踏みつけ、動きを止めた。レイラがすかさず両膝と両足首にワイヤーの輪をくぐらせ、きつく縛り上げた。ニッコロは角で突かれた雄牛のように吠え、聖具室からおぞましい絶叫を上げる兄に加わった。

「たまらんな」ブライソンはうんざりとした口調でそう言うと、ニッコロのカーキ色のシャツを引き破り、切れ端を丸めて相手の口へ突っ込んだ。レイラが荷造り用の強力ビニールテープを取り出し——絶縁線の入っていた引き出しにあったのだろう——その上に貼り付けた。ブライソンはもう一度シャツを引きちぎると、切れ端をレイラに渡し、パオロの口も塞ぐように頼んだ。

ブライソンはニッコロを拝廊へ引きずり、懺悔室へ押し入れた。「おまえの兄貴は撃たれて重傷を負った」そう言ってベレッタをちらつかせた。「だが声が聞こえる通り、まだ生きている。二度と歩くことはできないがね」

ニッコロはさるぐつわの奥から唸り声を漏らし、狂ったように頭を振った。石の床に足をバタつかせ、激しい抵抗と怒りを示した。罠にかかった獲物のようだった。

「おまえのためにできるだけ手っ取り早く訊いてやる。雇い主の名前を言え。聞かされた情報をすべて教えろ。指令内容、仲介者の名前、計画の段取り。一切合切だ。さるぐつわを外した瞬間、ぼくはおまえが口をひらくものだと思っている。でっち上げようとするな。おまえの兄貴からすでに大方のところは聞いている。奴の話ともし一致しなかったら、奴が嘘をついたと見なす。そして奴を殺す。ぼくは嘘つきが嫌いなんだ。わかったか？」

足をバタつかすのを止め、ニッコロは猛烈な勢いでうなずいた。見ひらかれた目がブライソンの顔に釘付けになっている。脅しが利いたらしい。ブライソンは殺し屋の唯一の弱点を見抜いていた。

教会内の反対側からパオロの呻き声が耳に届いた。レイラにかまされたさるぐつわが声をくぐもらせている。

「相棒がパオロといっしょに側廊の向こうにいる。ぼくの合図一つで、彼女はおまえの兄貴の頭を撃ち抜く。わかるな？」

ニッコロはいっそう激しく首を縦に振った。

「よし、いいだろう」ブライソンはニッコロの口からビニールテープを引き剝がした。ビリッという音がし、肌に赤い跡が残った。続いて、涎のついた服の切れ端を摑み、引っ張り出した。

ニッコロは荒い呼吸を何度か繰り返した。

「言っておくが、嘘をつくという重大な過ちを犯す場合には、おまえの兄貴もまったく同じ嘘を言ったと祈ることだ。話が食い違えば、おまえが奴を殺すことになる。おまえがその手で引鉄を引くも同然なんだ。いいな?」

ニッコロは喘ぎながら言った。「わかった!」

「ぼくがおまえの立場なら、真実を語ることに専念するぞ。そっちのほうがずっと割がいい。それにぼくはおまえの家族の居所を知っている。奥さんのマリアは元気か? 母親のアルマは? おふくろさんは今でも下宿屋をやってるのか?」

ニッコロの目に狂気と哀しみの色が滲んだ。「本当のことを話す!」フリウリ語で叫んだ。

「その言葉を忘れないことだな」ブライソンは穏やかに答えた。

「だけど雇い主は知らない! 段取りはあんたに雇われたときと同じだ! おれたちは家畜だ! 何も教えられてない!」

ブライソンはゆっくりと首を横に振った。「完璧な秘密はあり得ない。おまえも知っての通りな。奴らがカット・アウト(訳注 秘密活動のメンバー間の接触を隠すために使われる会社または人)を使ったところで、仲介者のコードネームは教えざるを得ない。おまえは否応なしに断片的な情報を耳にする。それに、活動の理由は聞かされなくても、その方法は聞かされる。そしてそこからも何かが漏れる」

「言ったはずだ、雇い主の名前は聞かされていない！」

ブライソンは怒りに駆られたように声を張り上げた。「おまえらはチームリーダーのもとで活動している。そいつから指示を下される。そして人の口に戸は立てられない。おまえが雇い主を知らないはずはない！」彼は側廊を振り返り、合図を送る振りをした。

「止めろ！」ニッコロが叫んだ。

「おまえの兄貴は――」

「兄貴だって知らない。あんたに何と言ったかわからんが、兄貴だって何も聞かされていないんだ！　何本もの線で、つまり壁で仕切られているのはわかっているはずだ！　おれたちは単なる助っ人、金で雇われているだけだ！」

「使っていた言葉は？」ブライソンは畳みかけた。

「言葉？」

「チームの連中の言葉だ。何語で話していた？」

ニッコロは目を剝いた。「バラバラだ！」

「リーダーは！」

「ロシア語だ！」ニッコロはやけくそ気味に叫んだ。「リーダーはロシア人だ！」

「KGBか？　GRUか？」

「そんなことわかるわけないだろう?」

「知らないはずはない!」ブライソンは唾を吐き飛ばし、大声を上げた。「レイラ!」

レイラは近づいてくるや、ブライソンの意図を読み取った。「サイレンサーを使う?」

淡々とした口調で尋ねる。

「止めろ!」ニッコロがわめいた。「知ってることは全部話す!」

「この男に後一分猶予を与える」ブライソンはレイラに言った。「それでも口を割らない場合は、撃ってくれ。ああ、それと、もちろんサイレンサーを使ったほうがいいな」

そしてニッコロに向き直った。「おまえが雇われたのはぼくの顔を知っているからだ」

ニッコロは目を閉じてうなずいた。

「しかも奴らはおまえがかつてぼくの下で働いたことを知っている。昔の雇い主を抹殺させる依頼をするにはもっともらしい理由が必要だろう。おまえら二人がどれほど薄情であろうとな。そこで連中はぼくが寝返ったと触れ込んだ、そうだな?」

「ああ」

「寝返った相手は?」

「あんたがスパイ仲間の名前を売ったとしか聞かされてない。おれたちを含めて、あんたと組んだことのある人間は一人残らず身元を暴かれ、狩り出され、処刑されると言われたんだ」

「誰に処刑されるんだ？」

「敵対組織だろうが……わからん、聞かされてない！」

「にもかかわらず、奴らの言うことを真に受けたんだな」

「疑う理由がどこにある？」

「賞金が懸かっているのか？　それとも通常の支払いか？」

「賞金だ」

「額は？」

「二百万」

「リラ？　ドル？」

「ドルだ！　二百万ドルだ！」

「ぼくもまんざら捨てたもんじゃないな。うまくやってのければ、おまえも兄貴といっしょに山に引きこもり、心ゆくまでイノシシ狩りができただろうに。だがチームに賞金を与えることの問題点は、それを仲間内で分けなきゃならないために取り分が減るということだ。誰だって単独で殺りたがる。まずい戦略だ。一人一人のやる気を削ぐ。顎髭の男がチームリーダーか？」

「そうだ」

「奴がロシア語を話してたんだな？」

「ああ」

「名前は？」

「はっきりとは知らん。ミリューコフと呼ばれていた。でも、おれたち兄弟と同じだ、仕事をあてがわれる側だ」

「フリーランサーか？」

「ロシアの大物政治家に雇われていたらしい。クレムリンの黒幕の一人、コングロマリットを経営している大富豪にな。それを通じて、ロシアを陰で支配している男だ」

「プリシュニコフか」

イタリア人の目に認識の光が宿った。その名に聞き覚えがあるらしい。「ああ、たぶん」

プリシュニコフ。アナトーリ・プリシュニコフ。得体の知れない巨大合弁企業、ノルテックの設立者であり会長。莫大な富と強大な権力を持つクレムリンの黒幕。ブライソンの心臓は激しく脈打った。どうしてアナトーリ・プリシュニコフが刺客を送り込んできたのか？

理由は？

プリシュニコフがディレクトレイトの支配者、あるいはその一人と考える以外に納得のいく回答はなかった。ＣＩＡのハリー・ダンによれば、ディレクトレイトはソビエト

GRUの〝天才たち〟の一派によって設立され、運営されてきた。

〈ディレクトレイトが政府の機関じゃないと言ったらどうする？　そんなことはかつて一度もなかったと言ったら？……すべてが入念に仕組まれた陰謀なんだ……奴らは敵の土壌にスパイ活動の拠点を設けた、つまり我々の土壌に〉ダンはそう言っていた。

そして冷戦後、ソビエト諜報機関が崩壊するや、ディレクトレイトの指揮権は他の者の手に渡った。同時に諜報員は全員解雇された。

俺ははめられ、追い出された。

そして、エレナは？　彼女は消え去った。それは何を意味する？　奴らの手で俺から引き離されたのか？　そう考えれば説明がつくのか？　幹部連中はなんらかの理由で俺たちを離さざるを得なかった――つまり、内情に通じている俺たちをいっしょにさせておいては危険だということか？

〈……再び活動を開始しようとしているふしがある……きみの昔のボスたちはなんらかの理由で兵器を集めているらしい……世界的な不安を惹き起こす準備をしていると言ってもいいだろう……連中は兵器を蓄え、我々の考えでは、南部バルカン諸国で混乱を引き起こそうとしている。といっても、最終目標は別の場所のはずだがね〉

奴らの最終的なターゲットは別の場所。

漠とした考え、曖昧な説明。全体像は依然として見えてこなかった。今の彼にできるのは具体的事実の検討だけだったが、それもうんざりするほど少なかった。

事実その一。ディレクトレイトのスパイ——元スパイか現スパイかはわからないが——によって構成された殺し屋チームが俺を殺そうとしている。

しかしなぜだ？　カラカニスのボディガードたちは、俺を潜入者と見なして消そうとしたにすぎないはずだ。だがサンティアゴ・デ・コンポステラの暗殺部隊は大がかりな編成を組んでおり、一概に、カラカニスの船に侵入したことへのリアクションとは考えられない。

その二。サンジョバンニ兄弟は、俺がスペイン無敵艦隊に乗船する以前から雇われていた。つまり、俺は行動を起こす前から危険人物のレッテルを貼られていたのだ。だが、どうして？

その三。暗殺部隊のリーダーは大富豪の民間人、アナトーリ・プリシュニコフに雇われていた。やはり、プリシュニコフはディレクトレイトの支配者の一人に違いないのだ。だが表向きは民間人のこの男がどうして邪悪な諜報機関の指揮を執っている？

つまり、ディレクトレイトが個人の所有物になったということなのか？　アナトーリ・プリシュニコフに乗っ取りの対象とされ、その傘下に吸収されたということなのか？　ディレクトレイトはロシアの陰の首領率いる私設軍隊になったのか？

そのとき、ブライソンの頭に別のことが浮かんだ。「チームのメンバーは別々の言葉を使っていたと言ったが」彼は口をひらいた。「その中にはフランス語も含まれているな？」

「ああ、だけど……」

「だけどもくそもない！　フランス語を話していたのはどいつだ？」

「ブロンドの女だ」

「広場にいた髪をアップにした女か」

「ああ」

「あの女のことで何を隠している？」

「隠す？　何も隠してなんかいない！」

「こいつは面白くなってきたぞ。おまえの兄貴はその点に関してべらべら喋ったからな」

一か八かのはったりだったが、自分の推測に自信を持っていたので、その言葉はいかにももっともらしく響いた。「まるで油紙に火がついたようにな。でも、でっち上げだったということか。嘘八百を並べ立てたと。おまえの話からするとそういうことになるな？」

「違う！　兄貴がなんと言ったかは知らないが、おれたちは言い争っている声を偶然小耳に挟んだだけなんだ」

「小耳に挟んだ?」

「あの女が爆破された貨物船——スペイン無敵艦隊——に乗っていた別のスパイと、フランス語で話しているのを聞いたんだ。相手はフランスの男で、あのギリシア人と武器の取引をしに行ったらしい」

「取引?」

「その男は二重スパイだったそうだ」

ブライソンは、カラカニスのダイニングルームにいたしゃれた身なりの長髪の男を思い出した。フランスの大富豪であり、強大な権力を誇る武器商人、ジャック・アルノの使者だったフランス人である。あの男もディレクトレイトの一員、あるいはその関係者だったのか? 極右のフランス武器商人、ジャック・アルノがなんらかの形でディレクトレイトと結託し、つまるところ、ロシア一の金満家民間人とぐるだということなのか?

そして、ロシアとフランスの二人の大実業家がディレクトレイトの実権を掌握し、世界中でテロリズムを煽り立てようとしているのが事実なら、その目的はいったいどこにある?

縛りつけられ、さるぐつわをかまされたまま、イタリア人の兄弟は古い教会に置き去りにされた。ブライソンは、医療補助の経験を持つレイラにパオロの膝を止血するよう頼み、彼女は傷口にしっかりと布きれを巻きつけた。

「でも、自分を殺そうとした男にどうして情けをかけるの？」教会を出るや、レイラは腑に落ちない様子で尋ねた。

ブライソンは肩をすくめた。「あいつは自分の仕事をしようとしただけだ」

「モサドはこんなやり方はしないわ」彼女は言い張った。「敵が自分を殺そうとして失敗したら、相手を生かしておくことは許されない。これは掟よ」

「ぼくにはぼくのルールがある」

サンティアゴ・デ・コンポステラ郊外にある小さな人目を引かない宿で、二人はその夜を過ごした。部屋に入るや、レイラはブライソンの怪我の手当に取りかかり、薬局で購入してきたオキシドールで傷口を洗浄し、縫い合わせ、軟膏薬を塗りつけた。医療補助のプロを思わせる手際のいい応急処置だった。

ブライソンの裸の上半身をしげしげと眺めながら、レイラは長い、滑らかな傷跡に指を這わせた。最後の任務地チュニジアでアブに負わされたその傷は、ディレクトレイトと契約していた一流の外科医の手で治療された。もはや痛みはしないものの、あのときの記憶はトラウマのように脳裏に刻みついている。

「思い出さ」彼は苦々しげに口をひらいた。「昔の友人のね」小さな窓の外では、苔むした丸石の上を滝のように雨が流れ落ちていた。

「死にかけたのね？」

「一流の医療施設で治療してもらった」

「しょっちゅう危険な目に遭ってきたようね」右の二頭筋の上にある十セント硬貨ほどの小さな傷跡を、レイラは指さした。「これは？」

「別の思い出さ」

ネパールで任務に当たったときの記憶がどっと押し寄せてきた。裏切り者の中国軍幹部昂舞(アン・ウー)のイメージが胸の内で激しく渦巻いた。あの銃撃戦の本当の意味はなんだったのだろう？　俺はなんのために、誰のために送り込まれたのだろう？　いまだにその目的がわからない邪悪な陰謀ゲームの手駒(てごま)にすぎなかったのか？

流されてきた大量の血。奪われてきた多くの命。なんのために？　俺の人生の意味は？　知れば知るほどわからなくなった。両親のことを、生きていた親を最後に見たときのことを思い起こした。彼らの命を奪ったのは本当にディレクトレイトの黒幕たちなのか？　かつて世の中の誰よりも尊敬した男、テッド・ウォラーの顔が思い浮かび、激しい怒りがこみ上げてきた。

連中はフリウリ地方の殺し屋ニッコロは、自分たち兄弟を家畜と呼んでいたではないか？　連中は雇われた殺し屋であり、ルールを説明されることなく厭(いと)わしいゲームの盤上で操られている駒だった。俺とあの兄弟の間になんの違いがあろう？　俺たちの誰もが陰の首謀者たちに利用されている道具にすぎないのだ。駒以外の何者でもないのだ。

ベッドの端に腰を下ろしていたレイラが立ち上がり、小さなバスルームへ行き、コップに水を汲んで戻ってきた。「薬局の店員が抗生物質の錠剤を売ってくれたの。明日の朝、処方箋を持っていくと言ったら、疑いもせずに充分な量を売ってくれたわ」レイラは二、三錠のカプセルとコップをブライソンに差し出した。疑惑の念が頭をもたげ、そっと彼に警告した。おまえはこの無表示の錠剤の正体を知っているのか？　もっと道理に叶った内なる声がすぐにそれを打ち消した。おまえを殺すつもりなら、もっと直接的にそうする機会はいくらでもあった。いや、何よりも、俺を救うために自らの命を危険に晒す必要はなかったのだ。レイラの手からカプセルを受け取ると、彼は水といっしょに喉へ流し込んだ。

「上の空といった感じね」レイラは応急手当の道具を片づけながら言った。「はるか遠くを見つめているようだわ。悩みごとがあるのね？」

ブライソンは顔を上げ、ゆっくりと首を縦に振った。美しい女性と一つ屋根の下で寝るのは——ベッドにレイラ、ソファにブライソンという慎み深い配置ではあったが——何年も前に、エレナが突然立ち去って以来のことだった。機会は何度も訪れた。しかし彼は禁欲的でありつづけた。そうすることで、理由もわからぬままに、エレナを追い出す結果を招いた自らの所業を戒めていたのだ。

俺は何をした？

俺たちの結婚生活はどこまでテッド・ウォラーに操られていたのか？

そして、あるときのことが、重大な意味を持つあるときのことが頭に浮かんだ。それはエレナに嘘をついたときのこと。彼はエレナを守るために嘘を言い、隠し事をした。ウォラーは好んでブレークの言葉を引用した。「我々は嘘を信じるようになる。自分の目で物事を見ようとしないかぎりは」彼はもっともらしい口調でそう言ったものだった。

いずれにせよ、ブライソンは自分のしたことをエレナにわからせる気も、知らせる気もなかった。

エレナに隠し通してきた日暮れ時のブカレストでの出来事を思い出しながら、彼は己を探した。

何が真実なのか？　真実はどこにあるのか？

猜疑心と悪意に満ち満ちているにもかかわらず、秘密諜報員たちが暗躍する裏の世界は狭い世界であり、噂はすぐに広まる。元セキュリターテのメンバーたちによって結成されたチーム〝掃除屋〟が、数学者兼暗号解読者で祖国の裏切り者、アンドレイ・ペトレスク博士の居所を明かすあらゆる手がかりに莫大な賞金を提供しているという噂を、ブライソンは信頼のおける情報筋から得た。悪名高き秘密警察の元メンバーたちの間には、チャウシェスクを押しのけ、彼らから権力を奪い取ったクーデターに対する苦々しい思いが蔓延していた。連中は裏切り者を許すことはないだろう。どれほど金と時間を費やそうとも、抹殺するつもりでいるだろう。数人の裏切り者がターゲットにされており、ペトレスクはその中の一人だった。復讐がいずれ成し遂げられるのは目に見えていた。

ブライソンは〝掃除屋〟と極秘裏に接触を計り、その親玉である、セキュリターテのナンバー2だった男と密会する手筈を整えた。相手はこちらのコードネームを知らなかったものの、素性の信頼性を認めた。〝掃除屋〟が大いに興味を持つに違いない火急の知らせを持っているというメッセージが相手に届けられた。密会場所には実際上、単独で赴くつもりだった。セキュリターテの男にもそうするように伝えた。

これは個人的な行動だった。彼はディレクトレイトに知らせることなく、事を進めた。このような届け出なしの接触を組織は許さないだろう。ゆゆしき事態に発展しかねないのだ。だが密会の約束を破棄するつもりはなかった。それはエレナにとって、そしてそれがゆえに彼にとって、極めて重大な問題だったからだ。本部には、マドリードでの任務を終えたら休暇が欲しい、少なくとも三連休以上の週末休暇をバルセロナで過ごしたい、そう伝えた。届け出は許可され、長期休暇が与えられた。ディレクトレイトの方針に反した行動をしようとしていることは言うまでもないが、選択の余地はなかった。彼はディレクトレイトのデータバンク上に存在しないコードネームを使い、現金で航空券を購入した。

自分のしようとしていることはエレナにも教えなかった。ここでは欺くことが最も肝心だった。父親を殺そうとしているチームの親玉との接触を彼女が許すはずがないのだ。夫にとって、それが非常に危険なことだと考えているからだけではなかった。どんな状況下においても、両親絡みの問題に彼が個人的に深入りすべきでないと、エレナは常々口にしていたのだ。彼女は夫と両親を失うことを、つまり、セキュリターテの復讐心を煽り立てることを恐れていた。彼女の気持ちを第一に考えるなら、こんな約束はしなかっただろう。しかし、今まではエレナの意見を尊重してきたものの、今回の機会は見逃せなかった。

地下にある薄暗いバーで、ブライソンは元セキュリターテの男と会った。約束通り単独で行ったが、あらかじめ綿密な計画を準備していた。金がばらまかれ、根回しがなされていた。

「ペトレスクに関する情報を持っているそうだな」ブライソンがほの暗いボックスに腰を下ろすや、ラドゥ・ドラガン少将は口をひらいた。

ドラガンはブライソンについての知識を持っていなかったが、ブライソンは独自のネットワークを通じて情報をかき集め、相手に関して入念な下調べをしていた。エレナはブカレストから脱走した夜、ドラガンの名を口にし、トラックの荷台に関心を示した警官を怖じ気づかせた。後で判明したところによると、ドラガンこそが彼女の父親の協力を取り付けた張本人だった。だから彼女は名前と電話番号を記憶していたのだ。セキュリタ－テに対するアンドレイ・ペトレスクの背信行為はそれがゆえに、ドラガンにとっては私的な問題だった。

「その通り」ブライソンは答えた。「しかしその前に条件を話し合いたい」

血色の悪い骨張った顔をした六十代の男、ドラガンは眉をつり上げた。「その〝条件〟とやらを喜んで聞いてやろう。話が本物ならな」

ブライソンは微笑んだ。「ぼくの持ってきた〝情報〟は百パーセント本物だし、いたって明快だ」彼はテーブルの向かいに一枚の紙切れを滑らせた。ドラガンは取り上げ、目を凝らし、途方に暮れた。

「これは――これはなんだ?」ドラガンは口をひらいた。「ここにある名前は――」

「――あんたの親族一同の名前だ。血縁関係にある者、姻戚関係にある者、すべて含まれている。住所と電話番号もな。近しい人間や愛しい人間を保護するために徹底したセキュリティ対策をとってきたあんたのことだ。その情報を仕入れるためにどれほど巨大なネットワークが必要なのかはわかるだろう。つまりだ、再び親族全員の居所を隠したところで、ぼくとぼくの仲間はその一人一人について簡単に調べ上げられるということだ」

「ふざけやがって！」ドラガンはルーマニア語で怒鳴った。「いったいおまえは何者だ？　なんでこんなことをわざわざ言いに来た！」

「〝掃除屋〟を直ちに解散することを約束してもらいたい」

「部下の一人がおまえに情報を売ったからといって、わたしを脅迫できるとでも思っているのか？」

「知っての通り、あんたの部下の誰一人としてこの情報にはアクセスできない。あんたが最も信頼している側近ですら、二、三の名前と大雑把な住所を知っているにすぎない。いいか、この情報はあんたを取り巻くどんな集団よりも信頼のおける筋から取り寄せられている。部下たちを全員追放し、全員処刑したところで、事態は変わらない。ようく聞け、あんたであれ、あんたの同僚であれ部下であれ、とにかくあんたに関係している何者かがペトレスク家の誰かに危害を加えたら、ぼくの仲間があんたの一族の一人一人をたっぷり痛めつけた上で、息の根を止める」

「出て行け！　失せろ！　そんな脅しには乗らん」

「この一瞬にも、ぼくはあんたに〝掃除屋〟を解散するチャンスを与えてやっている」

ブライソンは腕時計に目をやった。「命令を下すまでに残されている時間はきっかりあと七分」

「下さなかったら？」

「そのときはあんたが愛おしく思っている誰かが死ぬ」

ドラガンはせせら笑い、ビールを注いだ。「時間の無駄遣いだ。部下たちがこのパブの中でこちらを見張っている。わたしの合図一つで、おまえは電話一本する機会すらなく、消し去られる」

「あいにく、時間を無駄にしてるのはあんたのほうだ。本当はぼくに電話してもらいたいんじゃないのかい？　ビクトリア大通りのアパートで、ぼくの仲間がドゥミトラという女の頭に銃を突きつけているんだぜ」

ドラガンの血色の悪い顔からさらに血の気が失せた。

「そうさ、〝九月十三日通り〟のセクシークラブでストリップ嬢をやっている、あんたの愛人だよ。あんたには他にも愛人はいるが、彼女とはすでに何年もの仲だ。あんただって少なくとも愛情じみたものを感じているに違いない。仲間はぼくの電話を待っている。連絡がない場合は」ブライソンは再度腕時計に目を向けた。「あと六分、いや五分か、女の頭を撃ち抜くように伝えてある。もっとも、ぼくと相棒の携帯電話がまともに機能すればの話だがね」

ドラガンは鼻で笑ったものの、目には不安の色が滲（にじ）んでいた。

「今すぐ、ペトレスク一家に対する処刑命令を取り消して女の命を助けるか、何もせずに女を見殺しにするか。そうなればあんたが殺したも同然だ。ほら、電話を持ってないなら、これを貸してやる。電池を使い切らないように気をつけろ。ぼくが友人に電話できなくなったら元も子もなくなるぞ」

ドラガンはゆっくりとビールを啜りながら、平然を装った。

二人は口をひらかず、あっと言う間に四分が経過した。

死刑執行まで一分足らずとなったところで、ブライソンはビクトリア大通りへ電話した。

「だめだった」電話が通じるや、言った。「ドラガンは命令の撤回を拒否した。残念だがこの電話はゴーサインの意味だ。だけどちょっと頼みがある。ドゥミトラに電話を渡して、情けのかけらもない愛人に最後の願いをさせてやってくれ」電話機の向こうから死に物狂いの叫び声が聞こえてくるのを待ち、ブライソンはドラガンに電話を渡した。

ドラガンは受け取ると、ぶっきらぼうな声で「もしもし」と応じた。愛人の金切り声はテーブル越しにいるブライソンの耳にまで届いた。ドラガンは顔をひきつらせたものの、無言だった。しかし声の主をドゥミトラだと認め、これがこけおどしではないことを知るには充分だった。

「時間切れだ」ブライソンは腕時計に目を落とした。

ドラガンはかぶりを振った。「大方、あの女を金で抱き込んだんだろう。この茶番劇を演じさせるためにいくら渡したのかは知らないが、どうせはした金に違いない」

電話機の向こうで銃声が轟き、喉の奥から絞り出されたような叫び声が聞こえてきた。もう一度弾丸の炸裂する音がしたが、もはや悲鳴は上がらなかった。

「たいした役者じゃないか？　えっ？」ブライソンは立ち上がると、電話機を取り返した。

「あんたの強情さと猜疑心が女の命を奪ったんだ。これが茶番かどうかはあんたの部下たちが確認してくれるだろう。もっともその光景から目を逸らさずにいられるなら、あんたがじきじきに女のアパートへ出向き、その目で確かめることもできるがな」やむを得ない殺しとはいえ、彼の心は苛まれ、揺さぶられていた。しかし、本気であることを相手に知らしめるにはそうするしかなかったのだ。「この紙切れには四十六人の名前が載っている。こいつらは毎日一人ずつ殺されていき、あんたの一族は絶滅する。それを防ぐ唯一の方法は、ペトレスク一家に対する殺害命令を取り消すことだ。いいか、もう一度言っておく、彼らの身に何か起こったら――どんな些細なことでもだ――即座におまえの一族は一斉にこの世から抹殺される」

ブライソンは踵を返すと、パブを立ち去り、二度とドラガンに会うことはなかった。

一時間もしないうちに、ペトレスク一家への接触禁止命令がチーム全員に通達された。

ブライソンはエレナにもテッド・ウォラーにもいっさい話さなかった。数日後自宅に戻ると、エレナからバルセロナ行きの理由を問い質された。通常、彼らは家庭と職場とを分け隔てている壁を尊重し、外で何をしているのかを尋ね合うことを避けていた。エレナに外出の理由を問われたことは一度もない。だが今回、彼女はブライソンの目をじっと見つめ、根ほり葉ほり訊いてきた。彼は顔色を変えることなく、それらしい嘘をでっち上げた。只の焼きもちか？ ランブラスに愛人を囲っているとでも思っているのか？ 彼女が嫉妬めいた感情を表に出したのは初めてのことで、ブライソンは真実を語りたい気持ちをぐっとこらえた。

だが、自分はその時、本当に真実を知っていたのだろうか？

「ぼくはきみのことをほとんど知らない」ブライソンはベッドから立ち上がり、ソファに腰を下ろした。「ここ半日間に命を何度も救ってくれたということ以外には」

「もう休んだほうがいいわ」レイラは言った。グレーのスエットとぶかぶかの男物のアンダーシャツを身につけていたが、シャツは胸の膨らみを隠すというよりはむしろ強調していた。荷造りする衣類もなく、手持ちぶさたなままに、彼女は引き締まった長い脚を重ね合わせ、腕組みをし、ベッドの端に腰掛けていた。「話は明日の朝にしましょう」

質問をはぐらかそうとしていることを知り、ブライソンは続けた。

「きみはモサドだと言った。にもかかわらずベッカー谷の出身で、発音にはアラビア語訛りがある。イスラエル人なのかい？　それともレバノン人？」

視線を床に落とし、彼女はおもむろに口をひらいた。「どちらでもないし、どちらでもあるわ。父親はイスラエル人だった。母親はレバノン人よ」

「お父さんは死んだのか」

彼女はうなずいた。「父はスポーツ選手だった。超一流のね。ミュンヘンオリンピックでパレスチナのテロリストに殺されたわ」

ブライソンはうなずき返した。「一九七二年か。きみがまだ赤ん坊の頃だな」彼女は俯いたまま、顔を紅潮させた。「二歳になったばかりよ」

「記憶にないんだね」

レイラは顔を上げた。茶色い瞳が険しい光を放っていた。「母がわたしの心に父の面影を留めてくれたわ。毎日写真を出してきては父のことを語ってくれた」

「パレスチナ人を恨みながら生きてきたというわけか」

「そんなことないわ。パレスチナ人は善良な人たちよ。彼らは本国を持たない流浪の民。わたしが憎んでいるのは、理想の実現のためには一般人を殺すことを屁とも思っていない過激派連中よ。〝黒い九月〟であれ〝赤軍派〟であれ、イスラエル人であれアラブ人であれね。わたしはどんな類の狂信者も憎い。二十歳になって間もない頃、同年代のイスラエル軍の兵士と結婚したわ。若かったヤロンとわたしはお互いのことしか目に入らないほどに、深く愛し合った。彼がレバノンで殺されたとき、わたしはモサドに協力しようと決意したの。過激派と戦うために」

「でもモサドを狂信者の一団だとは考えていないのかい？」

「彼らのほとんどはそうよ。でもそうじゃない人間もいる。わたしはフリーランサーだから、任務を取捨選択できるわ。だから自分のしていることが自分の信ずる大義のためだということははっきりわかっている。断った仕事は山ほどあるわ」

「選択の幅を与えられるなんて、きみは相当高く買われているんだな」

彼女は控え目に首を縦に振った。「わたしの偵察能力と情報収集力が評価されているのよ。ある種の任務を引き受けるような馬鹿はわたししかいないだろうし」

「どうしてスペイン無敵艦隊への潜入を引き受けたんだい？」

レイラは首を傾げ、驚いた顔をした。「当たり前じゃない。あそこは過激派連中が兵器を買う場所よ。兵器がなくなれば、奴らは罪のない人たちを殺せなくなるわ。ジハード国民戦線があの船にエージェントを派遣し、兵器を買い漁っているという貴重な情報を掴んだの。わたしは二ヶ月間の潜入活動に送り込まれたのよ」

「で、ぼくが現れなきゃ、まだあそこにいたというわけか」

「で、あなたのほうは？　ＣＩＡと言ったけど、違うんじゃなくって？」

「根拠は？」

彼女は人差し指の先を鼻の頭にのせた。「悪の臭いがするのよ」そう言いながら、心得顔の笑みを浮かべた。

「ぼくがかい？」ブライソンは愉快そうに訊いた。

「そうね、正確に言うと、あなたの敵、あなたの追っ手かしら。定石破りの暗殺部隊。あなたはわたし同様フリーランサーか、あるいは他の機関と関わりを持っている人間。でもＣＩＡじゃないわ」

「きみの言う通りだ」彼は白状した。「正確にはＣＩＡじゃない。だけど連中の下で活動している」

「フリーランサー？」

「そうとも言える」

「でもあなたは長年この世界にいる。体の傷が何よりの証拠よ」

「そうさ。ぼくはずっとこの世界にいた。だが追放された。今は連中に引き戻され、最後の任務に就いている」

「その任務は――」

彼はためらった。どこまで話すべきか？「諜報活動だよ。ある意味で」

「ある意味で……そうとも言える……話したくないなら構わないわ、お好きなように」

静かな口調に込められた感情の高ぶりがレイラの鼻腔を押し広げていた。「朝になったら即、別々のヘリコプターでスペインを発ち、二度と会うことはないんだから。本部に戻り、お決まりの報告をする際に、お互いのことを提出書類に記入し、お互いの活動に関して知っている限りの説明をする。わたしたちの間柄はその程度のものよ。後は質問されて、お終い。封印された報告書はモサドのＣＩＡ関連資料に、もう一方はＣＩＡのモサドファイルに加えられる。大海の一滴としてね」

「レイラ、きみには何から何まで世話になって——」

「やめて」彼女は遮った。「感謝される覚えはないわ。誤解しないで。あなたはわたしのことを何もわかってないのよ。あなたがどう思おうと、すべては個人的な利害でやったことなんだから。わたしたちはそれぞれ違う目的地を目指して兵器のルートを追っている。そのルートが交差する、あるいはオーバーラップすることもある。あなたを殺そうとしているのが誰であれ、半端な連中でないのははっきりしているわ。莫大な人員と張り巡らされた情報網——政府関係の組織と考えるのが普通じゃない？」

ブライソンはうなずいた。確かに一理ある。

「謝らなきゃならないわ。でもあなたに嘘はつきたくないの。さっきの教会、とても音の通りがよかったから、聞くつもりはなかったけど、イタリア人を問い詰めているときの会話が筒抜けだったの。あなたを騙す気ならこんなことは言わないわ」

ブライソンは再びうなずいた。これも彼女の言う通りである。「だけどフリウリ語はわからないんじゃないのかい？」

「名前が聞こえたのよ。あなたはアナトーリ・プリシュニコフという名を口にした。この世界の人間にとってはお馴染みの名前をね。それにジャック・アルノ。ちょっと知名度は落ちるけど、イスラエルの敵対組織の大部分に兵器を供給している男。あの男は中東の戦火をかき立てることで、莫大な財を築き上げてきたわ。わたしはあの男を知っているし、憎んでいる。彼に接近する手段も持っている……」

「どういうことだ？」

「あなたが次にどこへ向かうつもりなのかはわからない。でも、アルノのエージェントの一人があの船に乗っていて、カラカニスに武器を売っていたことを教えておくわ」

「ダブルのスーツを着ていた長髪の男か？」

「そうよ。自称ジャンマルク・ベルトラン。しょっちゅうシャンティイへ足を運んでいるわ」

「シャンティイ？」

「アルノが住んでいて、定期的に大パーティが催される豪邸のある場所よ」彼女は立ち上がってバスルームへ行き、数分後、濡れた顔をタオルで叩きながら戻ってきた。化粧を落としたその顔はいっそう魅力的だった。筋の通った上品な鼻、ふっくらとした唇。

そして、何よりも印象的な、優しさと激しさ、知性とユーモアの気配を同時に滲ませている茶色い切れ長の瞳。

「ジャック・アルノに関して何か知っているんだな？」ブライソンは訊いた。

彼女はうなずいた。「あの男の縦と横の繋がりをね。モサドはしばらく前からアルノに目をつけてきた。わたしはパーティのゲストとして何回かシャンティイを訪れたのよ」

「どういう肩書きで？」

レイラはベッドカバーを外しながら答えた。「パリのイスエラル大使館の商務官として。権力を握っている人間は大歓迎される。ジャック・アルノは節操がないわ。イスラエルと取引しながら、何食わぬ顔でその敵とも取引している」

「奴に引き合わせてくれないか？」

彼女はゆっくりと振り返り、目を丸くした。「賢明な策とは思えないわね」そう言ってかぶりを振った。

「どうして？」

「これ以上、自分の任務を危険に晒すわけにはいかないからよ」

「でも同じルート上にいると言ったじゃないか」

「そうは言ってないわ。ルートが交差したと言ったのよ。まったく意味が違う」

「じゃあ、きみのルートはジャック・アルノにはぶつからない？」

「ぶつかるかもしれないし」彼女は認めた。「ぶつからないかもしれない」

「いずれにせよ、シャンティイに行けばきみにとっても得るものがあるんじゃないのか？」

「あなたといっしょに、ってことかしら？」彼女はからかうように言った。

「それがぼくの頼みなのは言うまでもない。きみがアルノの社交パーティに出席できるのなら、ぼくにもチャンスがある」

「わたしは単独で動きたいの」

「きみのような美しい女性が社交パーティに行くんだ。エスコート役がいたほうがもっともらしいんじゃないのかい？」

彼女は再び頬を赤く染めた。「口がお上手だこと」

「口は重宝って言うだろう、レイラ」ブライソンはそっけなく言った。

「なりふり構わないってことかしら？」

「まあね」

レイラは笑みを浮かべ、首を横に振った。「でもテルアビブが許可してくれないわ」

「だったら要請しなきゃいい」

彼女はためらったあげく、わずかにうなずいた。「断っておくけど、これはあくまで一時的な協力関係よ。つまり、いつ撤回することになるかわからないってこと」

「邸宅の中に入れてくれるだけでいいんだ。なんなら玄関で放り出しても構わない。ところで一つ訊かせてくれ。モサドがアルノを監視している本当の理由は？」

レイラは驚きの眼差しで彼を見つめた。答えは言うまでもないといった表情だった。

「ここ一、二年の間に、ジャック・アルノがテロリストへの世界最大の兵器供給者になったからよ。だから、あなたと引き合わされた男——ジェンレットでしたっけ？——がアルノの使いのジャンマルク・ベルトランに伴われて船に現れたことに興味を持った。ジェンレットと名乗るこのアメリカ人はテロリストに武器を卸しているに違いないと思ったのよ。そんなわけで、あなたとジェンレットが何を話しているのか気になって仕方なかった。実際、あの日の夕方はあなたが何をしにきたのかということで頭がいっぱいだったわ」

ブライソンは沈黙し、必死に考えを巡らせていた。ディレクトレイトの諜報員ジェンレットは、ジャック・アルノのエージェントといっしょにあの船にやって来た。アルノはテロリストに兵器を売っている。ディレクトレイトは買う側にいる。そこから一歩考えを推し進めれば、ディレクトレイトは世界中でテロリズムを支援しているという結論に行き着くのではないか？

「何がなんでもジャック・アルノに接触しなければならない」彼は静かに口をひらいた。

彼女はかぶりを振り、憂い混じりの笑みを浮かべた。「二人揃ってなんの収穫もないってことになるかもしれないわよ。でもそれはたぶん、杞憂にすぎないでしょうね。あそこには超弩級の危険人物が揃っているんだから」

「一か八かに賭けてみるさ」ブライソンは答えた。「今のぼくにはそれ以外に道がない」

殺し屋チームは叫び声を追っていた。裏切り者抹殺の任務を課された彼らは、オブラドイロ広場から四方八方に延びている丸石の敷き詰められた狭い通りを捜索していた。辺り一帯から獲物が逃げ去ったと結論づけられた後、彼らに与えられた任務ははぐれたメンバーの居所を突き止めることだった。死者は特徴のない乗用車に積み込まれ、協力が取りつけられている葬儀場へ運ばれる。偽造書類が作成され、死亡診断書に署名され、死体は墓標のない墓に埋葬される。遺族は多額の弔慰金を支払われ、質問無用であることを悟らされる。これが一般的な処理方法だった。

負傷者と死者が集められて点呼が行なわれた際に、二人のメンバーがまだ戻っていないことが判明した。イタリア北東部の片田舎からやってきたフリウリ語を話す兄弟である。表通りをひとわたり捜索したものの、まったく手がかりは発見されなかった。緊急信号の受信もない。兄弟は繰り返しの無線連絡にも応答しなかった。おそらく殺されたのだろう。だが、それは確実なことではなく、負傷者は拘束されるか、あるいは始末されるというのが闇の掟だった。つまり兄弟は、どうしたところでメンバーリストから抹消されることになるのだ。

やがて、押し殺したような悲鳴が脇道から聞こえるという報告が入り、殺し屋チームはその音を追い、人の住んでいない板張りの教会に辿り着いた。中に押し入り、兄弟の一人を、続いてもう一人を発見した。二人はさるぐつわをされ、縛りつけられていたが、一人のさるぐつわが緩んでおり、それが幸いした。そのために叫び声が漏れて、発見されたのだ。

「何ぐずぐずしてやがったんだ！」兄弟の一人が、緩んださるぐつわの奥からスペイン語でわめいた。「危うく死ぬところだったぞ！　パオロが出血多量なんだ」

「失敗は許されない」殺し屋チームの一人がセミオートマチックを取り出し、イタリア人の頭に二発撃ち込んだ。「腐った林檎に用はない」

真っ青な顔をし、震えながら、残った一人は血溜まりの中で胎児のような恰好で横たわっていた。見ひらかれたその目はすでに己の運命を甘受していた。パオロはうめき声すら漏らさずに、二発の銃弾を受け入れた。

第十章

シャンティイ　フランス

　サン・モーリスの華麗な大邸宅は、パリから三十五キロ離れたところに位置していた。あまたのスポットライトでドラマティックな演出が施された十七世紀の館（やかた）である。ドラマティックで華麗なのは建物の周囲も同様で、この夜、手入れの行き届いた大きな庭園は、舞台さながらに脚光を浴びていた。舞台という言葉こそ、サン・モーリスの大邸宅を表現するにもっとも相応（ふさわ）しい。ここは、財と権力を持つ輩（やから）がタイミングを計って出入りし、台本通りの会話を交わすステージなのだ。とはいえ、役者は同時に観衆でもあり、彼らは互いの芝居に感銘を受けることになっている。全員が仮面の下の素顔を上手に隠し、巧みな演技に終始するのだ。

　その夜の催しは、毎年恒例のG－7首脳会議に随行した、ヨーロッパ各国の大蔵大臣の親睦会（しんぼくかい）だったが、サン・モーリスの大邸宅では、どんなパーティが開催されても役者たちの顔ぶれにほとんど変化はない。パリとその近郊の有名人、各界の重鎮はすべて顔を揃えていた。上品なタキシード姿の男たちが、華やかなイブニングドレスと高価な真珠に身を包んだきらびやかな女たちが、お抱え運転手付きのロールス・ロイスやベンツに乗って颯爽と登場した。彼らは伯爵夫妻であり、男爵夫妻であり、子爵夫妻だった。彼ら財界の大物、芸能界や映画界のスターがいた。フランス外務省の高級官僚がいた。彼らは社会的地位と財力の両方を手にした超一流階級の人間たちだった。

跳ね橋の入り口から正面階段に至るまでの歩行路沿いには、キャンドルライトが連なり、柔らかい夜風が炎を揺らしていた。そこを通って、銀髪の上品な男たちが姿を現した。同時に、ずんぐりとして禿げ頭の気品に欠ける男たちもやってきた。その粗野な風貌の裏には、彼らの持つ強大な権力と影響力が隠されており、その多くがすらりとした脚線美の妖艶な女をこれみよがしに付き従えていた。

ブライソンはル・コール・デ・シャッセのタキシード、レイラはディオールの黒いストラップレスドレスを身につけていた。レイラの首を取り巻くシンプルな真珠のチョーカーは、落ち着いた気品を漂わせ、彼女の美しさを際立たせていた。ブライソンは過去の生活で、この手のパーティに何度も顔を出し、その度に招待客というよりは傍観者のように感じていたが、いつの間にか周りに溶け込んでしまうのだった。人の輪に入っていこうという意識がなくても、生来的に人を寄せ付ける落ち着いた雰囲気を備えていたのだ。

一方、レイラは初めから場に馴染んでいるように見えた。巧みに施された控え目なメーキャップ――薄く引かれたアイライナーとリップグロス――は、彼女の美しさの象徴であるオリーブ色の肌と、澄んだ茶色い瞳(ひとみ)を引き立たせている。ウェーブのかかった茶褐色の髪はアップにされて、襟足から垂れている後れ毛がほっそりとした首筋を際立たせ、大きな襟ぐりの華麗なドレスが豊かな胸を強調している。彼女はイスラエル人としてもアラブ人としても通用した。そして実際、その両方だった。笑顔を振りまき、陽気に笑い、感じのよい、それでいて魅惑的でもある視線を投げかけていた。

招待客の何人かがレイラと挨拶(あいさつ)を交わした。誰もが彼女を権力と人脈を持つ謎(なぞ)に包まれたイスラエル外務省の役人だと見なしていた。知られているようで知られていないレイラは、潜入任務を果たす上で理想的な立場にいたのだ。彼女は前日、フランス外務省の知人に電話をかけた。サン・モーリスの館の主(あるじ)ジャック・アルノやパーティの常連客と極めて懇意にしている人物である。アルノの社会動向調査アンテナの一人であるこの知人は、レイラが二、三日パリに滞在するという報(しら)せに、たいそう喜んだ。同時に、彼女が今回のパーティに招待されていないことを知ってひどく恐縮し、是非とも参加して欲しいと言い張った。来てくれないと、ムッシュ・アルノが機嫌を損ねるだろう、と。もちろんエスコート役も大歓迎だ。知人はレイラがめったに単独で現れないことを承知していたのである。

　ブライソンとレイラは真夜中過ぎまで、館を訪れる際の戦略を練った。〝スペイン無敵艦隊〟爆破直後のことでもあり、慎重の上にも慎重を重ねる必要があったのだ。二人のことを知る生存者がいないことは明らかだったものの、カラカニスのような大物は言うまでもなく、他の大物たちによって送り込まれた密使やエージェントの誰もが、煉獄の炎の中で手をこまねいて死んでいくような連中ではなかった。世界中の同業者の幹部室や闇の組織の隠れオフィスに、警戒信号を発信しているに相違ないのだ。不正な手段で莫大な利益をせしめている悪徳実業家たちは、厳重な警戒態勢を敷いているだろう。ジャック・アルノは兵器供給ルートの一つを失った。それは同時に、自らの安全に気を配らなければならないということでもある。〝スペイン無敵艦隊〟の爆破が、闇市場での武器取引撲滅キャンペーンの幕開けでないと誰が言い切れよう？　フランス屈指の武器商人として、ジャック・アルノは自らの生命が危険に晒される可能性には日頃から注意を払っており、フィニステレ岬沖での爆破事件の波紋が広がる今、ことさら用心深くなっているのは間違いない。

　レイラはグリーンのコンタクトレンズとブロンドの鬘を着用していたので、今は少なくとも、その容貌は一変していた。一方のブライソンも、顔が見破られないことに一か八か賭けるというわけにはいかなかった。〝スペイン無敵艦隊〟の監視カメラの映像が人工衛星に電送されていたら、膨大な人員を抱える闇組織の私設警備隊に、彼の静止画像が行き渡っていることになる。

そこでブライソンは、オペラ座近くの舞台衣装店でいくつかのアイテムを購入した。そして翌日までに、彼の容貌は劇的な変貌を遂げていた。髪は銀髪と化し、ところどころにブロンドの名残を窺わせた。ディレクトレイトのテクニカルサービス部門の専門家たちに仕込まれた変装術を駆使したのだ。歯茎の横への詰め物が顔を下膨れに変え、スピリットガム（訳注 糊の一種）の塗布が目の下を弛ませ、目尻や口元に小皺を作った。細かい部分への配慮がもっとも肝要であることを、ブライソンは何年にもわたる変装経験から学んでいた。微妙な変化は大きな効果をもたらし、疑惑を遠ざける。彼は今、二十歳ほど老け込み、サン・モーリスの館の常連である地位と名誉を手に入れた男たちに見合う、上品な初老の紳士に様変わりしていた。彼の名はジェームス・コリアー、ニューメキシコ州のサンタフェから来た投資銀行家であり、ベンチャービジネスへの投資家でもある。世間の注目を浴びることを好まないベンチャービジネスへの投資家らしく、彼は仕事の内容に関してはほとんど語らず、儀礼的に尋ねてくる相手を、つつましい態度とジョークでかわした。

ブライソンとレイラは、トルソー通りにある小さな二流ホテルに投宿した。二人ともはじめて利用するホテルだったが、その月並みさを考慮しての選択だった。彼らはラバコラ空港から別々のルート——ブライソンはフランクフルト、レイラはマドリードを経由し——パリに到着した。寝室を手配する際には、ある種の気まずさがあった。カップルとして訪れた以上、二人がベッド、少なくとも部屋を共有するのは当然だった。だがブライソンは寝室が二つあるスイートをとった。幾分妙ではあるものの、結婚していないカップルの節度、古風な慎み深さを考えれば納得がいく。本当のところ、彼は情欲に押しつぶされそうになっていた。美しい、性的魅力にあふれた女性が、何年間も孤独な生活を送ってきた男の手の届くところにいるのだ。だが、すでに曖昧になっている仕事上のパートナーとしての一線を、これ以上あやふやにするわけにはいかなかった。いや、ひょっとすると自制心の歯止めを失うことを恐れていたのかもしれない。自制心の歯止め？　エレナに関する謎が解けない限り、他の女と距離を置かざるを得ないということではなかったのか？

レイラは招待客で溢れかえった部屋から部屋へ、ブライソンを案内して回った。知人たちと会釈を交わし、陽気なおしゃべりを続けながら。「この館は十七世紀にルイ十四世の側近が建てたっていう話よ。ところが、あまりに立派だったために、国王が妬んで、側近を逮捕し、建築家と庭師と一切の調度品を取り上げたらしいの。で、その嫉妬がきっかけとなって、ベルサイユ宮殿の建築に取りかかったんですって」

ブライソンは上品な笑みを浮かべ、この場にフィットした金持ち階級の客らしい振る舞いに終始した。レイラの話に耳を傾ける一方で、辺りに目を光らせ、知っている顔、逸らそうとする視線を警戒した。この手の潜入活動は何度も経験済みだが、今回は事情が異なり、神経が磨り減らされる。ここは未知の世界だった。加えて、計画は漠然としており、研ぎ澄まされた本能を頼りに即興劇を行なうしかなかった。

ジャック・アルノとディレクトレイトとの間に繋がりがあるとするなら、その正確な関係は？　殺し屋チームの一人は〝スペイン無敵艦隊〟に乗っていたアルノの部下の仲間であり、イタリア人の兄弟はディレクトレイトの雇われ人だった。これはアルノが少なくともディレクトレイトと不即不離の関係にあることを意味していた。それにも増して、ディレクトレイトのメンバー、バンス・ギフォード――自称、ジェンレット――はアルノの手先とともにあの船に現れたのだ。

すべては状況に基づく推測だったが、個々の事柄を寄せ集めていくと、極めて示唆に富む一つの絵が完成する。すなわち、ジャック・アルノはディレクトレイトの黒幕の一人である。

必要なのは証拠、有無を言わさぬ確たる証拠だった。

それはこの館のどこかにある。しかしその場所は？

レイラの話によると、ジャック・アルノの会社はロシアのマフィアを含め、各犯罪組織に莫大なロンダリング・マネーを流していた。モサドはアルノがこの館でビジネスがらみの電話をやり取りしていることを突き止めたが、それを盗聴しようとする試みはことごとく失敗に終わったという。通信内容が暗号化され、保護されていたのだ。館のどこかに、電話回線を使う機器――電話やファックスや電子メール――の信号を暗号化し解読できる特殊通信機器、〝秘密の〟電話が存在しているのは明らかだった。
二人は客たちをかわしながら、部屋から部屋へと移動した。ブライソンは壁に隙間なくかけられている絵画に気づき、ある考えに思い至った。

そのころ二階の小部屋では、ビジネススーツ姿の二人の男が薄闇に包まれ、椅子に腰を下ろしていた。列をなすモニター画面の青みがかった明かりに、その顔は不気味に照らされている。ステンレス鋼とクロム鋼、光ファイバーケーブルとブラウン管――これらが、石の壁に設置された最新型の機械装置を構成していた。それぞれのモニターには、一階の各部屋の映像が様々な角度から映し出されている。壁や調度品の中に埋め込まれた超小型カメラが、モニターの前に釘付けになっている男たちに高画質のビデオ映像を送り届けているのだ。観察者は気にかかる人物の顔を画面にクローズアップする。画像はデジタル化され、〝ネットワーク〟として知られている巨大なデータバンクに蓄積された他の画像と比較される。かくして、不審な人物は一人残らずチェックされ、必要とあらば、人知れず退出させられるのだ。

ボタンが押され、モニターの高解像度スクリーンに顔が拡大された。銀髪で、頬の肉が弛んだ日焼けした男の顔だった。ボディガードたちに前もって知らされていたその人物は、ニューメキシコ州のサンタフェから来た、ジェームス・コリアー。

観察者がその男に関心を示したのは顔を知っていたからではない。その逆で、顔を知らなかったためである。男は知られざる人物だった。用心深いアルノのボディガードたちにとって、未知なる人物は常に警戒の対象になった。

ジャック・アルノの妻ジゼルは、鷲鼻(わしばな)と灰色がかった黒髪を持つ、長身のお高くとまった女性だった。髪の生え際の位置が不自然に高く、肌は張りがありすぎ、スイスの〝クリニック〟を定期的に訪れていることを如実に物語っていた。書斎の片隅で、彼女は演説をぶち、小さな人だかりが熱心に耳を傾けていた。ブライソンは彼女の顔を知っていた。ジゼルは雑誌〈パリ・マッチ〉の社交界欄の常連であり、フランス国立図書館で、彼は雑誌のバックナンバーに目を通してきたのだ。

取り巻きたちは彼女の博識ぶりに感銘を受け、その見解の一つ一つに芝居がかったどよめきで応(こた)えていた。ウェイターからシャンパンの入った脚つきグラスを二つ受け取り、その一つをレイラに渡すと、ブライソンは長広舌をふるうマダム・アルノの近くの壁にかけられた絵を指さしてつかつかと歩み寄り、大声を上げた。「素晴らしいとは思わないかね？ アングルが描いたナポレオンの肖像画にお目にかかれるとは。まったく大した作品だ。ナポレオンに正面を向かせ、ローマ皇帝のように描いている。まるで生きたイコンだ」

作戦は当たった。気位の高いオーナーは、自分の所有する芸術作品に関する批評に耳を傾けざるを得なかった。ブライソンににっこりと微笑むと、彼女は流暢な英語で話しかけてきた。「描く対象をこれほど魅惑的な視線で捕らえた作品をごらんになったことがありまして？」

彼は最良の友に出会ったかのような眼差しを投げ、微笑み返した。そしてお辞儀をし、手を差し出した。「マダム・アルノでいらっしゃいますね？ ジェームス・コリアーと申します。お招きいただき光栄です」

「ちょっと失礼させていただきます」彼女は取り巻きたちに演説の終わりを遠回しに告げると、ブライソンに歩み寄ってきた。「アングルの崇拝者だとお見受けしますが、ミスター・コリアー？」

「と言うより、あなたが収集された作品の崇拝者というべきでしょう、マダム・アルノ。このコレクションを拝見する限り、あなたは真の鑑識眼を持っていらっしゃる。ああ、申し遅れました、友人を紹介しておきましょう。こちらはレイラ・シャレット、イスラエル大使館に勤務しております」

「以前お会いしたことがありますわ」女主人は答えた。「いらっしゃいませ」そう言ってレイラに手を差し出したものの、彼女の関心は終始ブライソンに向けられていた。若いころはさぞ美しかったに違いないこの女性は、七十歳を超した今ですら、あだっぽさを残していた。男を最高の気分に浸らせ、二人だけの世界に引き込む高級クラブのホステスのような雰囲気すら漂わせている。「主人はアングルを退屈だと言ってますのよ。あなたのような芸術を解する目を持っていないんですわ」

しかし、ブライソンはこの機に乗じてジャック・アルノに紹介してもらおうとは考えていなかった。実のところ、武器商人の注意を引きつけたくなかったのだ。「アングルがあなたを作品のモデルにできなかったのは不幸なことです」彼はしんみりとした口調でそう言い、かぶりを振った。

相手は眉をしかめたが、内心喜んでいるのは見え見えだった。「止して！　アングルのモデルなんてまっぴらですわ！」

「ごもっとも。彼は一つの作品を仕上げるのにとてつもない年月を費やすことがありましたからね。マダム・モワテシエは十二年間座りつづけていました」

「そしてメドゥサになってしまった。爪が伸びて触手のようになりましたわ！」

「しかし、素晴らしい絵です」

「閉所恐怖症さえ恐れなければ」

「アングルは作品の構図をとる際に、カメラルシーダを使って写生していたそうです。そうなると、スパイのような真似をしていたと言ってもいいかもしれませんね」

「本当ですか？」

「ええ、それでも彼の絵に対するわたしの評価は変わりません。あの素描力にはどんな画家も適わない。賛成していただけますか？」アルノのコレクションにアングルの絵がいくつか含まれ、館のどこかに飾られていることをブライソンは知っていた。

「もちろんですわ！」ジゼル・アルノは声を張って答えた。「もっとも、アングル自身は自分の絵をお金目当てのつまらない作品だと考えていたようですけど」

「ええ、存じてます。ローマで貧しい生活を送っていた彼は、観光客や通行人の似顔絵を描いて生計を立てざるを得なかった。偉大な作品の多くは、その日のパンを買うために仕事をしている芸術家によって生み出されたものです。実際、アングルはすべての作品に全精力を注いでいます。白色顔料の使い方、空間の用い方、光線の取り入れ方――まさに名人芸です」

マダム・アルノは声を潜めて言った。「実を言うと、ビリヤードルームにも彼の作品が何点か飾ってありますのよ」

策略は功を奏した。マダム・アルノは彼とその連れを他の客たちには開放されていない館の一部へ招き入れた。自ら案内をするという彼女の申し入れを、女主人を独り占めするのは申し訳ないという理由で、ブライソンは辞退した。しかしひょっとして、連れと二人でざっと見て回っても構わないだろうか？

ブライソンとレイラはホールやくつろいだ雰囲気の部屋をぶらつき、壁に掛けられたマイナーな画家のマイナーな作品を見て回った。館のどの位置にいるのかはわかっていた。フランス国立図書館で、歴史的に価値のあるサン・モーリスの館の設計図を探し、レイアウトを頭に叩き込んできたのだ。おそらくアルノは館の間取り図を変えていないだろう。ただ、部屋の割り当ては変更されているはずで、ベッドルームやオフィス、とりわけアルノの私室の位置が問題だった。

ブライソンとレイラは腕を組みながらのんびりと歩き、廊下を左へ曲がった。と、だしぬけに、男たちの低い押し殺したような声が耳に届いた。

二人は凍りついた。声が次第にはっきりとしてくる。フランス語だったが、一人の声には強いロシア語訛りがあり、おそらくはオデッサの出身者だろう。

「……パーティ会場へ戻り……」フランス人の声が聞こえた。

ロシア人が何か言ったが、ブライソンには聴き取れなかった。フランス人が答えた。

「だがリールで事が起これば、大騒動になるだろう。結果は目に見えてる」

レイラに下がるよう合図すると、ブライソンは壁に背を付け、耳を澄ませながらじりじりと前進した。声も足音も接近してくる気配はない。タキシードの胸ポケットからボールペンらしきものを抜き取り、その先から細い透明のワイヤーを摘み出して、最大限の十八インチまで引き伸ばした。光ファイバー・ヘリスコープ・ケーブルの先端を折り曲げ、壁沿いに這わせ、壁の端からわずかに突き出す。小型の接眼レンズを覗くや、二人の男の姿がはっきりと窺えた。一人は均整のとれた体つきをした、サングラス姿の禿頭の男。ジャック・アルノである。アルノは背の高い赤ら顔の男と話していた。その人物が何者なのかすぐにはピンとこなかったものの、数秒後、男の正体に思い当たった。アナトーリ・プリシュニコフだ。

プリシュニコフ。クレムリンを陰で操る事実上の権力者として知られている超大物。ヘリスコープをわずかに移動させるや、ずっと手前の曲がり角付近で、別の男が椅子に座っているのを目にし、ドキリとした。武装警備員が廊下の端に配置されていたのだ。危険を承知で、再びスコープを移動させると、廊下の中央にも警備員の姿が見えた。そこには大きな鉄のドアがあり、二人の男はその前に立っていた。

アルノの私室に違いなかった。

ブライソンとレイラは館の窓がない側面にいた。私室を置くには相応しくない場所である。しかし、アルノが懸念しているのはセキュリティであり、見晴らしではないのだ。

男たちは会話の終了を告げる仕草をし、廊下の反対側へ向かった。ブライソンとレイラは身を隠さずに済んだ。

ヘリスコープを縮めると、彼はレイラを振り向き、うなずいた。語らずとも、彼女は状況を察していた。二人はターゲットを、サン・モーリスの館におけるジャック・アルノのビジネス拠点を見つけ出したのだ。

ブライソンは忍び足で素早く引き返し、ドアのひらかれた部屋の前で立ち止まった。薄暗い殺風景なその居間が、めったに使用されていないのは明らかだ。パテック・フィリップの腕時計の夜光性文字盤に目をやった。たっぷり一分待ってからレイラにサインを送ると、部屋に忍び込み、隅の暗がりにうずくまった。

レイラはアルノの私室に向かっていった。酔っぱらいのように体をふらつかせながら曲がり角にさしかかるや、笑いだし、廊下の手前にいるガードマンの耳に届くほどの大声で独りごとを言った。「いったいどこにあるのかしらね、化粧室は！」

よろめきながら角を曲がると、レイラはアンティークチェアーに腰を下ろしている警備員に近づいていった。男は体を硬直させ、彼女を睨みつけた。「何かお探しですか？」とげのある口調で訊いてくる。ここから先へは一歩も進ませないという強い響きがこもっていた。二十歳そこそこの若者で、黒い髪を角刈りにし、丸い顔に無精髭を生やした眉の濃い男だった。小さな血色の良い唇が、険しい顔つきを台無しにしている。

彼女はクスクス笑い、なおも男に近づいていった。「さあね」挑発するような口調で応じる。「あなたにわかるかしら？　あら、ここは別世界ね？　男らしい男がいるじゃない。真の男よ！　へなちょこ男でも助平じじいでもないわ」

警備員は厳しい表情を和らげ、肩の力を抜いた。危険人物ではないと判断したのだろう。頬が紅潮し、レイラのセクシーなボディから、とりわけ、ドレスの胸の谷間から目が離せなくなっている。「すみませんが、マドモアゼル」男はそわそわした様子で言った。「どうぞお引き取りください。この先は立入禁止なんです」

レイラはなまめかしく微笑み、片手を壁に伸ばして上体を支えた。「でもどうしてもっと先へ進まなきゃならないの？」ハスキーな声で思わせ振りにそう言うと、じりじりと男に近づいていく。「やっと捜しものが見つかったらしいのに」壁に手を這わせ、豊満な胸を突き出しながら男ににじり寄った。

若い男は顔を強張らせ、廊下の逆側にいるもう一人の警備員に目をやった。相手はこちらに注意を払っていなかった。「さあ、マドモアゼル――」

レイラは声を潜めた。「ねえ、化粧室に行きたいの……あなたなら場所を知ってるんじゃなくって？」

「この通路を引き返したところに」男は事務的な口調で答えようとしたものの、うまくいかなかった。「休息室があります」

レイラの声がいっそう甘ったるく、悩ましげになった。「でもさっきから道に迷っちやって。だからあなたに……」

男は再び同僚を盗み見た。向こうがこちらの様子に気づくには距離がありすぎた。

「できれば」と彼女は上目遣いに男を見やった。「案内してもらいたいの。そんなに時間はかからないでしょう、ねぇ？」

警備員は顔を火照らせ、どぎまぎした様子で椅子から立ち上がった。「いいでしょう、マドモアゼル」

レイラは男が辿るであろう道筋に思いを巡らせた。ブライソンが隠れている部屋に彼女を連れ込めば、不意打ちを喰らうことになるだろう。

しかし、彼女は別の部屋、快適そうなソファが備え付けられた喫煙室に案内された。警備員がその気になっていることは疑いない。男はにんまりと笑い、ドアを閉じた。

〝作戦B〟の開始である。レイラは潤んだ瞳で男を振り返った。

ブライソンは廊下へ飛び出した。角を曲がると歩調を緩め、もう一人の警備員のほうにぶらぶらと歩いていった。誰もいないアルノの私室の前で、男は一人見張りを続けていた。

今度はブライソンがへべれけになる番だった。とはいっても、目的はまったく違う。千鳥足で近づいていくや、警備員が顔を上げた。

「ムッシュ」男はぶっきらぼうに呼びかけた。挨拶とも警告ともとれる口調だった。

ブライソンは男に歩み寄ると、首を振りながら金のジッポを差し出し、腹立たしそうに言った。「何たることだ！　信じられるかね？　ライターを持ってきたのに、肝心のタバコを忘れるとは！」

「はあ？」

ライターを打ち振り、首を振りながら、フランス語で尋ねた。「タバコを持っているかね？　きみはフランス人だ。持っているに違いない」

警備員がジャケットのポケットに手を伸ばした瞬間、ブライソンはジッポをカチッと鳴らした。炎が飛び出す代わりに、強力な無能力化剤が噴射された。男は銃を抜く間もなく、目をやられ、その場でぐったりとなった。そして数秒後には、意識を失った。

警備員を座り直させ、膝（ひざ）の前で手を組ませた。瞼（まぶた）は閉じられており、無理に開けられないことは長年の経験からわかっていた。遠くからだと、男は任務に就いているように見えるし、誰かが前を通ったところで、居眠りしていると見なすことだろう。

ブライソンがパリで購入した装備品は無能力化剤だけではなかった。赤外線照射式及び高周波スキャナー、グラバー、セキュリティ・ゲート・スキャナーをはじめ、多種多様の小型機器を購入していた。しかし、鉄のドアに目を向けるや、一つの道具で事足りることがわかった。長期間自宅を離れる際、アルノが警報装置や侵入者探知器を作動させておくことは言うまでもない。だが、今晩は私室に留まり、数時間もすれば戻るつもりでいるらしく、単にドアが閉じられているだけだった。ドアにはオートロックキーが取り付けられていたが、ピン・タンブラーを回転させて施錠する単純な仕組みのものだ。ブライソンはロック解除用の黒いロックピック・ガンを取り出した。長年愛用してきた道具で、一般的なものよりはるかに性能の高い代物である。鍵穴にその装置を挿入し、数回抜き差しした。タンブラーが回転し、重たいドアがひらいた。

ペンライトで暗い室内を照らし出すや、その殺風景な様子に面食らった。書類が並んでいるキャビネットも、施錠されたサイドキャビネットもなかった。さながら、だだっ広い仮設事務所といったところだ。片隅に、ソファ、背もたれのついた椅子が二脚、コーヒーテーブル、そして、奇麗に片づいたデスク代わりのマホガニーのテーブルがあった。テーブルの上には、ゼットライトと二台の電話が……

電話。

問題の電話はそこにあった。一フィート四方の、平たいチャコールグレーのボックス。一見したところ蓋付きのデスクホンだが、ブライソンは即座にその正体を見破った。この種の機器には何度となくお目にかかってきたとはいえ、これほど洗練されかつコンパクトなものを見たのは数えるほどだった。それは新世代の暗号衛星電話。蓋にアンテナと高周波送受信装置を内蔵し、本体には暗号化アルゴリズムを含んだチップが組み込まれ、乱数を用いて暗号を作成している。使用されている鍵の長さは無限長の一二八ビット。盗聴器を仕掛けたところで無駄だろう。無限大ともいえる文字の組み合わせを作成するこの鍵は、事実上解読不能だからだ。衛星回線を利用したこの電話は、地球上のどんな辺鄙な場所にも電波を送ることが可能だった。

ブライソンは慣れた手つきで電話を分解していった。ドアはロックされ、警備員も三十分ほどは意識を失ったままだろう。しかしアルノが戻ってくるかもしれないというリスクを忘れることはできない。もっとも、引き返してきて、警備員の一人が行方不明、もう一人が居眠りしていることに気づいても、パーティのお祭りムードが内輪の人間にも感染したと考えるだけかもしれないが。もちろん、レイラが抑えの利かなくなった若い警備員を手玉に取っていればの話なのだが、彼女にそういう才能があることをブライソンは疑っていなかった。

いずれにせよ、できるだけ迅速に事を済まさねばならない。

磨き込まれたマホガニーの机の上には電話のパーツが広がっていた。集積回路から読み取り専用のチップを外すと、ゼットライトの明かりに翳して、調べた。まさしく探していた物だった。共有化された暗号チップの例に漏れず、それは比較的厚みがあり、限定製造で少数の共謀者たちとのみリンクし、暗号を保護するように設計されていた。このようなチップの一つを所有しているという事実だけで、アルノが国際的な秘密結社の一員であることは明白である。この男はやはりディレクトレイトの黒幕の一人なのだろうか？

タキシードのポケットから小型のトランジスタージオに似た物体を取り出した。先端の切れ込みにチップを差し込み、スイッチを入れた。指示ライトが緑から赤へ変わり、およそ十秒後、再度緑に戻った。パルス波が出され、データを読み取ったのだ。声と足音に耳を澄ませ、何も聞こえてこないことを確認すると、チップを抜き出し、集積回路に取り付けた。数分間で、電話は元通りにされた。チップの〝鍵〟、つまり延々と続く二進数字の羅列はチップ読み取り機に保存された。暗号の数字列は電話が使用される度に変わり、繰り返されることはない。これは数字列が循環しないハイテクバージョンの暗号電話なのだ。幸運にも、彼はそのすべての組み合わせをコピーすることができた。この情報を解読するのは骨の折れる作業だが、その道にはその道のプロがいる。

ブライソンは足早に廊下を歩き、パーティ会場へ引き返した。ドアの前の警備員は依然として意識を失っている。十分もすれば正気づき、我が身に降りかかったことを思い出すだろう。だが男にやるべきことはない。助っ人(すけと)を呼ぶこともないだろう。侵入者に一杯食わされたことが明るみに出れば、即始末されるのは間違いないのだ。

喫煙室では、スラックスを膝まで下ろし、シャツの前をはだけ、若い警備員がいよいよ本番に取り掛かろうとしていた。レイラは男の首筋にキスをし、脇腹(わきばら)に手を這わせた。

できる限り事を長引かせるつもりだった。小さな金の腕時計の秒針に目をやり、時間を確認した。計画では、そろそろ……

石の廊下を擦るような足音。

ブライソンからのサイン。きっかり予定通りだった。

身をかがめて小さな黒いベルベットのハンドバッグを掴むと、彼女は男の頬に軽くキスをした。「さあ、行かなくちゃ」きっぱりとした口調でそう言い、ドアへ駆け出した。

警備員は口をぽかんと開け、その後ろ姿を眺めていた。顔が上気し、目は欲情に濁っている。部屋を去り際、彼女はフランス語で囁いた。「この続きは夢の中でしましょう」そしてドアを閉じる前に付け加えた。「でもとってもよかったわよ、坊や」

レイラのハンドバッグはさっきよりも重くなっていた。警備員が携帯していた銃身の短いベレッタが収まっている。果たせぬ欲求不満に怒り狂ったところで、男は彼女のことを他言しないだろう。職務怠慢を認めることになるからだ。コンパクト・ミラーを覗き、リップグロスを塗り直すと、彼女はパーティ会場へ引き返した。ブライソンは一足先に到着していた。

パーティ会場では弦楽合奏団が室内楽を奏でていた。一方、隣りのホールではロックミュージックが演奏され、ドラムやシンセサイザーのけたたましい音が響いてきた。二つの音は衝突し、モーツァルトの十八世紀古典派の優雅な旋律は、二十一世紀の最新技術が作り出す不協和音(カコフォニー)の渦にいとも簡単に飲み込まれていった。

ブライソンはレイラの腰に手を回し、耳元で囁いた。「楽しんできたかい?」

「いやな人」レイラは囁いた。「仕事を代わりたかったぐらいよ。それで、うまくいったの?」

答えようとして、ブライソンは会場の隅にジャック・アルノの禿頭を目に留めた。タキシード姿の男と話している。男はイヤホンをしており、ボディガードの一人に違いなかった。アルノはうなずき、会場を見回した。

そのときだった。別の男が二人の男に駆け寄っていった。その表情から察するに、緊急事態を告げに来たらしい。三人の男はしばし顔を寄せ合い、と、アルノの鋭い眼差(まなざ)しがこちらに向けられた。疑惑が生じ、セキュリティの侵害が報告され、警告が発せられたのだ。アルノの視線をひしひしと感じながらも、ブライソンは私室近辺の監視カメラに捕らえられたのかどうかを考えていた。カメラがあることは予期していた。だが、今考えなければならないのは、自分が抜き差しならない確率で危険に晒(さら)されているということだった。手をこまねいている暇はない。

疑問はすぐに氷解した。アルノと密談していた二人のボディガードが、別々の方向から人の群を縫うようにこちらへ向かってくる。客とぶつかっても脇を振り返ることすらしない。三人目のボディガードが部屋に入ってくるや、相手の狙いが明らかになった。会場の三ヶ所の出口が塞がれ、ブライソンとレイラは逃げ道を失った。監視カメラはパーティ会場外における二人の全動向を捕らえていた。アルノの私室への潜入は監視されていたのだ。もっとも、相手の反応の遅さを考えれば、退室したときの姿だけがキャッチされていたのかもしれないが。

今、二人は包囲されていた。

レイラが手をぎゅっと握りしめてきた。無言の警告だった。取り囲まれていることに彼女も気づいたのだ。敵の選択肢は限られていた。発砲は避けるだろう。他の客に気づかれることなくこちらを捕らえようとするだろう。できる限りパーティの体裁を保ちたいのだ。しかし、この館の主人とそのボディガードたちが手段を選ばない連中であることもわかっていた。必要とあらば撃ってくるに違いない。説明はあとでなされ、嘘をでっち上げ、真実は闇に葬り去られる。

ブライソンの頭は激しく回転していた。ボディガードたちはぐんぐん接近し、その歩みに歯止めをかけているのは、障害物たる客と、気品漂うパーティの雰囲気に水を差したくないというアルノの意向だけだった。レイラが手に何か押しつけてきた。ベルベットのハンドバッグ——いったいなんのために？　ハンドバッグの膨らみに目をやり、彼女が喫煙室で警備員の武器を拝借したことに気づいた。しかし、こちらが武器を持っていることはレイラも知っているはずだ。

なおもバッグが押しつけられる。ブライソンは受け取り、中を覗くや、彼女の意図を知った。バッグを背中へ回すと、〝スペイン無敵艦隊〟から盗み出した缶を取り出し、ピンを抜いて床に落とした。缶が石の床をころころと転がり、灰色の煙を吐き出した。一瞬後、煙はもくもくと立ち上がり、鼻を刺すような硫黄の臭いが立ちこめた。

悲鳴が上がった。「火だ！」、「逃げろ！」という叫び声が聞こえた。ボディガードたちとは六フィートから八フィートほど離れている。会場はたちまちのうちにパニックに包まれた。男と女の絶叫が入り乱れ、煙の渦が広がっていく。火災報知器が金切り声を上げ、上品で取り澄ました招待客たちも今や恐怖に駆られ、喚き声を上げて出口に殺到した。音楽は鳴り止み、弦楽合奏団もロックグループも逃げ出した。ブライソンとレイラは奔流のような人波へ紛れ込んだ。

招待客たちは悲鳴を上げ、われ先にと正面玄関へ向かった。人波を突き抜け、外へ飛び出すや、ブライソンはレイラの手を摑み、館を取り巻く庭園の一画へ駆け込んだ。生け垣の茂みにBMWのオートバイを隠しておいたのだ。バイクに跨ると同時にエンジンをかけ、レイラに後ろに乗るよう合図した。

一瞬後、二人を乗せたオートバイは轟音とともに、玄関から溢れ出る人波と、館の前に連なるリムジンをあとにした。三分後、バイクは高速一号線を、追い越しを繰り返しながらパリ方向へ突っ走っていた。

しかし、追い越しを繰り返しているのは彼らだけではなかった。

小型の黒いセダンが猛スピードで追い上げてきた。百フィート、五十フィート、二十フィート……。セダンは接近しているだけではなかった。車体の尻をさかんに振っている。ハンドルを取られているわけでなく、故意にやっているのは明らかだ。

バイクを道路からはじき飛ばすために！

ブライソンはアクセルをいっぱいに踏み込み、出口を目にするや、車線変更した。黒いセダンが悲鳴のようなクラクションを物ともせず、何本もの車線を一気に横切り迫ってきた。レイラの手が肩をわし摑みにした。傷口の凄まじい痛みに顔が歪む。

だしぬけにハンドルを大きく左に切るや、ブライソンは百八十度の〝スピンターン〟をした。横転しそうになりながらも必死にバランスを保ち、狭い路肩を折り返した。黒いセダンはその横を出口へ向かってかすめ過ぎていく。

二人は幾分広くなった路肩を反対方向へ突っ走った。ヘッドライトがぎらつき、クラクションが鳴り響いた。バックミラーを覗くと、追っ手の姿はどんどん遠ざかっていく。セダンは後続車に追い立てられ、出口を抜けざるを得なかったのだ。

ブライソンは再びアクセルを踏み込んだ。エンジンの轟音が鼓膜を震わせる。二人は高速一号線の路肩をまっしぐらに逆走していった。

しかし、邪魔者はまだ消え去っていなかった。前方から、他の車輌を縫うようにオートバイのシングルヘッドライトが迫ってきた。サン・モーリスの館から送り出された新たな刺客に違いなかった。

警笛が飛び交い、タイヤの軋むけたたましい音がした。バイクが方向転換し、二人の背後につく。瞬く間に距離が縮まった。車種はわからないものの、エンジン音から判断する限り、パリでレンタルしたBMWより馬力もスピードも上回っている。

いきなり衝撃を感じた。追っ手が後輪にバイクをぶつけ、二人を横転させようとしたのだ！　レイラの悲鳴がバイクの轟音をかき消した。

「大丈夫か！」ブライソンは声を張り上げた。

「ええ！」レイラが叫び返す。「急いで！」

更に速度を上げようとした。だが、スピードはすでにマックスに達していた。

再び追っ手がぶつかってきた。二人は路肩の端へ押しやられた。道路の脇には平坦な牧草地が広がり、干し草や作物を容れる木箱が点在している。ブライソンは体勢を立て直すや、加速をつけ、牧草地へ突っ込んだ。追っ手はぴたりとつけてくる。が、発砲してこない。ハンドルから手を離す余裕がない証拠だった。

追っ手を追え。

テッド・ウォラーに何度も聞かされた言葉の一つが思い浮かんだ。

捕獲者になるか獲物になるかを決めるのは自分自身である。獲物は捕獲者になることによってのみ生き延びられるのだ。

ブライソンは意表を突いた。牧草地を急旋回し、土に溝を刻みながら追っ手に向かって突進した。

相手は面くらい、ハンドルを切ろうとした。だが遅かった。BMWは男のバイクに衝突し、ドライバーを宙へ放り出した。

ブレーキに全体重をのせ、土を蹴散らしバイクを止めた。レイラが飛び降り、ブライソンも続く。

追っ手は走って逃げだした。逃げながら武器に手を伸ばしたものの、レイラがすでに銃を構えていた。ベレッタの銃口が三度続けざまに火を噴いた。

悲鳴とともに、敵はよろめいた。だが、よろめきつつ銃を抜き出し、撃ち返してきた。狙いは外れ、弾丸が近くの地面に穴を穿った。ベレッタが再び火を噴いた。ブライソンも銃を取り出し、発砲した。

追っ手は体をのけ反らせ、地面に倒れ落ちた。

ブライソンは男に駆け寄るや、死体をひっくり返し、ポケットをまさぐった。財布を抜き取った。それを見つけたことには驚かなかった。予想外の展開に、相手は身分証明書を手放す暇がなかったのだ。

だが、目にしたものに度肝を抜かれた。いや、それは驚きという感情を通り超していた。激しいショックに呆然とし、ただ息を呑むばかりだった。

捏造された身分証明書はもちろん存在する。だが、ブライソンは偽造証書を見極める目を持っており、これはその類のものではなかった。月明かりに翳して目を凝らし、光ファイバーの束を発見し、複製不可能な構造になっていることを確信した。

「どうしたの？」レイラが訊いてきた。彼はそれを手渡した。

「いったいどうなってるの！」レイラの声が裏返る。

男はアルノのボディガードでもフランス人でもなかった。

追っ手は、ＣＩＡパリ支局に勤務するアメリカ人だった。

第十一章

秘書は七年間ＣＩＡに勤務しているが、彼女への取り次ぎを無視して上司のハリー・ダンのオフィスに押しかけようとした人間の数は片手で数えられるほどだった。長官ですら副長官のオフィスを訪れるときは（ハリーは長官のオフィスにいることが多かった）、緊急の用件であろうと、必ず彼女を経由したのだ。

しかしこの男は、宥めようが脅そうが彼女の話にはいっさい耳を貸さず、ダンは出張中だという言葉を無視して、彼女を押しのけ、上司のオフィスに向かっていった。マージョリーはメインデスクの抽斗の下に取り付けられた非常ボタンを押し、警備員に通報してのち、ハリー・ダンに連絡を入れた。最善を尽したにもかかわらず侵入者を食い止められなかったことを、インターコムを通じてヒステリックな声で告げた。


ブライソンには二つの選択肢――退くか、立ち向かうか――しかなかった。そして彼は立ち向かうほうを選んだ。嘘をでっち上げられない状況に相手を追い込み、口を割らせるにはそうするしかなかったのだ。レイラは彼にＣＩＡから手を引くようしきりに勧め、命あっての物種だと忠告した。だが、嘘をかき分け、エレナについての、そして彼の人生についての真実を知るためには、ダンと対峙せざるを得なかった。

レイラはフランスに残った。関係筋を当たり、ジャック・アルノとアルノの最近の動向を探るためだった。ディレクトレイトのことは彼女に話さなかった。今なお彼女には話せないことがあるのだ。レイラはド・ゴール空港でさよならを言った。激しい抱擁と、別れの挨拶以上の思いが込められたキスでブライソンを驚かせると、顔を真っ赤に染め、そそくさと立ち去っていった。

長い象牙のシガレットホルダーから煙をくゆらせながら、ハリー・ダンはワイシャツ姿で板ガラスの窓の前に立っていた。本部内での喫煙は禁じられているが、副長官である彼をとがめる者はいない。ブライソンが入って来るや、ダンは振り返った。侵入者の後ろにはマージョリーがいた。

「ミスター・ダン、申し訳ありません、止めようとしたんですが！」秘書が声を張り上げた。「警備員が今すぐ参ります」

束の間、ダンは侵入者を値踏みした。やつれた細い顔をしかめ、血走った小さな目を光らせた。ブライソンは変装しており、その容貌は顔を識別するカメラを欺くほどに変えられていたのだ。やがてダンはかぶりを振り、煙を吐き出すと、激しく咳き込んだ。

「大丈夫だ、マージ、警備員を引き取らせてくれ。こいつはわたしがなんとかする」

当惑した様子で上司と侵入者の顔を見比べると、秘書は背筋をピンと張って部屋を退出し、後ろ手でドアを閉じた。

ダンはブライソンへ一歩踏み出した。明らかに激怒している。「警備員に来られたら、この手できみを絞め殺すことができなくなる」彼は吐き捨てるように言った。「実際、来てもらったほうがいいのかもしれん。いったいなんの真似だ、ブライソン？　我々を馬鹿にしているのか？　フィールドレポートやサテライト通信を受け取ってないとでも思っているのか？　裏切り者は所詮裏切り者という言葉は本当らしいな」机の隅に置かれている吸い殻が山盛りになったガラスの灰皿に、タバコを押しつけた。「きみが我々の誇るセキュリティシステムをどうやってくぐり抜けたのかはわからない。だが、監視カメラがその答えを教えてくれるはずだ」

ハリー・ダンの怒りの爆発にブライソンは驚き、たじろいだ。相手が怒りの反応を示そうとはまったく予想外の展開だった。怯え、弁解、こけおどし——だが、怒りではない。ブライソンは歯切れの悪い口調で言った。「あんたは部下を送り込んでぼくを殺そうとした。パリ支局の下っ端を」

ダンは小馬鹿にしたように鼻を鳴らし、皺になったグレーのスーツのポケットからタバコを取り出した。象牙のシガレットホルダーに差し込むと、火をつけ、マッチを振り消し、灰皿に落とした。「まともな話をしようじゃないか、教授」ダンはかぶりを振り、緑に染まったバージニアの田園地帯を見晴らすピクチャーウインドーに目を向けた。「いいかね、事実はいたって単純だ。我々はディレクトレイトを探らせるべくきみを送り込んだ。にもかかわらず、きみはディレクトレイトに至る貴重な手がかりを木っ端微塵にした。そして逃げ去り、姿を晦ませた。目撃者の頭をぶち抜けばいいと思っている三流の殺し屋みたいな真似をしたんだ」彼はブライソンに向き直り、顔に煙を吹きかけた。「我々はきみを元ディレクトレイトの諜報員だと思っていた。そもそもそこが間違いの因なのかな？」

「いったい何が言いたいんです？」

「ポリグラフを使いたいところだが、きみたちが最初に教わるのはそれなんだろう——どうやって機械を出し抜くか？」

うんざりした様子で、ブライソンはブルーの積層プラスティックカードをマホガニーの卓上に投げ出した。ジャック・アルノの刺客の財布から抜き取ったCIAの身分証明書だ。「要するに、ここに入ってこられた理由が知りたいんでしょう」

ダンは取り上げるや、ホログラムを調べた。明かりに翳し、傾け、CIAの立体シールを浮かび上がらせると、プラスティックの層に挟まれた磁気ホイルをチェックした。CIAではお馴染みの、偽造不可能なハイテク機能が施された身分証明書だった——もっともその種のカードを使用しているのはCIAに限ったことではないが。ダンは身分証明書をデスクトップのカードリーダーに挿入した。ブルーの大型スクリーンに、顔と職員の個人情報が表示された。ブライソンの顔ではなかった。ブライソンの変装した顔と瓜二つの顔だった。

「パリ支局の職員だ。いったいどこで手に入れたんだ？」ダンは鋭い声で尋ねた。

「やっとぼくの話を聞く気になったようですね？」

ダンの顔に警戒の色が浮かんだ。鼻腔から煙を二筋吐き出し、机の前の椅子に腰を沈めると、ほとんど吸っていないタバコをもみ消した。「念のためにフィンネランを呼ぼう」

「フィンネラン？」

「ブルーリッジで会った男だ。わたしの補佐官だよ」

「必要ない」

「あの男がいれば、どんな細かいことでも——」

「ノー！　あんたとぼくと録音装置だけで充分だ！」

ダンは肩をすくめた。再びタバコを取り出したが、シガレットホルダーに差し込む代わりに、脂に汚れた指の間で弄びはじめた。着古した青いボタンダウンシャツの肩口から袖に沿って、一列に並んだニコチン・パッチが透けて見える。

ブライソンがここ数日間の出来事を語り終えるや、ダンは深刻な表情をして黙りこくった。やがて口をひらいたが、その声は囁き声だった。「きみの首には二万ドルが懸かっていた。それもカラカニスの船に潜り込む以前から。つまり、きみが裏の世界に戻ったという情報が漏れたんだ」

「ワシントンでも殺されそうになったことを忘れてもらっては困ります。ディレクトレイトの昔の本部を探りにいくことがばれていたとしか思えない。つまり、このビルのこの場所に、情報の漏れ口がある」ブライソンは人差し指で宙に小さな円を描いた。

「なんだと！」副長官は声を張り上げ、タバコを半分に折って灰皿に叩（たた）きつけた。「きみとの件はすべてオフレコだ。セキュリティデータバンクにあるきみに関する記録は、きみの名前だけだった。それもビルに出入りする際の手続き上必要だったにすぎん」

「ディレクトレイトがCIAのコンピュータに侵入していれば、それで充分です」

「馬鹿な、名前ですら本名じゃなかったんだ！　きみはジョーナス・バレット。セキュリティプログラムの中で使われていたその偽名は、すべてのアクセスから保護されていた。セキュリティプログラムを欺くことはできん。マザー・コンピュータは騙（だま）せない」

「領収書や装備品の注文書から――」

「すべて暗号を使い、最優先で処理されていた。いいか、ブライソン、わたしは自分自身のアリバイ工作をした。どういうことかわかるか？　きみを使うことに多大なリスクがあったからだ。連中がきみをどれほど扱（こ）き使ったか、そのせいできみが燃え尽きてしまったのか、わたしにはわからない。人物調査記録を微細な点まで検討したところで、その人間の頭の中身まではわからないんだ。奴（やつ）らはきみを田舎の小さな大学に赴任させて――」

「いい加減にして下さい！」ブライソンは怒鳴った。「ぼくが自分の意志でこんなことをやりはじめたとでも思っているんですか？　あんたの部下がやって来て、静かに眠っているぼくを叩き起こした。ぼくの傷は癒（いや）されかけていた。あんたがかさぶたをこじ開けたんだ！　それに、ぼくは自己弁護をするためにここに来たわけじゃない。あんたらはぼくに関して入念な下調べをしているはずだ。ＣＩＡはパリの郊外までぼくを追っかけてきて、殺そうとした。いったい何を企んでるんです？　きちんとした説明を聞かせてもらいたい。少なくとも、もっともらしい嘘を」

ダンは顔をしかめた。「最後のひとことは聞かなかったことにしてやろう」そう言ってから、静かに答えた。「いいか、よく考えてみろ。きみの話によれば、九竜半島でいっしょに仕事をしたディレクトレイトの諜報員、バンス・ギフォードにきみは正体を見破られた――」

「そう、それにサンジョバンニ兄弟の話から察するに、あの船に乗っていたアルノの部下にも。連中がサンティアゴ・デ・コンポステラに先回りして、ぼくを待ち伏せるのはたやすいことだったに違いない。だが、ぼくが訊いているのはシャンティイでのことだ、パリでのことだ、身分証明書を手放すのを忘れるほどに間抜けだったＣＩＡの諜報員のことだ！　それに一人がいれば、必ず他にもいる。あんたも知っての通りね。いったいどういうことです？　ＣＩＡの機能が麻痺したのか？　それともあんたがぼくを騙したのか？　返事を聞かせてもらいたい、今すぐに！」

「違う！」ダンは嗄れた声で叫んだ。声が苦しそうな空咳に変わった。「可能性は他にもある！」

「この期に及んでどんな言い訳をするつもりです？」

ダンはブライソンを真似て人差し指で円を描き、室内に盗聴器が仕掛けられている可能性を示唆した。そして眉をしかめると、「とにかくいくつかチェックしたいことがある。この続きは日を改めて別の場所でしよう」顔の皺がいっそう深く刻み込まれ、頬の肉はさらにそげ落ちたように見えた。そして、その目には今まで見たことのない不安の色が宿っていた。

ロザモンド・クリアリー拡張看護施設は、早い話が老人ホームである。ニューヨーク州ダッチェス郡、数エーカーの樹々に囲まれた、瀟洒な赤レンガの背の低い建物。高い費用と行き届いた看護、その施設は身内に代わって至れり尽せりの世話をする、特権階級者たちの安息の地として知られていた。十二年間、フェリシア・マンローはそこで過ごしてきた。ブライソンの両親が自動車事故で死んだあと、夫のピートとともにティーンエージャーだった彼を引き取った女性である。

ブライソンはフェリシアを慕っていた。彼女とは常に仲むつまじい関係だった。だが母親とは思えなかった。そう思うには大人になりすぎていたのだ。彼女はフェリシアおばさんであり、父親の親友だったピートおじさんの貞淑な妻にすぎなかった。彼らはブライソンを可愛がった。暖かく迎え入れ、全寮制の学校、さらに大学まで通わせてくれた。彼はその恩を生涯忘れないだろう。

ピート・マンローはバーレーンの将校クラブで、ジョージ・ブライソンと出会った。その当時、陸軍大佐だったジョージ・ブライソンは、大型兵舎建設プロジェクトの指揮を執っており、多国籍建設企業の土木技師だったマンローは、そのプロジェクトへの入札者の一人だった。何度となくビール——飲酒が禁止されているその国では、ビールは将校クラブだけで許されていた——を酌み交わしているうちに、二人は無二の親友となった。だが、入札が行なわれた際、ブライソン大佐はピート・マンローの会社を推挙しなかった。他の業者がより安値を提示したのだ。マンローはその悪い知らせを鷹揚な態度で受け止め、大佐を飲みに連れ出し、まったく気にしていないことを告げた。この国で思いもよらぬもの——友人——を手に入れたのだから、と。落札業者が不当に安値をつけたことが判明したときには遅かった。見積もりコスト超過分として、陸軍は何百万ドルもの大金を請求された。ジョージ・ブライソンはマンローに謝罪しようとしたが、マンローはそれを受け入れなかった。「不正はこの業界の常套手段だ。仕事が本当に欲しけりゃ、わたしだって嘘をついていたよ。わたしが馬鹿正直だっただけだ」ジョージ・ブライソンとピート・マンローの友情は揺るぎないものとなった。

だが、この話は本当なのか？ ハリー・ダンは真実を告げたのか？ ＣＩＡの諜報員にフランスで殺されそうになった今、すべてが謎に包まれていた。ダンがそれに関与していたとしたら、彼の話は信じられないのではないか？〝スペイン無敵艦隊〟に潜入する以前にここへ来なかったことを、ブライソンは後悔していた。ダンに手を貸すに先だって、フェリシアに問い合わせるべきだったのだ。彼女を訪れたことは二度あるが、一度はエレナといっしょで、いずれにせよはるか昔のことだった。

人生を変えたあの日、ダンに聞かされた言葉が今でも頭の中で渦巻いていた。簡単に忘れられる言葉ではなかった。

〈一つ訊かせてくれ、ブライソン。きみはこれが事故だったと思っているのか？　きみはあのとき十五歳にしてすでに、頭脳明晰、スポーツ万能なアメリカの若者の最高峰にいた学生だった。そして突然、両親が死んだ。名付け親がきみを引き取り……〉

〈ピートおじさん……ピーター・マンロー〉

〈確かに彼はそう名乗っていた。だが本名じゃない。彼はきみが行くことになっていた大学にきみを行かせ、それ以外にも多くのことできみに関しての意志決定をした。それはすべて、最終的にきみが彼らの手に渡るのを確実にするためになされてきたことだ。つまり、ディレクトレイトの手にだ〉

ペルシア絨毯とマホガニーのアンティークが備え付けられた、ゆったりとした趣味の良い共同居間で、フェリシアはテレビの前に座っていた。他にも何人かの老人たちが、本を読み、編み物をし、あるいはまどろみ、気ままに過ごしている。フェリシア・マンローはゴルフ中継に夢中になっているようだった。

「おばさん」ブライソンは懐かしそうに呼びかけた。

フェリシアは振り返った。ブライソンを認め、その顔が一瞬輝いたが、すぐに戸惑いの表情に取って代わられた。「どなた?」鋭い口調で訊いてきた。

「フェリシアおばさん、ニックだよ、覚えているだろう?」

彼女は目を細め、不可解そうにブライソンを見つめた。以前から痴呆の兆候が窺えたものの、その症状はかなり進行していた。しばしのためらいのあと、彼女の顔にゆっくりと笑みが広がった。「ああ、あなたなのね」

「思い出したかい? ほら、いっしょに暮らしていて、面倒をみてもらった……?」

「戻ってきたのね」彼女は声を詰まらせた。ついに思い出したらしい。目に涙が浮かんでいる。「ずっと待っていたのよ」

ブライソンは感極まった。

「ジョージ」彼女は声を震わせた。「ジョージ、会いたかったわ」

ブライソンは面食らったものの、すぐに事情を察した。父ジョージ・ブライソンは、今のブライソンの年齢だったころに死んでいた。フェリシアの混乱した頭——半世紀前のことは覚えていても、自分の名前を思い出せない頭——の中で、彼はジョージ・ブライソンなのだ。そして、実際二人は瓜二つだった。ブライソン自身ですら、歳を取るにつれて、自分が父親の生き写しのようになっていくことに驚いていたのだ。

やがて、フェリシアはテレビに向き直った。訪問客に興味を失ったらしい。ブライソンはなす術もなく、落ち着かない様子で立っていた。一分ほど経ち、彼女は再びブライソンを振り返った。

「どうして、ここに？」フェリシアは恐る恐る訊いてきた。顔には不安の色が滲んでおり、それは瞬く間に恐怖へと変化した。「だってあなた――あなた死んでるのよ！　死んだはずよ！」

ブライソンは優しい気持ちで彼女を見守った。幻想をかき乱したくはなかった。彼女の信じるところを信じさせてやろう。そうすれば何か話してくれるかもしれない……

「あなたは怖ろしい事故で死んだはずよ」フェリシアの顔はひきつっていた。「そうよ、死んだのよ。あの怖ろしい事故で。あなたとマーサは二人して。本当にひどい事故だったわ。可哀想に、ニッキーは孤児になっちゃって。そう、わたしは三日間泣きつづけたのよ。ピートは強い人だった。泣き暮れるわたしを支えてくれたわ」瞳が再び潤み、涙が頬を伝った。「でもあの人、あの夜のことはあまり話してくれなかった」彼女は抑揚のない声で続けた。「ほとんど口にしなかったわ。話したくなかったのよ。罪の意識に苛まれていたんだわ。何年たっても、あの夜のことも、自分がしたことも話そうとしなかったんですもの」

ブライソンの背筋を冷たいものが走った。

「あの人はニッキーにも話さなかったわ。いったい何があったの？　とても怖ろしいことに違いないわ！」彼女はかぶりを振り、白いブラウスのフリルのついた袖口で涙を拭った。そして再びテレビに向き直った。

ブライソンはテレビに歩み寄り、スイッチを切ると、彼女の正面に立った。老女の短期記憶は、痴呆——おそらくアルツハイマー病——の影響で蝕まれているが、長期記憶の大部分は損なわれていないように思われた。

「フェリシア」彼はそっと呼びかけた。「ピートのことを話そう。きみの夫のピート・マンローのことを」

真っ向から見据えられ、フェリシアは戸惑った。視線を落とし、絨毯の模様を眺めた。

「あの人、わたしが風邪をひいたら、いつだってウイスキー・スリングを作ってくれたわ」やがて思い出が深まり、態度がくつろいだ。「レモンジュースに蜂蜜を入れて、ほんのちょっぴりバーボンを垂らしてね。いえ、もうちょっと入れたかしら。すぐに風邪なんて治ったわ」

「フェリシア、ピートからディレクトレイトという言葉を聞いたことがあるかい？」

彼女はぽかんとした顔でブライソンを見上げた。「放っておいたら、風邪は一週間長引くわ。でも治療すれば、七日以内に治るのよ！」そう言って、くすくす笑い、指を折りはじめた。「ピートはいつも言ってたわ。放っておいたら、治るまで一週間かかるって……」

「ぼくの父さんのことは話していたかい？」

「そりゃあ、ピートは話上手だった。とても面白い話をしてくれたわ」

部屋の向こう側にいた老人が小便を漏らし、掃除人が二人、モップを手にして現れた。二人はロシア語で話しており、一人がぶっきらぼうな声で〝ヤ・ニェ・ズ・ナーユ〟（知らないよ）と言った。その言葉だけがはっきりと聞き取れた。モスクワ人のアクセントである。

その言葉はフェリシア・マンローの耳にも届いたらしく、敏感に反応した。「ヤ・ニェ・ズ・ナーユ」彼女はそう繰り返し、再びくすくす笑った。「寝言を言ってるわ！寝言よ！」

「寝言なんかじゃないよ、おばさん」ブライソンはやんわりと口を挟んだ。

「寝言よ」彼女は挑むように言い返した。「ピートが寝言で口にしていた訳のわからない言葉、〝ヤ・ニェ・ズ・ナーユ〟よ。あの人、寝ながらいつもその変な言葉を繰り返していたわ。だけど、そのことでからかうと、とても嫌な顔をしたの」

「寝言で？」ブライソンの声は乾いていた。心臓が破裂しそうだった。

「あの人、よく眠れなかったのよ」フェリシアは一瞬正気を取り戻したかのようだった。

「いつも寝言を言っていたわ」

ピートは寝言でロシア語を話していた。つまり、無意識のうちにロシア語を口にしていた。ハリー・ダンの言った通り、ピーター・マンローはテッド・ウォラーことジェナディ・ロソフスキーの仲間だったのか？　他に説明のつけようがあるのか？　ブライソンはショックのあまり口がきけなかった。

しかし、フェリシアは話しつづけた。「特に、ジョージ、あなたが死んでからはね。あの人、寂しかったのよ。何度も寝返りを打っては、叫んだり、うなされたりしていたわ。いつも、あの変な言葉を口にしながらね」

ビーチドライブ北部、ワシントンのロック・クリーク・パーク一帯は、翌朝のハリー・ダンとの密会には絶好の場所だった。選んだのはブライソンである。ダンが彼に任せたのだ。とはいえ、ブライソンのフィールド能力に敬意を払ったわけではなく――結局のところ、諜報員として、ダンはブライソンの倍以上の経験を積んでいるのだ――大切なゲストを迎える側の礼儀としてだった。

ＣＩＡ副長官からの、局外での密会要請にブライソンは驚いた。当局ナンバー２のダンが自らのオフィスに盗聴器が仕掛けられている可能性を危惧しているのだ。そのこと自体、ＣＩＡがディレクトレイトに侵害されているという推測に、つまり、ブライソンのかつての指揮官たちがその魔の手をＣＩＡの中核まで伸ばしているという推測に、信憑性を与えることになる。ダンがそれに対抗するどんな手段を持っているかはわからない。だが話し合いの続きを局外の安全な場所で行ないたがっているという事実だけで、極めて不穏な事態が進行しているのは明らかだった。

　ブライソンは何事も額面通りに受け取るつもりはなかった。誰も信じるな、テッド・ウォラーは口を酸っぱくしてそう言ったものだ。ウォラー自身が欺瞞の仕掛人であることがわかった今、妙な説得力を持った言葉である。警戒を怠ってはならない。誰も信用してはいけない。もちろんダンも含めて。

　ブライソンは一時間前に指定場所へ到着した。時刻は午前四時、空は暗く、空気は冷え冷えと湿っていた。静まり返った道をたまに車が行き交った。夜勤者が帰宅し、交代者がやって来る。この街は二十四時間眠らないのだ。

　奇妙な、居心地の悪い静けさが漂っていた。指定場所を取り囲む林を歩きながら、ブライソンの足下で小枝の踏みしだかれる音がした。昼間ならば、車の轟音でかき消される音である。彼はフィールド・ワーク用のクレープゴム底のシューズを履いていた。足音を最小限に押さえてくれるのだ。

　辺りに目を走らせ、攻撃を受けやすい地点を探った。樹々の茂った尾根からは、小さな草地が見下ろせた。その隣りには狭いアスファルトの駐車場があり、片隅に、箱形をしたコンクリートのトイレが半ば地に沈むような恰好で建っていた。そこが二人の密会場所である。天気予報は雨だった。予報は外れたものの、その建物は望ましい隠れ場所だった。加えて、コンクリートの分厚い壁が待ち伏せの防護壁となってくれるだろう。

とはいえ、待ち伏せがないことをはっきりさせなければならない。尾根を一周し、樹々の茂みを通して草地に目をやり、足跡や不自然に折られた木の枝、スコープや銃架などの備品に目を光らせた。二周目に、敵の接近ルートをチェックした。そしてさらにもう二周、それぞれ異なった場所から探りを入れ、待ち伏せがないことを確信した。だからといって敵が現れない保証はないが、少なくともその到来を告げる周囲の変化は識別できるだろう。

五時ジャスト、政府専用車の黒いセダンがビーチドライブから駐車場へ入ってきた。政府のナンバープレート以外に特徴のないリンカーン・コンチネンタルである。樹々の間から高倍率の双眼鏡を覗くと、細身のアフリカ系アメリカ人で、ネイビーブルーの制服を着た、ダンのお抱え運転手の姿が見えた。ダンはファイルを手にして後部座席に座っていた。他には誰も乗っていない。

リムジンはトイレの前で止まった。運転手が降りてきてドアを開けるのを待たず、ダンはすでに車外へ足を踏み出していた。例のごとくしかめっ面をしている。オレンジ色の街灯で照らし出された顔を左右に向け、短い階段を降り、建物の中へ入っていった。

ブライソンは動かなかった。運転手を観察し、怪しい動き――電話連絡、通りすがりの車へのサイン、銃弾の装塡――に目を光らせた。だが、男は黙って座席に腰を下ろしている。上司には欠けている辛抱強さを持ち合わせているらしい。

優に十分が経過した。相手をじらすには充分だと判断し、人目につかない道を下りトイレへ向かった。誰にも見られていないことを確認するや、建物へ突っ走り、トイレを取り囲む窪地に飛び込み、入り口へ回り込んだ。

蛍光灯が明滅している。建物から漂う排泄物の臭いに混じり、脱臭剤のにおいがわずかにする。ドアの前でしばし耳を澄ませると、ダンのいつもの空咳が聞こえてきた。素早く中へ入り、鉄のドアを後ろ手で閉じ、用意してきた南京錠をかけた。

ダンは小便をしていた。「ずいぶんと早いお出ましじゃないか」そう呟きながら、ゆっくりとブライソンを振り返った。「ディレクトレイトがきみを首にした理由がわかったよ。時間厳守はきみの苦手とするところらしいな」

ブライソンは相手のジャブを無視した。遅れた理由を相手は知っているのだ。ダンはズボンのチャックを上げ、水を流すと、洗面所へ行った。二人は鏡に映った互いを見やった。

「良くない知らせだ」ダンが手を洗いながら言った。「カードは本物だった」

「カード？」

「シャンティイで、きみがバイクの運転者の財布から抜き取った身分証明書だ。偽造カードではなかった。その男は何年も前からパリ支局へ派遣されていた。ダーティワーク専門の諜報員としてな」

「男の人事管理記録を調べてもらいたい。任務認可書に署名した人物の名前、それに採用したいきさつ」

ダンは再び顔をしかめた。いかにもうんざりとしている。「わたしがそんなに間抜けに見えるかね？」嫌みたっぷりにそう言うと、手を振って水を払い――ペーパータオルは置いてなく、ハンドドライヤーは使いたくないらしい――スラックスの横で拭った。胸ポケットからしわくちゃになったマルボロを取り出し、捩れたタバコを抜いて口にくわえた。

「すべてのデータバンクを徹底的に調べた。最後の防護壁の内側に至るまでな。だが何も出てこなかった」

「どういう意味です？長官からトイレの掃除婦まで、全職員の分厚い人事ファイルが保管されているはずでしょう？」

ダンは顔を歪めた。火のついていないタバコが下唇からぶら下がっている。

「それに、あんたらは絶対に何も見逃さない。どんな些細なものでもね。にもかかわらず、その男の人事記録が残っていないですって？」

「違う。人事記録がないと言ってるんだ。ラングレー本部を調査した限り、その男は存在していない」

「いい加減にして下さい！ 健康保険記録、給料明細の控え、人事部から押しつけられる形式ばった提出書類――手がかりがないはずはない。そいつは給料をもらってなかったとでも言うんですか？」

「わからん奴だ！ 男は存在してないと言ってるんだ！ これは例のないことじゃない。我々はダーティワークを専門とする諜報員の個人記録を残したくない。給料の支払いが確認されると、ファイルを破棄し、控えを処分することがある。つまり、前例はある。だが、問題は誰かがその仕組みを知っていて、勝手に男の記録を消去したということだ。男は存在するのに存在しない、幻の職員なんだ」

「つまり、どういうことですか？」ブライソンは静かに先を促した。

ダンはしばし口を噤み、咳き込んだ。「つまり、ＣＩＡはディレクトレイトを探るに相応しい組織ではないということだ。ディレクトレイトのスパイが忍び込んでいるとするならな。いや、そう考えざるを得ない」

ダンの言葉は予想外ではなかったにせよ、きっぱりと言い切られたがために、稲妻のごとく轟いた。ブライソンはうなずいた。「口にし難いことでしょうね」

ダンはわずかに顔を背けた。「それほどでもないさ」遠回しに認めた。強がってはいるものの、体はわなないている。「いいか、ディレクトレイトがわたしの部下にまで手を伸ばしている可能性を信じたくはない。だが希望的観測からは何も生まれない。よく聞け、わたしはきみが通っていたような名の知れた大学へ行ったわけじゃない。セント・ジョンズの大学にぎりぎりで滑り込んだにすぎん。きみのように何ヶ国語も話せるわけでもない。しゃべれるのは英語だけだ。もちろん少しも自慢できることじゃない。しかし、わたしは知的ビジネスに関わる人間に欠けているものを持っている。それは良識だ。なんと呼ぼうと構わんがな。ここ四十年、この国はどんな失態を演じてきた？ピッグス湾で、ベトナムで、パナマで、さんざんへまをしてきたにもかかわらず、今朝の〈ワシントンポスト〉でも報じられているように、いまだに失態を繰り返している。すべてはいわゆるインテリたちによって引き起こされた事態だ。アイビーリーグの卒業証書と信託基金に後押しされた〝サラブレッド〟たちが、この国を駄目にしているんだ。彼らは教養を持っているが、常識を持っていない。だが、わたしは何かが狂っているとき、その臭いを嗅ぐことができる。嗅ぎつけられる本能を持っている。そしてそれを黙ってやり過ごすことはできない。だから、部下の誰かがディレクトレイトとかかわっているという可能性——言っておくが、まだ可能性の段階だぞ——を無視できない。きみを担ぐつもりはない。そこで残念だが、切り札を出さざるを得ないだろう」

「切り札？」

〈ワシントンポスト〉をして、〝ワシントンでもっとも正直〟と言わしめた男。この腐敗しきった街で最高の誉め言葉だ」

「リチャード・ランチェスターか」国家安全保障問題担当大統領特別補佐官兼国家安全保障会議事務局長につけられたそのニックネームを、ブライソンは思い出した。ランチェスターは類い稀なる〝高潔さ〟で名高い男だった。「どうして彼が最後の切り札なんです？」

「その札を出した時点で、事がわたしの手に負えなくなるからだ。ランチェスターはこの事態を処理し、腐敗のルートを断ち切れる唯一の人間だ。だが一度彼を巻き込んだら、諜報機関内部の問題では済まなくなる。全面戦争が繰り広げられるだろう。政府が勝ち残れる保証はない」

「なんてことだ」ブライソンは呟いた。「ディレクトレイトの力がそこまで強大だと？」

「そういう臭いがする」

「ところで、ぼくの命が狙われていることは間違いありません。これからあんたとは直接連絡を取ることにしたい。仲介者は挟まない。傍受される可能性のある電子メールやファックスも使わない。ラングレーの盗聴防止回線を本体から切り離して、直通にして下さい」

ダンはうなずいた。

「数列化されたコードナンバーも用意して下さい。そうすれば、あんたが強要されてしゃべっていないか、あるいは声が作られていないか確かめることができる。相手があんた本人であることと、自らの意志で話していることをはっきりさせたい。それと、もう一度言っておきますが、あんたとぼくのやり取りはすべてじかに交わします。あんたの秘書も通さない」

ダンは肩をすくめた。「もっともな話だが、いささか過剰反応だ。わたしはマージョリーに全幅の信頼を置いている」

「悪いが、例外はなしです。エレナからメトカーフの法則なる話を聞かされたことがある。網は結び目が多くなるにつれて網の目も増えていく。この場合の結び目とは一つの諜報活動に関わっている人間を指しています」

「エレナか」ダンは冷たい笑みを浮かべた。「欺瞞は彼女のお得意とするところだったようだな、ブライソン？」

これまでに起こったさまざまのこと、彼女の失踪(しっそう)にまつわる苦々しさにもかかわらず、胸にぐさりとくる一言だった。「その通り」ブライソンは答えた。「だからこそ、彼女を見つけ出すのに手を貸してもらえれば――」

「きみらの結婚生活を修復するために、きみを裏の世界に呼び戻したとでも思っているのか？」ダンは遮った。「きみを呼び戻したのは世界を修復するためだ」

「だけどエレナは何か知っています。知っているに違いないんです。かなりのことを」

「そう。そして、彼女がこの一件に関わっているとしたら――」

「関わっているとしたら、中途半端な関わりかたじゃない。だが、ぼく同様騙されているとすれば――」

「希望的観測だ、ブライソン。今言ったように――」

「たとえ騙されていたとしても」ブライソンは声を張り上げた。「彼女からの情報は貴重です！」

「で、ノスタルジアにかられて、喜んでそれを話すというのかね？　過去の良き思い出に浸っているうちに、うっかり口を滑らすと？」

「エレナに会えば」ブライソンの大声は尻すぼみになり、やがて静かに続けた。「エレナに会えば……ぼくは彼女のことを知っている……だから嘘をついたり、真実を隠そうとすれば、すぐにわかる。何を隠そうとしているのかも」

「夢を見ているらしいな」ハリー・ダンは抑揚のない声で言った。そして激しく咳き込み、痰を喉に詰まらせた。「きみは彼女を知ってると思っている。知っている、つまりは知っていたと言い張っている。しかしそう思い込んでるだけじゃないのかね？　テッド・ウォラーことジェナディ・ロソフスキーを知っていると思い込んでいたように。さらには、きみの〝おじさん〟ピーター・マンローことピョートル・アクショノフをな。

ニューヨーク北西部への訪問は何かの足しになったかね？」

ブライソンは驚きを隠せなかった。「まさか！」

「しっかりしろ、ブライソン。ディレクトレイトの陰謀を知って以来、あの老人ホームに警戒線を張っていなかったとでも思っているのか？　婆さんはあの通り惚けている。部下たちはまともな話を聞き出せず、彼女が亭主に関する真実をどれほど知っているのかはっきりさせることはできなかった。しかし、彼女の亡き夫と関わりを持つ誰かが、彼女に接触してくる可能性はあった」

「ふざけるな！」ブライソンは怒鳴った。「毎日二十四時間、彼女が死ぬまで見張りを続けられるほど人員がいるはずがない！」

「冗談じゃない」ダンはもどかしげに言った。「当たり前だ。あそこの介護人の一人が、フェリシアの〝親愛なる従兄弟ハリー〟から結構な額の小遣いをもらって、油断なく目を光らせているんだ。誰かがフェリシアを呼び出す、遊びにくる、いや、顔を見に立ち寄っただけでも、シャーリーという名のその介護人がまっ先にわたしに電話をよこすことになっている。わたしが詐欺師や彼女を惑わそうとする連中から、フェリシアを守りたがっているとシャーリーは思っているんだ。要するに、誰がフェリシアに接触したかはすぐにわかる。驚くべきことじゃない。与えられた駒を最大限に利用したまでさ。きみ以外の訪問客の大部分はあやしい素振りを見せずに立ち去っている。それはそうと、この臭い建物の中でずっと立ち話を続けるつもりなのか？」

「ぼくだってこんな所は御免です。だけど、ここは人目につかない安全な場所ですからね」

「まったく、たまったもんじゃないな。ジャック・アルノに会いに行った理由を聞かせてもらおうか」

「前にも言った通り、カラカニスの船に乗っていたアルノの使いは、ディレクトレイトとアナトーリ・プリシュニコフの両方と関わりを持っていた。アルノはその二つを結びつける鍵です」

「だが、なんのために？　じかにアルノと接触するつもりだったのかね？」

ブライソンは口を噤んだ。テッド・ウォラー――ジェナディ・ロソフスキー――の言葉が脳裏をよぎった。〝知らせる必要がないことは話すな。この俺にすらな〟アルノの衛星電話の暗号チップをコピーした一件を、彼はダンに話していなかった。まだそのときではない。

「そのつもりでした」彼は嘘をついた。「少なくとも、あの男を取り巻く連中をこの目で確かめようと思っていた」

「で？」

「収穫は何もなし。時間の無駄でしたよ」切り札は常に残しておくべきなのだ。

ダンは使い古された革の鞄から赤く縁取られた封筒を取り出し、八×十インチの写真の束を抜き取った。「先日きみが口にした名前を調べたんだ。トップシークレットの暗号化情報ファイルに至るまで、あらゆるデータベースに当たった。ディレクトレイトのきみの友人たちの賢明さと周到さを承知していたとはいえ、わけのわからないコンピュータアルゴリズムを用いた偽名を選抜し、解読するのは容易なことではなかったがね。ディレクトレイトの諜報員たちは新たな名前と新たな素性を与えられ、ネットワークは再構築されていた。とにかく、実に骨の折れる作業だった。だが、我々のスタッフはきみに見せたい候補者を二、三探り当てた」ダンは光沢印画紙に焼き付けられた写真の一枚を提示した。

ブライソンは首を横に振った。「知りませんね」

ダンは眉をしかめ、別の写真を差し出した。

「記憶にないな」

ＣＩＡの男はかぶりを振り、また別の写真を見せた。

「さあ。ダミーを混ぜているんじゃないんですか？　そして偽物にぼくが反応するのを待っている？」

ダンの唇の端にかすかな笑みが浮かび、続いて咳き込んだ。

「念には念をいれてというわけですか？」

ダンはその言葉には取り合わず、再び写真を示した。

「知りません――いや、ちょっと待った」ブライソンは写真に目を凝らした。「知っている男だ。前に話したオランダ人、コードネームはプロスペロ」

相手の口からやっと正しい答えが聞けたかのように、ダンはうなずいた。「ジャン・バンシナ。国際赤十字社ジュネーブ本部の幹部だ。国際緊急医療援助の責任者。世界各国を、とりわけ危機に見舞われている地域を容易に訪れられるこの上ない肩書きだ。さらに、その肩書きのおかげで簡単に入国許可の下りない国――北朝鮮、イラク、リビアなど――にすら足を運べる。きみはこの男と馬が合ったんだったな？」

「イエメンで彼の命を救いました。罠に近づかないように警告したんです。行動マニュアルに従うなら、彼が処刑されようがされまいが、自分が得た情報を利用できないことになっていましたけどね」

「要するに、命令に忠実ではなかった」

「馬鹿げた命令には従えません。プロスペロは素晴らしい諜報員だった。ぼくたちはNATOに潜り込んでいた二重スパイに罠をかけたんです。それはそうと、バンシナはここで何を？　室内監視カメラで撮影されているようですが」

「我々の諜報員が隠し撮りをした。場所はジュネーブ・プリベー銀行だ。彼は五十五億ドルの金を名義の違う複数の口座に振り替えている」

「ロンダリングか」

「だが、自分のためにやっているわけじゃない。莫大（ばくだい）な資金を貯（た）め込んでいる組織へ金を流すパイプ役となっているらしい」

「写真からだけじゃ得られない情報でしょう？」

「我々はスイスの銀行界に情報筋を持っている」

「信頼できる筋なんですか？」

「そうとは言い切れない。だがこの件に関しては、内情に詳しい人間だ。ディレクトレイトの元諜報員が長期服役の免除と引替えに情報を渡してきた」彼は腕時計に目をやった。「この脅しはよく効くんだ」

ブライソンはうなずいた。「バンシナはまだ現役なんですか？」

「写真を撮ったのは二日前だ」ダンは静かにそう言うと、ベルトからポケットベルを取り外し、ボタンを押した。「失敬、二十分前に運転手のソロモンに連絡を入れておくのを忘れていた。きみが現れたら、ベルを押すことになっていたんだ。きみは奇術師のような真似（まね）をして登場したから、きみの姿を確認できていないだろう」

「なぜ連絡を入れなきゃならないんです？　自分の無事を、危害を被（こうむ）ってないことを知らせるためですか？」ブライソンは声を荒らげた。「ぼくを信用していないんですね？」

「ソロモンが許してくれない」

「まあ、好きなだけ用心していればいいでしょう」

突然、ドアを叩く大きな音がした。

「鍵をかけたのか？」

ブライソンはうなずいた。

「どっちが用心深いんだか」ダンは嘲った。「ちょっと待っててくれ、心配性の運転手に無事を知らせてくる」

ダンはドアの前へ行き、南京錠を引っ張ると、首を振った。「大丈夫だ」嗄れ声を張り上げる。「ピストルも刃物も突きつけられていない」

ドアの外から押し殺したような声が聞こえてきた。「急いでお戻り下さい、副長官」

「落ち着け、ソロモン。わたしは大丈夫だ」

「いえ、そうじゃないんです。別件なんです」

「なんだ？」

「そちらから連絡をもらった直後に、車内電話が入ったんです。唯一電話をかけてくる可能性があるとおっしゃっていた、ナショナル・セキュリティ・マキシマムからです」

「まったく」ダンは言った。「ブライソン、すまんが……」

ブライソンはコンクリートの脇柱に歩み寄った。武器に手を伸ばすと同時に南京錠を外し、壁に背を付け、銃を構えた。

ダンは信じられないといった様子でブライソンを眺めていた。ドアが開き、政府専用車の運転席にいたアフリカ系アメリカ人であることをブライソンは確かめた。ソロモンはそわそわしていた。「お邪魔して申し訳ありません、副長官。ですが、緊急な用件のようでしたので」そう言って、上司の顔を覗いた。脇に下ろされた手は何も持っておらず、背後に隠れている人間もいない。壁に張り付いているブライソンの姿は目に入っていないようだ。

ダンはうなずくと、運転手の先に立ち、いらいらした様子でリムジンに向かった。と、突然、運転手が身を翻し、脱兎のごとく駆け戻ってきた。右手に大型のマグナム銃を握り、開いたトイレのドアから斜めに飛び込んでくる。

「なんだ、どうした――？」ダンが声を張り上げ、振り返った。

狭い室内で銃声が轟いた。コンクリートの破片が飛び散り、右へ飛んだブライソンの肉を削ぎ落とした。銃弾は立て続けに発砲され、壁に、目前の床に穴を穿った。ブライソンは敵の攻撃から身をかわすだけで手一杯だった。運転手は血に飢えた獣のような形相で、狂ったように発砲してくる。ブライソンが銃を構え反撃に移ろうとしたそのとき、一際大きな銃声が轟いた。運転手の胸が深紅に染まり、血が吹き出した。男は崩れ落ちた。

十五フィートほど離れたところに、ハリー・ダンが立っていた。四五口径スミス・アンド・ウェッソンの銃口を運転手に向けたまま。銃身から立ち上る煙を呆然と見つめているその姿には、生気のかけらも見られなかった。ようやくCIAの男は沈黙を破った。「まったくもって信じられん」

「信じられん」そう言って、激しく咳き込み、体を折り曲げた。

第十二章

大統領執務室を包む灰色の薄明かりが、ふさぎ込んだそれぞれの顔にさらなる翳りを作り出していた。長い陰鬱な一日に夜の帳が下りようとしている夕暮れ時。マルコム・スティーブンソン・デービス大統領は、小さな白いソファに腰を下ろしていた。緊急ミーティングを行なう際の定位置である。両サイドにCIA、FBI、NSAの各長官が並び、すぐ右隣りには、国家安全保障問題担当大統領特別補佐官、リチャード・ランチエスターがいた。閣議の間や緊急指令室、国家安全保障会議といった公式の場以外で、各執行機関の幹部たちが一堂に顔を合わせるのは稀なことである。だが、この稀な場所への招集こそは事の重大さを強く示唆していた。

緊急招集の理由は明白である。九時間前、ワシントン地下鉄デュポン・サークル駅で爆破事件が起こり、二十三名の死者と、その三倍を超える負傷者が出たのだ。死者の数はさらに増大する見込みである。テロリストによる爆破事件や校内発砲事件といった悲惨な事件に慣れているとはいえ、国民の間には衝撃が走った。CNNの解説員が繰り返し報道しているように、この惨事は首都の中心――ホワイトハウスから一マイルほどの地点――で起こったのである。

ノート型パソコンに似た物体に仕込まれていた爆弾は、早朝ラッシュアワーのピーク時に爆発した。爆弾の精度の高さ――その詳細は公にされなかった――からテロリストの関与が疑われている。ケーブルテレビやインターネットを通じて二十四時間情報が発信されている現代、この怖ろしいニュースは至る所で報じられ、事態は刻一刻と悪化していた。

視聴者は被害者がらみの報道にとりわけ強い関心を示した――妊婦とその三歳になる双子の娘、長年貯めてきたお金でアイオワ州から遊びにやってきた年老いた夫婦、九歳の小学生のグループ――彼らが悲惨な最期を遂げたのだ。

「悪夢だ、屈辱だ」大統領は苦々しげに口をひらいた。他の者たちが静かにうなずく。

「できれば今夜、少なくとも明日までには声明を発表し、国民を安心させなければならない。だが、言うべき言葉が見つからない」

「大統領」ＦＢＩ長官チャック・フェイバーが言った。「今こうしている間にも、我々が七十五人を下らないエージェントを繰り出し、地元警察とＡＴＦ（アルコール・タバコ・火器局）を率いて市内の徹底捜査に当たっていることをわかっていただきたい。また本部内では爆発物の分析が――」

「わかっている」大統領が鋭い口調で遮った。「きみたちがこの件に総掛かりで取り組んでいることは百も承知だ。各局の力を軽んじているわけじゃないが、きみらはテロ事件の事後分析をすることに長けているようだ。どうして事前に防げないのか不思議でならない」

チャック・フェイバーの顔が真っ赤になった。フィラデルフィアの地区検事長時代、断固果敢な処置をとることで名を馳せ、後にペンシルバニア州の法務長官になった男である。フェイバーは司法長官の椅子を狙っていることを公然と口にし、その地位を現職以上の適役であると考えていた。官僚ゲームは最も得意とするところであり、鷹派として知られているものの、大統領の前では口を閉ざす政治的なしたたかさも持ち合わせていた。

「大統領、失礼ですが、今の発言は行きすぎかと」静かに口をひらいたのはリチャード・ランチェスターである。長身で引き締まった体つき、銀髪に貴族的な顔立ちの、イギリス製の地味なスーツを着た男だ。ホワイトハウスの特派員の多くはジョルジオ・アルマーニこそがファッションの最先端だと考えており、ランチェスターを〝時代遅れの服を着た〟、あるいは〝野暮ったい恰好(かっこう)をした〟男と評していた。

しかしランチェスターは、マスコミによるその手の個人批評をことごとく無視した。実際、彼は報道陣を近づけない。ワシントンでは日常茶飯事で行なわれていた〝情報漏れ〟をひどく嫌っていたのだ。とはいえ、報道機関は彼を高く評価していた。それはまさに、ランチェスターが彼らとの接触を避けようとするがゆえであり、過去の政治家たちには例のないことだった。〈ワシントンポスト〉が彼を称した〝ワシントンでもっとも正直な男〟という言葉は、新聞のコラムや日曜朝のニュース特集などで繰り返し使われ、やがては彼の通り名となったのである。

「事前防止の努力は形になって現れにくいものです」ランチェスターは続けた。「大ていの場合、事件の予測は不可能です、特定の干渉を続けていない限りは」

ＦＢＩ長官はむっつりした表情でうなずいた。

「我々が、つまり米国政府が、この悲劇を未然に防げたはずだという報道を耳にした」大統領が抑揚のない声で言った。「これについてはどう思うかね?」

気まずい沈黙が流れた。やがて、ＮＳＡ長官、空軍中将のジョン・コーレリが答えた。

「大統領、問題は、我々がターゲットを放置せざるを得ないというところにあります。

ご存じの通り、当局はCIA同様、国内での活動を禁じられています。事件は米国内で発生しました」

「法に拘束されているのは我々も同じです」FBI長官が口を挟んだ。「裁判所から盗聴器の取り付け許可を得るには確たる理由が必要です。だが、その理由を知りたいからこそ、盗聴器を取り付けなきゃならんのです」

「だったら、NSAが電話やファックスを傍受しているという噂は？」

「〝噂〟という一言に尽きます」NSA長官が言い返した。「我々が並外れた情報収集力を持っているとはいえ、世界中の電話を盗聴することは不可能です。それに加えて、国内での盗聴は許可されていません」

「結構なことじゃないか」ディック・ランチェスターが穏やかに言った。

FBI長官が軽蔑の眼差しでランチェスターを振り返った。「要するにきみは、電話であれファックスであれインターネットであれ、我々が暗号化されたやり取りを傍受できないことを喜んでいるんだろう？」

「憲法修正第四条を忘れたのかね、チャック」ランチェスターはそっけない口調で応えた。「国民は不法な捜索や拘束から守られる権利を持っている」

「だけど、安心して地下鉄に乗れる権利は持っていないと？」割って入ったのはCIA長官ジェームス・エクセムだ。「第四条の立案者は情報化社会の到来を予期してなかったに違いない」

「それでも」ランチェスターは言った。「アメリカ国民はプライバシーを犠牲にしたくはない」

「ディック」大統領が静かに、しかしきっぱりとした口調で言った。「その議論についてはすでに決着がついている。議案は一両日中に議会を通過し、我々をテロ行為から守ってくれる国際監視機関が誕生するはずだ。それにしても、この問題にもっと早く取り組んでおかなかったのが悔やまれる」

ランチェスターは無念そうにかぶりを振った。「その国際機関は、政府の権力を限りなく拡大するでしょうな」

「そんなことはない」NSA長官がぶっきらぼうな口調で反論した。「敵と対等の立場に立つだけの話だ。我々は国内での盗聴を禁じられているが、これはイギリスのGCHQ（政府通信本部）にしても同じことだ。第二次大戦中、連合国側がもし敵の指令を傍聴できなかったら、ドイツ軍に破れていたかもしれないことをきみは忘れているようだな」

「今は戦時中ではない」

「とんでもない」CIA長官が口をひらいた。「我々は世界中でテロリストと戦争を繰り広げている。そして悪い奴らが勝ち残っている。その事実を無視しろと言うなら――」

大統領の脇にある小さなテーブルの上の電話が低い音をたてた。緊急事態以外に呼び出し音が鳴らないことは誰もが知っていた。デービス大統領が受話器を取った。「どうした？」

その顔が見る見る青くなった。大統領は受話器を置くと、一同を見渡した。「緊急指令室からだ」重々しい、しかし震える声で言った。「我が国の旅客機がケネディ空港から三マイルの地点で墜落した」

「なんですって？」何人かが一斉に声を上げた。

「爆破された」デービスは目を閉じて続けた。「離陸して一分後に。ローマ行きだ。乗客百七十一名と乗務員――全員が死亡した」彼は指で瞼を強く押した。指を離したとき、その瞳は潤んでいたものの、顔つきは険しく、いや恐ろしくすら見えた。「テロリストがのさばるのを黙視した最高司令官として、歴史に名を残すわけにはいかん。断じて許さん！」

第十三章

ジュネーブ商業・金融地区の中心に位置するベレール広場の南側、コラテリー通りに面したガラス張りのオフィスタワーは、午後の陽光を浴び、蒼海のように煌めいていた。その二十七階にはジュネーブ・プリベー銀行があり、ブライソンとレイラはその豪華な待合室にいた。マホガニーの羽目板、オリエンタルカーペット、上品なアンティーク、ジュネーブ・プリベー銀行は最新型超高層ビルの二十七階に十九世紀の優雅な装いを醸し出している。それが訴えようとしているところは、昔ながらの真心のこもったもてなしと現代テクノロジーの融和。ここは、そのメッセージを届けるのにこの上ない舞台だった。

ブライソンはコワントラン空港に到着し、リッチモンドホテルにチェックインした。一時間半後、コルナバン駅で、パリ-ヴェンティミリア急行でスイス入りしたレイラと落ち合った。打ち解けた挨拶を交わす二人の間に、時の経過がもたらすよそよそしさは微塵も感じられなかった。レイラは興奮していた。静かに振る舞いながらも、生き生きとした目にそれは滲み出ている。彼女は精力的に調べ回ったものの、二、三の情報を摑んだだけだった。が彼女に言わせれば、とっておきの情報らしい。もっともそれについて話し合っている暇はなく、二人はホテルに行き、それぞれの部屋で出発の準備をした。レイラがスーツに着替え、髪のセットを終えると、彼らはアポイントメントを取り付けておいたジュネーブ・プリベー銀行の役員との面会に出向いたのだ。

二人は待たされなかった。ここはスイス、時間厳守の国である。灰色の髪を束ねた落ち着いた雰囲気の中年女性が、時間通りに現れた。

ブライソンはＣＩＡから与えられたコードネームで呼びかけられた。「ミスター・メーソンですね？」女は横柄な口のきき方をした。顧客相手の口調ではない。ブライソンがアメリカ政府から派遣された厄介な客であることを知っていたのだ。女は続いてレイラに顔を向けた。「あなたは――？」

「こちらはアナト・シャフェッツ」ブライソンが答えた。レイラのモサドのコードネームの一つである。「モサドから来ました」

「ムッシュ・ベコットには了解済みですか？　わたしはあなたのお名前しかお聞きしてませんが、ミスター・メーソン？」女性係員は苛ついた様子で訊いてきた。

「ムッシュ・ベコットは我々二人に用があるはずだが」ブライソンは尊大な態度で言い返した。

女性係員はぶっきらぼうにうなずいた。「しばらくお待ち下さい」

すぐに戻ってきた。「こちらへどうぞ」

ジャン・リュック・ベコットは中肉中背の金縁眼鏡をかけた男で、その無駄のない動きが几帳面な性格を物語っていた。銀髪で、グレーのスーツを着ている。男は丁重に、しかし警戒した様子で二人と握手を交わすと、コーヒーを勧めた。

青いブレザー姿の若い男が銀色のトレイにエスプレッソの小さなカップを三つのせて現れた。ブライソンとレイラの前のテーブルに一つずつ置き、ベコットのガラス張りの机の上に残りの一つを置いた。

ベコットのオフィスは待合室同様に豪華で、優美なアンティークが配され、ペルシア絨毯が敷き詰められていた。周囲は板ガラスで囲まれ、ジュネーブの全景を見晴らせる。

「早速ですが」ベコットが口をひらいた。「わたしも忙しい身なので、要点をかいつまんでお聞かせ願いましょう。お話では、私共の口座の取り扱いに財務上の不正があるとお疑いのようだが、ジュネーブ・プリベー銀行に限って、そのような不正はあり得ません。失礼だが、無駄足かと思います」

ブライソンは先方の切り口上を、指先を見つめながら笑みを浮かべて聞いていた。相手が話を終えると同時に口をひらいた。「ムッシュ・ベコット、あなたがわたしとお会いになっているからには、ラングレーの中央情報局本部にわたしの素性を確認しているはずですが?」そこで言葉を止め、黙りこくった銀行役員の顔を覗き込んだ。数時間前のブライソンの電話が行内に緊迫感をもたらしたのは間違いない。口座がらみの一件を問い合わせに、CIAが諜報員の一人をジュネーブ入りさせたのだ。全行を挙げて警戒態勢を敷いているだろう。幹部が招集され、緊急ミーティングがひらかれたはずである。かつて、自尊心の高いスイスの銀行員たちはアメリカ諜報機関の面会要請をにべもなく断った。銀行口座の秘密保護が最優先されたのだ。しかし、時代は変わった。スイス国内の銀行がロンダリング・マネーの隠し場所として広く利用されるようになり、スイス政府は各国からの圧力に屈せざるを得なかった。それ以来、各銀行は協力的な態度を取りはじめた。いや、少なくとも表面的にはそう見えた。

ブライソンは続けた。「ゆゆしき事態でない限り、わざわざお邪魔しないことはおわかりでしょう。要するに、こちらの銀行が法がらみのいざこざに巻き込まれる怖れがあるということです。事前に避けたいのでは?」

ベコットはひきつった笑みを浮かべた。「そんな脅しはここでは通用しませんよ、ミスター――ミスター・メーソン。それに、モサドの役人を同伴して、プレッシャーをかけようなどというのは――」

「ムッシュ・ベコット、前向きな話をしましょう」ブライソンは遮った。事態を完全に掌握している法執行機関の役人然とした口調である。「一九八七年の国際協定に明記されている通り、あなたであれ、あなたのお仲間であれ、不正資金浄化目的での口座所持に対する無知の申し立てはできません。法律上の問題が厄介な結果を引き起こすことはあなたもよくご存じでしょう。二大諜報機関の代表として、我々は国際規模で行なわれているマネー・ロンダリングとこちらの銀行との関わりを捜査しに来ました。法の定めに従って我々にご協力願いたい。ご協力願えない場合には、あなたがたの犯罪容疑をローザンヌに報告することになります」

銀行員はしばしブライソンを凝視した。コーヒーにはまだ口をつけていない。「捜査の核心をお聞かせ願いたい、ミスター・メーソン？」

相手の目に動揺の色を見て取った。攻める時である。「口座番号二四六三二二の口座所持者ジャン・バンシナ氏の動向を探っています」

ベコットは息を呑んだ。そうさせたのは番号ではなく、名前だった。「私共はお客様の名前を漏らしたことは一度たりとて――」

ブライソンはレイラに目をやった。レイラが目配せして口をひらいた。「よくご存じのことと思いますが、リヒテンシュタインのダミー企業からこの口座へ大金が振り替えられています。そこからその金は多岐の口座――チャネル諸島のマン島、ジャージー島、ケイマン諸島、アンギラ島、アンティル諸島の様々な幽霊会社の口座――へ転がされています。さらにルートは枝分かれし、バハマ諸島やサンマリノの――」

「振り替えは違法ではない！」ベコットが嚙みついた。

「不正な金でない限りは」レイラがぴしゃりと言い返した。バンシナのロンダリング疑惑に関する情報はブライソンに聞かされていた。だが詳細はわかっておらず、したがって残りの部分ははったりである。ブライソンは内心舌を巻いていた。「このケースでは、ロンダリング・マネーがテロリストの武器調達資金として使われています」

「これは見込み捜査だ、違いますか？」銀行役員は言った。

「見込み捜査？」レイラが繰り返した。「ワシントンとテルアビブの合同犯罪捜査以外の何ものでもありません。そのこと自体、この一件が極めて重大な国際レベルの事件として取り上げられている証拠なんですよ。どうやらあなたとお話しても時間の無駄のようですわ」レイラが立ち上がった。ブライソンも続く。「この方じゃお話になりません」彼女はブライソンを振り返った。「ムッシュ・ベコットは意志決定権をお持ちでないか、ご自分の犯罪行為を隠しているかのどちらかでしょう。頭取のムッシュ・エティエンヌ・ブルサールならもっと事情をおわかりかと――」

「どうしろとおっしゃるんですか？」役員が遮った。その表情からも声からも、自棄を起こしているのは明らかだ。

ブライソンは立ったまま言った。「簡単なことです。ミスター・バンシナに電話をかけて、即、呼び出していただきたい」

「しかし、ムッシュ・バンシナにはこちらからコンタクトを取らないことになっています。あちらから私共に連絡をよこす、そういう取り決めなんです！ それに、こちらから連絡を取る術はありません！」

「嘘です。そんなことはあり得ません」ブライソンは言った。「正規なビジネスをしている限り、顧客のパスポートや身分証明書のコピー、自宅や職場の住所、電話番号等が記された証書が保管されているはずです」

「できません！」ベコットは声を張り上げた。

「ミスター・メーソン、行きましょう。時間の無駄です。ムッシュ・ベコットの上司が事態の重要性を認識しているでしょう」レイラが言った。「外交問題渉外担当官から要請が出され、ワシントン、テルアビブ、ローザンヌの司法機関で取り上げられれば、国際テロリズムの支援者としてジュネーブ・プリベー銀行の名は公に晒されることになります。さらに――」

「頼む！ 待ってくれ！」ベコットは叫んだ。銀行役員らしい冷静沈着な態度は完全に失われていた。「ムッシュ・バンシナを呼びます」

監視カメラのモニターが設置された息苦しい小部屋に、ブライソンは汗だくになりながら身を潜めていた。彼が身を隠している一方で、レイラがベコットのオフィスでバンシナを尋問する。そして話を聞き出したところで、前触れもなくブライソンが登場する、そういう筋書きになっていた。

ディレクトレイトとの関わりについては、依然レイラには伏せてあった。だが、ブライソンにしてみても、彼女に関しては、兵器の密売ルートを追っているということを知っているにすぎない。いずれ彼女に詳細を打ち明けるときが来るだろうが、まだそのときではないのだ。

ブライソンはベコットのオフィスの近く――隣室、掃除用具を収納しているクローゼットなど――に隠れるつもりでいた。まさか監視ルームがあろうとは思っていなかったのだ。ここからは、メインロビーに出入りする人間を観察できる。エレベーターの監視カメラの映像はもちろん、二十七階のロビーと銀行の待合室、中央廊下を映し出しているモニターもある。ベコットのオフィスには――どのオフィスにも――監視カメラは備え付けられていないものの、バンシナの到着や彼のエレベーター内での動向はここから観察できるのだ。バンシナはトップクラスのフィールド・エージェントであり、すべてにおいて抜け目ない男である。現代のオフィスビルのエレベーターに、隠しカメラが設置されていることは当然わかっているだろう。だが、警備員が四六時中それを監視していないことも承知しているはずだ。隙（すき）を見て、上着の内側に隠されている銃や盗聴器をチェックするかもしれない。あくまでも可能性にすぎないが。

バンシナへの電話はブライソンとレイラの目前でかけられた。銀行役員が電話をかけ直し、警告したり、余計なことを言わないよう、その後はレイラが見張っている。

バンシナが即反応することはわかっていた。案の定、ディレクトレイトの諜報員は二十分もしないうちにメインロビーに現れた。灰色の顎髭を短く刈り込んだ、細いフレームの眼鏡をかけた猫背気味の男である。特徴のない外見と国際赤十字社の緊急医療援助の責任者という人道主義的な肩書きを持つ彼を、殺し屋だと思う人間はいない。実際、バンシナの最大の強みは、相手に見くびられるというところにある。人は彼を親切な、あるいは無害な男と見なすかもしれない。しかし、その正体が手練手管に長けた情け容赦のないフィールド・エージェントであることを、ブライソンは充分に承知していた。

バンシナは若い女といっしょにエレベーターに乗った。女は二十五階で降り、彼は一人になった。だが、この緊急の呼び出しにどれほど警戒心を呼び起こされていようとも、その顔からは懸念や緊張を読み取ることはできなかった。

バンシナはエレベーターを降り、受付に行った。さきほどの横柄な女性係員がすぐに現れ、彼をベコットのオフィスへ案内した。そこからは監視カメラの範囲外である。

だが問題はない。レイラがどういう筋書きで事を進めるかはわかっている。ブライソン自身が描いた脚本なのだ。こちらが姿を現すタイミングはレイラが合図してくれる。携帯電話のコールが二度鳴ることになっているのだ。

バンシナの出方次第だが、取り調べには五分から十分ほどを要するだろう。ブライソンは腕時計に目をやり、もどかしそうに秒針を眺めていた。

五分が経過した。長い長い五分間。だが依然コールは鳴らない。緊急事態用の合図も用意されており、その場合、携帯電話のコールは鳴りつづける。一方でレイラがベコットのオフィスのドアを開け、ブライソンは監視カメラで状況を知ることになる。

しかし、緊急コールも鳴らない。

事の成り行きに気を揉(も)みながらも、ブライソンはプロスペロとして知っている男のことを考えずにいられなかった。ダンの話によれば、バンシナは莫大(ばくだい)な資金を貯(た)め込んでいる組織、おそらくはディレクトレイトに金を流すパイプ役となっている。諜報機関にとって、資金の不正浄化は不可欠であるものの、通常それは比較的少額であり、諜報員や情報提供者への報酬支払いに使われる。しかし五十億ドルもの大金となると、報酬分とは考えられない。大がかりな何かを行なうための資金に相違ないのだ。ダンの話が本当ならば——部下を殺してブライソンの命を救った以上、嘘をついている可能性は極めて低いが——、ディレクトレイトはテロ組織に金を流し、支援していることになる。だが、どの組織に？　そしてその目的は？　おそらく、アルノの電話に組み込まれていた暗号チップのコピーがその答えを教えてくれるだろう。だが、この貴重なコピーの解読を誰に託せばいいのか？

バンシナがこのロンダリング疑惑に関与しているなら、事情の詳細を知っているだろう。何も知らずして危険なパイプ役になるような男ではない。バンシナは必ず知っている。この男はディレクトレイトの最高峰に位置するエージェントの一人なのだ。

突然、小部屋のドアが引き開けられ、明かりが飛び込んできた。ブライソンは束の間目が眩み、侵入者を識別できなかった。

やがて、相手の姿形がはっきりした。ジャン・バンシナが恐ろしい顔で立っていた。鋭い眼光を発し、右手の銃がこちらに向けられ、左手はブリーフケースを握っている。

「コールリッジ」バンシナが言った。「久しぶりだな」

「プロスペロ」ブライソンは不意を突かれた。とっさに銃に手を伸ばしたものの、相手の銃の安全装置が外れる音に凍りついた。

「動くな」バンシナが一喝した。「手を下ろせ！　こいつを使うことになるぞ。脅しじゃないことはあんたが一番よく知っているはずだ」

ブライソンは相手を見据え、ゆっくりと手を下ろした。バンシナがためらうことなく引鉄を引くのはわかっていた。実際、まだそうしていないのが不思議なほどだ。

「物わかりがいいようだな、ブライソン」オランダ人は続けた。「おれに話があるんだろう？　話そうじゃないか」

「女をどこにやった？」

「心配するな。縛りつけてクローゼットに放り込んである。一筋縄ではいかない女だったが、事態を甘くみていたらしい。それに、モサドの身分証明書は本物そっくりだった。大した凝りようじゃないか」

「そっくりじゃない、本物だ。あの女はモサドだ」

「もっと面白い話をしよう、ブライソン。あんたは新しい組織に仲間入りしたらしいな。時代を動かそうとしている組織に。ほら、これを持ってろ」バンシナはブリーフケースを投げてよこした。受け取るかかわすか、瞬時の選択――ブライソンは受け取った。

「ナイスキャッチ」バンシナは愉快そうに言った。「そのまま、両手で抱えていろ」

ブライソンはバンシナを睨みつけた。相変わらず抜け目ない相手である。

「さあ、話をしよう」バンシナが言った。「ケースを抱えたまま、まっすぐ歩け。へたな真似をしたら撃つ。ケースを落としても撃つ。わかってるな？」

ブライソンは従った。胸の内で激しい自責の念が渦巻いていた。この老獪な諜報員を見くびったがゆえに相手の罠にはまったのだ。どうしてレイラに任せてしまったのか？ 銃声は聞こえなかったが、おそらくサイレンサー付きの銃が使われたのだろう。レイラは殺されたのか？ その可能性を考えると心が張り裂けそうだった。彼女のほうから捜査への協力を申し入れてきたとはいえ、その身に何かあれば、彼の責任なのだ。それともバンシナの言葉通り、縛られて閉じ込められているだけなのか？ 銃口を突きつけられながら、ブライソンは狭いホールを横切り、無人の会議室に入った。明かりはついていないものの、板ガラスの窓が昼下がりの陽光をたっぷりと取り入れている。ベコットのオフィスの窓から見る以上に壮大なジュネーブの景観が一望できた。有名な大噴水やモン・ルポ公園が目に入る。もちろん、都市の喧騒は耳に届かないが。

ブリーフケースを抱えているため、銃は取り出せない。ケースを落として銃に手を伸ばせば、その瞬間に後頭部を撃ち抜かれるだろう。

「座れ」オランダ人が命じた。

ブライソンは一番端の椅子に腰を下ろし、テーブルの上にケースを置いた。手は依然それを摑んでいる。

「左手をテーブルの上にのせろ。次に右手だ。順序を間違えるな。おかしな動きをしたらどうなるかはわかってるな?」

言われた通りにした。バンシナがこちらに銃口を向けたまま、板ガラスの窓を背に、向かいに腰を下ろした。

「鼻を掻いたら撃つ」バンシナは言った。「タバコを取ろうとしても撃つ。これは定石だ、ブライソン。あんたもよく知っての通りな。さあ、答えてもらおうか。エレナは知っているのか?」

ブライソンは面食らった。〝エレナは知っているのか?〟質問の意味が理解できなかった。「なんだって？」

「エレナは知っているのかと訊いたんだ」

「エレナが何を知っているというんだ？　彼女はどこにいる？　彼女と話したのか？」

「下手な芝居はよせ、ブライソン――」

「彼女はどこにいるんだ！」ブライソンは怒鳴った。

顎髭の男は束の間ためらってから、答えた。「質問してるのはおれのほうだ、ブライソン。プロメテウスと関わりを持ったのはいつだ？」

ブライソンは思わず声を張った。「プロメテウス？」

「いい加減にしろ！　ゲームは終わりだ。いつから奴らの手先になった？　ディレクトレイトにいたころからか？　それとも大学教授に飽きがきて、新たな冒険を始めたのか？　奴らの何に惹かれたんだ？　いんちきな理想主義への執着か？　権力か？　さあ、ゆっくりと話を聞かせてもらおうか、ブライソン」

「イエメンでの恩を覚えているなら、その物騒な物を引っ込めてくれ」

バンシナは楽しそうな顔をしてかぶりを振った。「あんたは今でも組織内で伝説的な存在だよ、ブライソン。あんたの技量や言語能力は語り草になっている。疑いもなく超Aクラスの諜報員だった――」

「テッド・ウォラーに追い出されるまではな。いや、ジェナディ・ロソフスキーと言うべきかな？」

　バンシナは黙った。その目に驚きが垣間見えた。「おれたちは多くの名前を持っている」やがて男は口をひらいた。「いくつもの身元を持っている。そして、時と場合に応じてそれらを使い分けられる能力を持っている。だが、あんたはそれを失ったようだ。一つのことしか信じられなくなっている。現実がどこで終わり、どこから虚構が始まるのかわからなくなっているんだ。テッド・ウォラーは偉大な男さ。我々の誰よりもな」

「だからこそ、あんたはいまだに騙されている！　あの男の嘘を信じてるんだ！　目を覚ませ、プロスペロ。ぼくたちは操り人形だった、監督官にプログラムされたロボットだったんだ！　実際の支配者も本当の目的も知らされなかったじゃないか！」

「防護壁の内側にも防護壁はある」バンシナは厳粛な面持ちで言った。「全部は知り得ない。だが時代は変わった。我々も変わらなければならない。新しい現実に順応しなければな。あんた、いったいなんと言いくるめられたんだ？　いったいどんな嘘を吹き込まれた？」

「〝新しい現実〟？」ブライソンは狐につままれたような顔をした。継ぐべき言葉が見つからない。と、そのとき、板ガラスの窓外に巨大な影が現れた。ヘリコプターだと認識した瞬間、おびただしい銃弾が撃ち込まれ、ガラスの破片が飛び散った。

　ブライソンは床に飛び込み、会議用テーブルの下に転がった。窓を背にしていたバンシナに、そのチャンスはなかった。両手を翼のように広げ、全身を痙攣させ、まるでマリオネットのように跳ね回った。弾丸が頭と体に無数の穴を穿ち、血飛沫が上がる。歪んだ口から漏れる断末魔の悲鳴がヘリコプターの轟音にかき消される。砕かれ落ちた窓から疾風が舞い込み、銃弾が室内を蜂の巣に変えていく。バンシナは一瞬空中に飛び上がり、続いて鮮血にまみれた灰色の絨毯に倒れ落ちた。四肢は奇妙にねじ曲げられ、目は赤黒い穴と化し、後頭部は吹き飛ばされている。そして突然、ヘリコプターが飛び去った。轟音が遠ざかるにつれ、数百フィート下の車の音がかすかに耳に届いた。打ち砕かれた窓ガラスから吹き込む風の咆吼が、血みどろの室内を包む不気味な静寂を際立たせていた。

第十四章

ブライソンは、血と銃弾とガラスの破片が散らばった会議室を飛び出し、行員たちが肩を寄せ合っている廊下を突っ走った。スイスドイツ語とフランス語と英語の悲鳴が飛び交っている。

「なんだ、どうした！」

「何があったんだ？　殺し屋か？　テロリストか？」

「犯人はまだビルの中か？」

「警察と救急車を呼べ、早く！」

「あの人死んでるわ。こ……殺されたのよ！」

レイラの顔が思い浮かんだ。彼女は殺されていない！　先ほどのヘリコプターがビルを旋回し、二十七階フロアの窓から新たなターゲットを探しているとは考えられない。

そしておそらく、ターゲットはジャン・バンシナだった、俺ではなく。発砲の角度を考える限り、そういう答えになる。誰がマシンガンを掃射したにせよ、バンシナを狙っていたのは明らかだ。これは無差別殺人ではない。あるいは、会議室にいた人間を皆殺しにしようとしたものでもない。銃撃は少なくとも三方向から行なわれ、照準はディレクトレイトの諜報員に定められていたのだ。

しかしなぜ？

そして誰が？　ディレクトレイトが現諜報員を殺すなんてことがあり得るだろうか？　バンシナが昔の仲間に情報を漏らすことを怖れて……

いや、そう考えるのは飛躍しすぎているし、意味がない。襲撃の理由がはっきりしていないのだ。とはいえ、男が殺されるべくして殺されたのは間違いあるまい。ベコットのオフィスに辿り着くや、ドアを引き開けた。レイラも銀行員もいない。

離れようとしたとき、テーブルの脇に転がったコーヒーカップと、机の周りに散らばった書類が目に入った。あわてて飛び出したか、あるいはひと悶着があったか。

室内から押し殺したような声が聞こえてきた。ドンという音。くぐもった叫び声。素早く目を走らせ、クローゼットを見つけた。駆け寄ってドアを開ける。レイラとベコットが縛りつけられ、さるぐつわを嚙まされていた。手首と足首に革並みに丈夫なポリウレタンの紐が巻き付けられている。銀行役員は、傍らにフレームの曲がった眼鏡を落とし、ネクタイは捩れ、シャツは引き裂かれ、髪はぼさぼさである。目を見ひらき、口に突っ込まれた布きれの奥から、必死に声を上げようとしていた。隣りにいるレイラはさらにきつく、念入りに縛り上げられていた。グレーのシャネルのスーツは引き裂かれ、グレーの趣味のいいハイヒールの一足が放り出されている。顔中傷だらけだ。必死に抵抗したものの、プロスペロの腕力に圧倒されたのだろう。

野獣の顔をさらけ出したプロスペロことジャン・バンシナ。死んだ男に激しい怒りを覚えた。ブライソンはレイラと銀行役員の口から布きれを引き抜いた。二人が何度も荒い呼吸を繰り返す。ベコットが喘ぎながら喚き、レイラも喘ぎながら言った。「ありがとう、助かったわ!」

「二人とも無事で良かった」ブライソンはそう言う一方で、紐を切断すべく、ナイフや刃物を探した。しかし見当たらない。ベコットの机に駆け寄り、ペーパーナイフを見つけたものの、刃が薄すぎる。机の抽斗(ひきだし)に切れ味の良さそうな小さな鋏(はさみ)があった。それを手にしてクローゼットに戻り、紐を切断した。

「非常ベルを鳴らせ！」ベコットが叫んだ。

しかしすでに、パトカーと救急車のけたたましいサイレンがぐんぐん近づいてきていた。

「さあ、警察が来る前に」ブライソンはレイラを起こし、二人はベコットのオフィスを飛び出した。

人だかりができた会議室のドアの前で、レイラが立ち止まった。

「さあ、早く」ブライソンは声を張り上げた。「時間がない！」

しかし、彼女は室内を覗(のぞ)き、ガラスの破片に取り巻かれたバンシナのぐしゃぐしゃの死体を見つめている。「ひどい！」声が震えていた。「ひどすぎるわ！」

二人は、人でごった返したベレール広場まで一気に突っ走った。

「ここで別れよう」ブライソンは言った。「別々に行こう。これ以上いっしょにいるのはまずい」

「ここ以外のところだ。ジュネーブから、いや、スイスから脱出するんだ！」

「行くって、どこへ？」

「でも、どうしてこれ以上いっしょに——」彼女はそこで口を閉ざした。ブライソンの目がキオスクに並べられている新聞に釘付け(くぎづ)になっていたからだ。〈トリビューン・ド・ジュネーブ〉である。

「これはいったい——」ブライソンは売店に歩み寄り、ラックから新聞を引き抜くと、大惨事の現場の写真上に記されている見出しに目を凝らした。


フランスで大惨事、リールで特急列車脱線！

リール発——本日早朝、リール駅より南におよそ三十マイルの地点で爆弾が爆発し、特急列車ユーロスターが脱線、破壊された。この爆発により、フランス、イギリス、アメリカ、オランダ、ベルギー人を含めた数百名の乗客が死亡した。緊急隊員やボランティアによる救助活動は現在も続けられているが、フランス捜査当局によると、死者の数は七百人を超える見込みだ。現場を担当する当局者の一人は事件をテロリストの犯行と見なしている。
鉄道会社の記録によると、ロンドン行き、ユーロスター九〇〇七－ERS旅客列車は、定刻の午前七時十六分にパリの北駅を発車した。午前八時、十八輛編成の同列車がパ・ド・カレー県を通過中、線路下に埋められていた高性能爆弾が先頭車輛と後部車輛の下で同時に爆発したとのことである。今のところ犯行声明は出されていないものの、フランス警察庁はすでに容疑者リストの作成に取りかかっている模様。フランス警察庁の消息筋の伝えるところでは、フランス、イギリス両政府がここ一週間、ユーロスターの爆破警告を繰り返し受け取っていたとの噂は事実のようだ。両国の諜報機関はテロリストによる列車爆破計画を証明する手がかりを持っていたにもかかわらず、法の拘束により、テロリスト間でなされていた通信連絡を傍受できなかったという。〈トリビューン・ド・ジュネーブ〉の報道に対して、ユーロスター事件のスポークスマンはノーコメントだった。

「遺憾の極み」とフランス下院フランソワーズ・シュエ議員は明言している。「我々はこの大量殺人を防ぐ物理的な手段を持っていた。にもかかわらず、法が警察にその使用を許可していない」ロンドンでは、マイルズ・パーモア上院議員が監視と安全に関する国際協定議案の可決要求を繰り返した。「フランス、イギリス両政府がこの種の破壊行為を未然に防げたとするなら、我々がここに座って、腕をこまねいているのは犯罪に他ならない。これは国家の――いや、国家の枠を超えた――不名誉だ」

ＮＡＴＯ首脳会談参加のため、ブリュッセル訪問中のアメリカ合衆国国家安全保障問題担当大統領特別補佐官リチャード・ランチェスター氏は、この〝大量虐殺〟を激しく非難するコメントを述べたあとに付け加えた。「喪に服する一方で、我々はこのような事態の再発を防ぐにはどうすべきかを自問自答する必要がある。不承不承ではあるものの、デービス政権は監視と安全に関する国際協定議案を可決し、イギリス、フランスらの友好国に追随することになるだろう」

リール。

ブライソンの背筋は凍りついた。

ジャック・アルノの私室の前にいた二人の男の低い声が脳裏をよぎる。一人はアルノ自身、もう一人はロシアの陰の首領アナトーリ・プリシュニコフ。

〈リールで事が起これば、大騒動になるだろう。結果は目に見えている〉

リールで事が起これば。

世界の二大実業家——一人は武器商人、もう一人はロシアの防衛産業を陰で支配していると思われる超大物（この人物に関してはもっと徹底した調査が必要だろう）——が、リールでの七百人もの大量殺戮を予知していたのだ。

二人の男が今回の事件に一枚嚙んでいたのは明らかである。

二人はディレクトレイトの黒幕。つまりディレクトレイトがリールでの大惨事を陰で操っていた。その点は疑う余地がない。

だが、目的は？　無意味な流血沙汰はディレクトレイトに似つかわしくなかった。ウォラーや他の連中は緻密な戦略に誇りを持っていたのだ。すべてが戦略であり、すべては究極の目的達成のためである。ブライソンの両親殺害も、彼の人生に与えられた欺瞞も、例外ではない。自らの組織の諜報員殺害は、邪魔者を消し去る必要があったと考えれば納得がいく。しかし、七百人もの乗客の大量虐殺には、もっとスケールの大きな理由があるはずだ。

〈大騒動になるだろう〉

ユーロスターの爆破に対する世間の非難は実際すさまじかった。防止できる類の悲劇だったからだ。

防止できる悲劇。

ポイントは〝防止できる〟というところにある。防止可能な事件。ディレクトレイトはこの騒動を引き起こしたかった、テロ行為防止を訴える世論を駆り立てたかったのではあるまいか。だが、一概に防止するといっても、様々な手段がある。テロリズム弾圧のための協定はその一つだ。それがたとえ形だけのものではあっても、この手の協定は国防力の増強に、つまり兵器の需要の増大に繋がる。

アルノとプリシュニコフ。混乱した世界で既得権を貪る死の商人が、彼らの商品、つまり武器売買の理想的な市場を作り出そうとしているのではないか？　この二人の黒幕がリールで大惨事を引き起こし……

そして、他にも何かあったのでは？　ブライソンは通りに立ち尽くしていた。歩行者たちの姿は眼中にない。レイラが肩越しに新聞を覗き、話しかけたものの、彼の耳には届かなかった。ブライソンは最近新聞やテレビで目にしたニュース記事を思い起こしていた。その時点では自分に関わりがないと見なし、さほど気に留めていなかった悲惨な事件を。

数日前、ワシントンDCの地下鉄駅で、早朝ラッシュアワー時に爆破事件が起きていた。そして同日の夕刻――凶事が重なったゆえにはっきりと覚えているのだが――アメリカ旅客機がケネディ空港離陸直後に爆破された。百五十名以上もの乗客が死亡。アメリカ国内が騒然となり、大統領は上院で暗礁に乗り上げている監視と安全に関する国際協定議案の早期可決を指示した。そして今回のリールでの事件を機に、ヨーロッパ各国も、混乱した世情に抑制をもたらすべく、この協定に調印するはずだった。

抑制。

これこそが、ディレクトレイトの破壊行為の裏に隠されている〝真の目的〟ではないのか？　誰にも知られず、小規模ながらも強大な力を持つ悪の諜報機関は、各国政府が失敗した抑制力を手にすることで、世界を支配しようとしているのでは？

だが、すべては推測である。仮定の積み重ねのもとに導き出された結論にすぎない。確たる証明にはなっていないのだ。とはいえ、ハリー・ダンに裏の世界へ引きずり戻されたそもそもの理由が見えはじめてきた。ダンと情報を分かち合い、自分の描いたシナリオを話すときがきたのかもしれない。明白な証拠を掴むまで待っていたら、また大惨事が繰り返されるだろう。許し難いことだ。再び七百人もの命が犠牲になる前に、CIAに何らかの手を打ってもらわねば。

しかし……

しかし、パズルの一番大きな断片が依然として見つかっていない。

〈エレナは知っているのか？〉バンシナはそう訊いてきた。それは、ディレクトレイトが彼女の居所を知らないか、あるいは彼女の忠誠心に疑問を抱いていることを示唆している。早急に彼女を見つけ出さなくてはならない。〈エレナは知っているのか？〉この言葉から察するに、彼女は重要な何かを知っているに違いないのだ。突然の失踪の理由だけでなく、ディレクトレイトの真の目的を明らかにする何かを。

「この事件のことで何か知っているのね」レイラの声が耳に届いた。確信している口振りである。

しばらく前から、レイラが話しかけてきていることに気づいてはいた。ブライソンは彼女を振り返った。レイラはアルノの館で、男たちの立ち話を耳にしたのか？ いや、聞こえたはずがない。

「思いついたことがある」ブライソンは言った。

「何？」

「電話しなきゃならない」彼はレイラに新聞を渡した。「すぐ戻ってくる」

「電話？　誰に？」

「ちょっと待っててくれ、レイラ」

彼女は声を張り上げた。「何を隠しているの？　何をするつもり？」

レイラの美しい茶色の瞳に当惑の色が浮かんだ。だがそれ以上に、そこには傷心と怒りの色が強く滲んでいた。怒るのも無理はない。彼女といっしょに活動していながら、彼女に何も話していないのだから。レイラのような一流のフィールド・エージェントにとって、それは受け入れ難い屈辱なのだ。

ブライソンはしばしためらい、口をひらいた。「まず電話させてくれ。戻ってきたら詳しい話をする。だが、きみが思っているほど多くを知っているわけじゃない」

彼女はブライソンの腕を摑んだ。とっさに示した愛情の仕草。それは多くのこと——ありがとう、わかったわ、ここで待ってる——を代弁していた。ブライソンは彼女の頰に軽くキスをした。性的な意味合いではなく、彼女の勇気と援助に対する感謝の表れである。心と心が触れ合った一瞬だった。

ブライソンはベレール広場の横道を通って、ブロックの曲がり角へ急いだ。小さなタバコ屋があり、タバコの他に、新聞やテレホンカードも売っている。テレホンカードを購入し、国際電話の電話ボックスを見つけた。〇一一‐〇と押してから、五桁の番号をダイヤルする。低い機械音が聞こえ、続いて七桁の数字を押した。

ハリー・ダンから聞いた、機密保持装置付きの回線に通じる電話番号だった。CIAのダンのオフィスとダンの自宅の書斎に直通になっているのだ。ダン本人しか出ないことは約束済みである。

最初のコールとともに、相手が出た。

「ブライソンだな」

ブライソンは口をひらこうとして、息を呑んだ。聞き慣れない声だった。ダンの声ではない。「誰だ？」

「グラハム・フィンネランだ。きみは――わたしを知っているはずだが？」

先日CIAのオフィスで、ダンはその名を口にした。ブルーリッジ山脈に同行した側近で、最も信頼のおける部下の一人らしい。

「いったいどういうことだ？」ブライソンは慎重な口振りで訊いた。

「ブライソン、副長官は入院した。憂慮すべき容態だ」

「容態？」

「きみも知っての通り、末期癌だ——本人の口からは聞いていないかもしれないが、彼に会っていれば明らかだろう——昨日倒れて、救急車で病院に運ばれた」

「死ぬということか？」

「いや、幸いにも命は取りとめた。だが正直なところ、回復のめどは立っていない。きみの計画に関しては、わたしが詳細を聞かされている。副長官はそれは気を揉んで——」

「どこの病院だ？」

フィンネランは一瞬口を噤んだ。しかしそれはいかにも長すぎる一瞬だった。「話していいものかどうか——」

ブライソンは電話を切った。心臓は早鐘を鳴らし、こめかみが脈打っている。本能が受話器を置くように命じたのだ。何かがおかしい。ダンは自分以外の人間が電話に出ないことを断言した。死の床にあろうと、その約束を違えるとは思えない。彼はブライソンという人間をよく心得ているはずなのだ。

そう、今の相手はフィンネランではない。グラハム・フィンネランなら——フィンネランであったとしても、その声は識別できないが——電話に出なかっただろう。ダンが許可したはずがないのだ。

極めて深刻な何かが起こっている。ダンの生死を構っていられないほど深刻な何かが。ディレクトレイトはついにＣＩＡナンバー２の男にまで魔の手を伸ばし、彼らに敵対する最後の砦（とりで）を打ち崩したのか？

　ブライソンはベレール広場に駆け戻った。レイラはキオスクの傍らに立っていた。

「ブリュッセルに行かなきゃならない」

「なんですって？　どうしてブリュッセルに？　いったいなんの話をしてるの？」

「どうしても会わなきゃならない男がいる」

　レイラは答えを急（せ）かすような眼差（まなざ）しで彼を見つめた。

「さあ、行こう。マロールに安宿がある。荒れ果てた汚い場所で、お世辞にも居心地がいいとは言えないが、安全だし、人目につかない。誰もぼくたちがそこにいるとは思わないだろう」

「でも、どうしてブリュッセルなの？」

「そこに最後の頼みの綱がいるんだ、レイラ。事態を解決できる政府の高官。ワシントンで最も正直と言われている男がね」

第十五章

ワシントン州シアトル郊外に位置するシステマティクス・コーポレーション本社は、ガラスと合金でできた光沢のある七棟の建物から成り、景観設計を施された二十エーカーほどの緑地に取り囲まれていた。それぞれの棟にダイニングルームとエクササイズルームがあり、忠誠心と慎み深さで知られている従業員たちは、仕事から解放されている間も、敷地外に出る必要はなかった。彼らは世界中から選抜された優秀な人間たちで、充分な報酬を与えられ、一つの共同体を築き上げていたのだ。とはいえ、彼らには顔を合わせたことのない何千人もの同僚たちがいた。換言すれば、システマティクスは世界各国に支社を持ち、その支配力の程は推測の域を出ないとはいえ、数多の企業をその傘下に収めていたのだ。

「カンザスを離れたことをつくづくと感じますね」会議室へ案内される途中、インフォメッドの陽気な技術管理責任者トニー・グプタは、上司のアダム・パーカーに話しかけた。パーカーは薄く笑った。年商九億ドル企業のCEOであるものの、この有名なシステマティクス本社に到着して以来、心の動揺を抑えることができないでいた。

「ここに来たことがあるのかね？」パーカーが訊いた。ごま塩頭で、手足が長く、膝を怪我するまではマラソンを続けていた男である。今はボートと水泳に凝り、膝が悪いにもかかわらずテニスもするが、二、三ゲームをこなすのがやっとだった。ひどく負けず嫌いな性格で、それを原動力に、医療関連データを提供する会社を興したのだ。しかしその一方で、引き際を心得ている人間でもあった。

「ええ、一度」グプタは答えた。「何年も前の話です。ソフトウエア・エンジニアの職を狙っていましてね。でも面接試験で、まったく歯の立たない難問が出されました。それに試験を受けるだけで、他言厳禁の三つの取り決めにサインさせられましたよ。なんとも徹底したガードの固さでした」グプタはきつく結ばれていたネクタイを微調整した。ネクタイの着用には慣れていなかったものの、ここは非公式な場ではなかった。従業員のラフなスタイルを売り物にしている現代企業の中で、システマティクスは正反対の立場を取っていたのだ。

パーカーは目前に迫っている合併吸収を快く思っていなかった。グプタにもその気持ちは打ち明けてある。最も信用できる部下なのだ。「理事会はこの合併に反対していないようだが」パーカーは柔らかい口調で言った。「どういうつもりでいるのかねえ？」

二人を案内していたしなやかな体つきのブロンドの女を見てから、グプタは上司にそっと目配せした。「まずは〝偉大な人物〟の話を聞かせてもらいましょう」

数分後、一番大きな建物の最上階で、彼らは十二人の男女と席を並べていた。周囲を取り巻く丘陵の素晴らしい光景が眼下に広がっている。ここは世界各地に分散するシステマティクス・グループの中核である。集まった大部分の人間――インフォメッドの役員たち――にとって、システマティクスの伝説的な人物、設立者兼CEOのグレッグソン・マニングとじかに顔を合わせるのは初めてのことだった。ここ数年、マニングが多くの企業を買収してきたことをアダム・パーカーは知っていた。

〝偉大な人物〟、グプタはマニングをそう呼んだ。茶化した言葉に聞こえるが、皮肉ではない。グレッグソン・マニングが偉大な人物であるのは誰もが認めるところなのだ。彼は世界で最もリッチな人間の一人であり、裸一貫から、インターネット関連機器の開発・製造に携わる巨大企業を築き上げた。彼の経歴を知らない者はいない。十八歳でカリフォルニア工科大学を中退し、志を共にする仲間と共同生活を送り、物置小屋からシステマティクスをスタートさせた。今やシステマティクスのテクノロジーに依存していない企業は存在しないと言ってもいい。〈フォーブス〉誌が評した通り、システマティクスは産業そのものなのだ。

マニングは慈善家としても知られていた。もっとも、これに対しては異論を唱える者もいる。とはいえ彼は、スラム地区の学校に何百万ドルもの金を提供してオンラインシステムを導入し、現代テクノロジーを用いることで教育水準のレベルアップに貢献してきた。恵まれない子供たちに匿名(とくめい)で奨学金を提供しているという噂(うわさ)もある。

そしてもちろん、ビジネス界も彼を崇拝している。莫大(ばくだい)な財力を持っているにもかかわらず、控え目な気取らない人間、交際嫌いではないものの謙虚な性格、そう目されていたのだ。〈バロンズ〉誌にいたっては、マニングをして〝情報化時代のウォーバックスおじさん〟(訳注 米国漫画の登場人物。戦争成金で、孤児を養女に迎える)と称したほどである。

それでもパーカーは不安を振り払うことができなかった。その原因の一つは、言うまでもなく、会社の指揮権を手渡すことになるだろうという不愉快な見通しにある。彼はインフォメッドを自分の子供のように大切に育ててきた。それが巨大コングロマリットを形成する歯車の一つになると考えるのは耐え難いことだった。だが、それ以上の何か、カルチャーショックにも似た何かがあった。結局のところ、パーカーは平凡なビジネスマンにすぎない。それは彼の投資者にせよ、アドバイザーにせよ同じである。彼らは純資産、市場の付加価値、原価中心点、利益中心点といった具体的なビジネス用語を口にする。高尚な言葉ではないが、正直な言葉であり、パーカーはそれを理解できた。だが、マニングにその種の言葉は通じないように思われた。歴史上の偉人や世界の動向といった、ビジネスとは直接関係のない話題を抽象的な言葉で語る男なのだ。システマティクスが莫大な利益を生み出す大企業になったという事実も、マニングにとっては付随的な出来事にすぎないように思われる。「とにかく、あなたは観念的な人間が嫌いなんですよ」先日グプタは長い会議が終わったあとで、そう言った。何かをほのめかしていたのは間違いなかった。

「ようこそおいで下さいました」グレッグソン・マニングは訪問者一人一人の手をしっかりと握りながら言った。艶やかな黒髪の、背の高い引き締まった体つきの男である。端正な顔立ち、形良い鉤鼻、皺一つない張りのある肌、そして全身から漲る健康と自信。パーカーはこの男のカリスマ性を認めざるを得なかった。マニングはオープンネックの白いシャツの上にカシミアのブレザーを羽織り、カーキ色のスラックスをはいていた。にっこりと微笑み、歯並びのいい真っ白な歯を覗かせて、「インフォメッドの業績に敬意を払っていなかったら、わたしはここにはおりません。そして、あなた方もこちらにお越しにはならなかったでしょう、もしも……」言葉尻が濁り、笑みが広がっていく。

「もしも、インフォメッドの株式に対する御社の四十パーセントの出資をありがたいと思っていないなら」もじゃもじゃ髪で太鼓腹の、インフォメッド理事長アレックス・ガーフィールドが、愛想笑いをしながら口を挟んだ。彼は揺籃時代のインフォメッドに多額の金を投資したベンチャービジネス投資家である。アダム・パーカーはガーフィールドを高く評価してはいなかったものの、相手を持ち上げる術は心得ていた。

マニングの瞳が輝いた。「利害が一致したようですね」

「ミスター・マニング」パーカーが口をひらいた。「ちょっと気にかかっていることがあるのですが――合併という一大イベントからすれば些細なことなのですが、お訊きしておいたほうが良いかと思いまして」

「どうぞおっしゃって下さい」マニングはわずかに首を傾げた。

「御社がインフォメッドを買収するとなると、医療関係のデータベースを手に入れるだけではありません。七百人の献身的な従業員をも手に入れることになります。彼らの心構えとも言うべきところをお訊きしておきたいのです。システマティクス社はすべてが知られているようで、実は何も知られていない会社です。厳しい統制管理がなされ、その実体の大部分は謎に包まれています。この徹底した秘密主義には違和感を覚えざるを得ません――とくにその外部におかれている人間にとっては」

「秘密主義？」マニングは首を捻った。笑みが消えていく。「あなたは物事をすべて逆向きに理解しておられるようだ。それに、我々のここにおける主たる目的が謎に包まれていると見なされるのは甚だ遺憾です」

「しかし御社の組織図を正確に把握している人間は一人もいません」パーカーは強気に出た。室内を見回し、一同がマニングに抱いている畏怖の念を感じ取ると同時に、自分の発言が歓迎されていないことを知った。これがたぶん、自分の思いを口にする最後のチャンスになるだろう。

マニングは真っ向からパーカーを見据えたものの、敵対的な眼差しではなかった。

「いいですか、わたしは従来の組織の経営概念を信じていません。組織内での仕切りや障壁、そしてその中に情報をしまい込むという考え方をね。ここにいるすべての従業員がそれを心得ています。システマティクス社の成功の鍵は——それ相応の成功であると言っても厚かましくはないと思いますが——従来の慣習を投げ捨てたところにあります」

「しかし、どんな組織構造にもロジックがあります」パーカーは核心に迫った。一同の冷たい視線をひしひしと感じる。トニー・グプタが腕を突ついてきた。それでもパーカーはどうしても引き下がる気にはなれなかった。「こんなことは口にしたくありませんが、子会社であれなんであれ、組織構造は明らかにされるべきでしょう。つまり、今回の合併の在り様をはっきりさせていただきたいのです」

マニングは頭の悪い子供に言い聞かせるように語った。「現代企業の設立者たちをご存じですか？　スタンダードオイルのジョン・D・ロックフェラー、ゼネラルモーターズのアルフレッド・スローンといった人間たちを？　経済が急成長を遂げた戦後で言うなら、フォードのロバート・マクナマラ、ＩＴＴのハロルド・ジェニーン、ゼネラルエレクトリックのレジナルド・ジョーンズ。複合管理方式の全盛期で、幹部たちがプランナーや監査役、販売推進スタッフなどにアシストされていた時代です。人員ともっとも貴重な財産である情報を管理するためには、しっかりとした組織構造が不可欠でした。しかし、情報が空気を吸ったり水を飲むがごとく、いつでも自由に取り出せるようになったらどうなるでしょう？　仕切りはいらなくなる。すべてが晒されるのです」

パーカーは〈バロンズ〉誌に載っていたマニングのコメント――システマティクスの最終目的がすべてのドアをガラス張りにすることにあるといった内容――を思い起こした。そして、目前の男が評判に違わぬ、しっかりとした主義主張の持ち主であることを認めざるを得なかった。それでも、体がむずむずするような居心地の悪さは変わらない。〈すべてが晒されるのです〉――いったい誰に晒すのだ？

「従来の企業が縦社会なら、これからの企業は組織内の仕切りを取り外し、ネットワークを広げていく横の社会です。我々は上意下達ではなく、協力関係を基に企業間のネットワークを築こうとしている。要するに仕切りを排除したんです。ネットワークを築くことの基本概念は、自己管理、及び情報優先システムを確立するところにあります。自己管理を徹底することによって、組織の枠内はもちろん、枠外における危険要因をも取り除くことができるでしょう」グレッグソン・マニングの背後に滲む夕日が、男の頭上にオーラを作り出し、強力な〝気〟を発散させていた。「あなたも実業家だ。ビジネス界の現状はおわかりのことと思う。無限に細分化されていく資本市場と拡散を続ける労働市場。柔軟性のある組織構造への変革を迫られているピラミッド形の組織。この現状に対応するためには、組織内部だけでなく外部にもネットワークを広げ、パートナーと戦略を分かち合い、企業の所有権という壁を超えて支配権を拡張していく必要があります。情報チャンネルは多岐に渡り、したがってあらゆるレベルにおいて透明性が要求されている。とはいえ、わたしは未来の資本主義の在り方に関して自分なりの見解を述べているにすぎませんがね」

パーカーはマニングの言葉に戸惑った。「あなたのお話だと、システマティクスは企業でないように聞こえます」

「お好きなようにお呼び下さい。仕切りが透明なら、従来の企業以上に結束力の強い組織形態は存在しないでしょう。だが、責任のなすりあいが可能な管理統制主義の時代は過ぎ去った。所有権という仕切りが崩壊すれば、リスクは分解される。詩人のロバート・フロストは垣根を持つことにより、良い近所付き合いができると言いました。もちろん、わたしの信じるところではありません。壁に穿(うが)たれた穴――いつでも通り抜けられる壁の穴こそ、現代社会が必要としているものです。成功するためには、壁を通り抜けなければならない」マニングはそこでいったん言葉を止めた。「そして壁がなければ、事はもっと簡単だ」

アレックス・ガーフィールドがパーカーを振り返った。「今のお話のすべてを納得したわけじゃないが、アダム、システマティクスの実績がそれを証明している。マニング氏は誰にも自己弁護する必要はない。結局氏の言いたいところは、組織内の仕切りを排除せずしてビジネスは成功しないということだと思う。マニング氏にはマニング氏のやり方があるんだから」

「壁は崩壊しなければならない」マニングは居住まいを正した。「これが変革という大それた言葉の背後に潜む真実です。我々は産業革命を振り返っていると言ってもいいかもしれない。産業革命は単なる仕事を作業に変えました。我々はその作業をプロセスに転換させようとしています、完璧（かんぺき）な透明性を確保しながら」

返す言葉が見つからず、パーカーは質問の切り口を変えた。「しかし、ネットワーク・テクノロジーをはじめとした様々なテクノロジーの開発に対して、御社は莫大な投資をしてきています。わたしにはその根拠がどうしても理解できない。それに、システマティクスが低軌道衛星を打ち上げようとしているというＦＣＣ（連邦通信委員会）の報告を耳にしました。なぜなんです？　利用可能な帯域幅は充分あるはずです。どうして人工衛星を？」

マニングはその質問に喜んでいるかのようにうなずいた。「これはいいところに目をつけましたね」

室内に賛同の呟（つぶや）きと笑い声が漏れた。

「わたしはビジネスの話をしてきました」マニングは続けた。「だが、我々の生活についても考えています。あなたは先ほどプライバシーについて触れましたね。プライバシーの概念とは、プライベートな領域を個人の自由意志の領域と見なすことです」マニングの顔つきがいかめしくなっていく。「しかし多くの人間にとって、それは、自由でも個人的でもない、暴力や虐待の領域といっていいでしょう。刃物を突きつけられてレイプされた家庭の主婦、強盗に押し入られた一家の主——いったい彼らがプライバシーにどんな価値を見出すでしょう？　常に情報に接触できる環境は、我々を暴力や虐待から守ってくれます。そしてシステマティクスがそういう環境を社会に根付かせられるなら、史上に例を見ない〝犯罪のない社会〟が築かれるのです。監視システムはすでに、大きな役割を果たしてきています。エレベーターをはじめ、地下鉄や公園など至る所に備え付けられた監視カメラ——我々がその開発に力を注いできたことを、わたしは誇りに思っています。だが、セキュリティシステム、いわゆる警報装置は、いまだに裕福な階級の人間たちが所有する高級品にすぎない。それを一般化しよう、わたしはそう言っているんです。すべての人間を視界に取り込もうと。ジェーン・ジェーコブズは〝路上の眼〟に関して言及したが、我々はその域をはるかに超えようと考えています。〝地球村〟という言葉は文字通り、言葉にすぎない。だが、我々はそれに実体を与えることができる。テクノロジーがそれを可能にするんです」

「それでは一つの組織があまりにも強大な力を持つことになります」

「その力が人目に晒されていなければの話です。だが、それすら社会に張り巡らされた制裁の網に引っかかります。いずれにせよ、もっと大局的な見方をしていただきたい。真に安全な世界が築き上げられれば、我々の誰もが自分の人生を自分で支配することができるわけです」

ノックの音が聞こえた。マニングのアシスタントが気遣わしそうな顔で、ドアの前に立っていた。

「どうした、ダニエル?」マニングが驚いた口調で訊いた。

「お話中、申し訳ありませんが、お電話が入っております」

「タイミングが悪いな」マニングは笑いながら言った。

若いアシスタントは軽く咳払いした。「大統領執務室からです。大統領が緊急の用件があるとおっしゃっています」

マニングは一同を振り返った。「申し訳ありませんが、ちょっと席を外させてもらいますよ」

冷房のきいた、広くて日当たりのいい六角形のオフィスで、マニングは椅子に腰を下ろし、スピーカーホンに向かった。「お待たせしました、大統領」

「グレッグか。重要な用件でない限り、わざわざきみを呼び出さないのはきみも知っての通りだ。だが、どうしても力を借りたい。テロリズムの嵐が吹き荒れようとしているんだ。今度はフランスのリールで事件が起こった。十人ほどのアメリカ人がその悲劇の犠牲になった。にもかかわらず、我が国のどの人工衛星もその瞬間を捕らえることができなかった。ここ数年、フランス政府は自国民のプライバシーを侵害するとの理由で、領空侵犯に目を光らせている。そのため、フランス領域では、監視機能が作動しないようにプログラムされていたんだ。いや、つまり専門家がそう言っただけで、技術的な話はわたしにはちんぷんかんぷんだがな。しかし、彼らの話だと、システマティクスの人工衛星がその映像をキャッチしているらしい。我々がぜひとも必要としている映像を」

「大統領、我々の衛星が写真撮影を許可されていないのはあなたもご存じのはずです。認可されているのは、デジタル電話による遠距離通信だけです」

「それがNSAに対する建前なのはわかっている」

「しかし、民間による監視機器の使用を規制したのはあなたの政権なんですよ」マニングは机の上に置かれた自分の娘の写真に目を泳がせた。砂色の髪の少女が愛くるしい笑みを浮かべていた。思い出し笑いをしているようにも見える。

「どんな非難をも甘んじて受けるつもりだ、グレッグ。プライドを捨てても構わない。だが、この事態を放っておくわけにはいかないんだ。きみの力が必要だ、頼む、手を貸してくれ。今までのきみの尽力は忘れてはいない。そして今回のことも決して忘れはしない」

マニングはしばし沈黙した。「NSAの技術スタッフをわたしのオフィスへよこして下さい。映像を電送しましょう」

「すまない」デービス大統領は嗄れた声で言った。

「事態を懸念しているのはわたしも同じです」マニングは答えた。その目が再び砂色の髪の少女に向けられた。妻とともにその子に付けた名前はエアリアル。実際、妖精のような女の子だった。「我々全員が協力しなければなりません」

「信じていたよ」大統領は言った。いささか唐突とも思える言葉だった。「きっときみはわたしに力を貸してくれると思っていた」

「我々はこの点に関して一致団結しなければならないんです、大統領」

エアリアルの笑い声が、オルゴールの音色のように耳の奥でこだました。理性で塗り固められた心の壁がぐらつきはじめた。

「ありがとう、グレッグソン。じゃあ、失礼するよ」

マニングはスピーカーホンのスイッチを切った。大統領のこれほど緊迫した声を聞くのは初めてだった。それは苦渋を味わった男の声だった。

第十六章

その宿はブリュッセル、マロール地区の寂れた一画にあり、国籍のない貧民たちの避難所となっていた。軒を並べている十七世紀の建物同様、崩れ落ちそうな恰好(かっこう)で建っている。これらの宿を寝床にしている貧民の大部分は、地中海沿岸、主としてマグレブからの移民である。むっつりとした、肉付きのいいマグレブ人の女が、その宿〝サマリテーヌ〟の主人だった。薄暗く悪臭の漂う汚いロビーで、机の後ろに腰を下ろし、訝(いぶか)しげに目を細めている。彼女の商売相手のほとんどは、渡り労働者、犯罪者、貧しい移民といった人間である。真夜中にバッグ一つで到着した、きちんとした身なりの男は、どう見たところで別種の人間だったのだ。

ブライソンは電車でパリの北駅(ノール)へ行き、大衆レストランで、ねっとりとしたムール貝とフライドポテト、ピルスナービールの遅い夕食を済ませていた。無愛想なマグレブ人の女に、すでに到着しているはずの女友達の部屋番号を尋ねた。女主(おんなあるじ)は眉(まゆ)を吊(つ)り上げたものの、にやりと笑って教えてくれた。

レイラは数時間前に、サベナ（ベルギー航空）便でザベンテム空港に到着していた。ギリギリで最終便のチケットが取れたのだ。すでに真夜中を過ぎており、彼女が疲れ切っていることはわかっていたが、部屋のドアと汚れた敷物の隙間から漏れている明かりを目にし、ブライソンはドアをノックした。彼の部屋同様、薄汚い部屋だった。

レイラは二つのグラスに、ビュー・マルシェの近辺で買ってきたスコッチを注いだ。

「で、あなたが会おうとしているワシントンでもっとも正直な男っていうのは？」そう言ってから、いたずらっぽい口調で付け加えた。「ＣＩＡの男ではないわね。もっともラングレーに正直な人間がいるなら話は別だけど」ジャン・バンシナとの格闘で受けた顔の傷が紫色に変色し、いかにも痛々しい。

ブライソンはスコッチを啜（すす）り、がたのきた肘掛（ひじか）け椅子に腰を下ろした。「ＣＩＡの人間ではないよ」

「それで？」

彼はかぶりを振った。「まだだ」

「まだ何なの？」

「時が来れば話すよ。まだそのときじゃないんだ」

ベニヤ板の剝（は）がれたテーブルの反対側にある、これまた半分壊れかかった肘掛け椅子に腰を下ろすと、彼女はグラスを置いた。「話さないつもりなのね。これからもずっと隠しつづける気ね。約束が違うわ」

「約束はしてないよ、レイラ」

「だいたい、わたしが何も知らされないであなたに手を貸すと本気で思っていたわけ？」レイラは怒っている。アルコールや疲労のせいだけではない。

「もちろんそんなことは思ってないさ」ブライソンは気まずそうに言った。「まったく逆なんだよ、レイラ。ぼくはきみの援助を求めなかったし、きみにこの一件から手を引かそうとさえした。役に立たないと思ったからじゃなく――実際、素晴らしい活躍をしてくれた――きみの命が危険に晒（さら）されることに責任が持てないからだ。これはぼく自身の戦い、ぼく自身の任務なんだ。その上で、きみの目的にもなんらかのメリットがあれば、幸いだと思っていた」

「冷たいのね」

「たぶんね。でもそれが本心なんだ」

「だけど、あなたには優しい面もあるわ。わたしにはわかる」

ブライソンは答えなかった。

「それに、おそらく結婚の経験もある」

「うん？　どうして？」

「そうなんでしょう？」

「ああ」彼は認めた。「でも、なぜわかったんだい？」

「わたしに対する接し方や女性の扱い方を見ていてそう思ったの。当然のことだけど、あなたはわたしを警戒している——結局、わたしのことはわかってないんですもの——でも、その一方で、安らぎも感じているんじゃない？」

ブライソンは笑みを浮かべたが、何も言わなかった。

彼女は続けた。「裏の世界で仕事をしている男のほとんどは、女性諜報員の扱い方をわかってないわ。彼らにとって、女性諜報員は性別のない生き物か、行きずりの恋人。でも女は男に対して、そんな単純な割り切り方ができないことをあなたは知っているんじゃなくって？」

「謎を掛けているのかい？」

「そんなつもりはないわ。ただわたしは——つまり、わたしたちが男と女だということを言いたかっただけよ……」彼女はブライソンにグラスを傾けた。意味深長な仕草。

ブライソンは彼女が何をほのめかしているのかわかっていた。だが、気づいていない振りをした。レイラは申し分のない女である。実のところ、彼女と時を共にするにつれ、ますますその魅力に惹き付けられていた。しかしそこにのめり込んでしまったら、己のエゴをさらけ出し、エレナの失踪の理由を突き止めるまで失ってはならない自制心の歯止めを失うことになる。確かに肉体的な満足は得られるだろう。だが、それは一時的なものにすぎず、結局二人の関係はぎくしゃくし、絆は崩壊してしまうのだ。

「経験から語っているようだね」彼は言った。「男は諜報活動をしている女を理解できないということを。きみの旦那さんも――きみはイスラエルの兵士と結婚したって言ってたが――そういう類の男だったのかい？」

「あのころは、わたし自身が別の人間だったわ。若い女性ですらなかった。まだ人格の形成されていない少女だったのよ」

「旦那さんの死がきみを変えたんだね？」ブライソンは優しく尋ねた。

「それと、父のね。まったく覚えてはいないけど」彼女は物思いに沈んだ様子で、スコッチを啜った。

ブライソンはうなずいた。

レイラは俯いて、語りはじめた。「〝ヤロン〟っていうのが死んだ夫の名よ。彼はインティファーダ（訳注　占領下のパレスチナ人の一斉蜂起）の期間、キルヤト・シェモナに派遣されていた。ある日、イスラエルの空軍がベッカー谷にあるヒズボラの拠点にロケット砲を撃ち込んだの。わたしが住んでいた場所からそんなに離れていなかった。そして、その砲撃で、五人の子供たちとその母親が死んだ。悪夢だったわ。もちろん、ヒズボラは報復した。キルヤト・シェモナにカチューシャ（訳注　ソ連のロケット砲）を撃ち返してね。ヤロンは住民たちをシェルターに避難させようとした。そしてロケット砲を浴びて、木っ端微塵にされた」彼女は顔を上げた。目に涙が滲んでいた。「教えて、どっちが正しいの？　一人でも多くのイスラエル人を殺そうとしているヒズボラ？　ヒズボラのアジトを破壊するために、無実の人間を殺すことを厭わないイスラエル軍？」

「殺された母親と五人の子供を知っていたんだね？」ブライソンは静かに訊いた。

レイラはうなずき、全身をわななかせた。唇はきつく嚙まれ、涙が次から次へと頰を伝っていく。「彼女はわたしの……わたしの姉だった。そして甥と姪たち」そこで声を詰まらせた。やがておもむろに口をひらいた。「でも、悪いのはカチューシャを発射した人間じゃないわ。それを供給している人間よ。安全な場所に隠れて、戦火をかき立てるための青写真を描いている人間。そう、ジャック・アルノのようなね。あの男はフランスの政治家の半分以上を抱き込み、テロリストや狂信者たちに武器を売って私腹を肥やしている。あなたがついにわたしを信じてくれるとき、命を危険に晒してまで追い求める理由と目的をついにわたしに話してくれる気になったとき、あなたが話そうとする相手のことをきちんとわかってもらいたい。そのことをようく考えておいてね」彼女は立ち上がり、ブライソンの頰にキスをした。「それじゃ、わたしは寝させてもらうわ」

ブライソンは心の動揺を抑えきれぬまま、自分の部屋に引き返した。とはいえ、今はリチャード・ランチェスターへの接触が急務である。朝になったら、アポを取り付けるためにとにかく電話するつもりだった。情報と時間が圧倒的に不足していることはわかっていた。しかし、ハリー・ダンが突然姿を消した今、ランチェスターはディレクトレイトの魔の手を断ち切るための力と気概を持っている唯一(ゆいいつ)の政府関係者だった。じかに顔を合わせたことはないが、おおよその経歴は知っている。ランチェスターはウォール街で財を築いたものの、四十代半ばでビジネス界から身を引き、公僕の道を歩みはじめた。親友マルコム・デービスの大統領選挙キャンペーンを成功に導き、その見返りとして、デービス政権の国家安全保障問題担当大統領特別補佐官に任命され、頭角を現した人物である。その高潔さと知性は、嘘(うそ)と腐敗の蔓延(はびこ)るベルトウェーにおいては一際(ひときわ)光彩を放ち、清廉潔白で高ぶらず、しかも人の良い切れ者と目されていた。

リールでの大惨事を報じている新聞によると、ブリュッセル入りしたランチェスターはＳＨＡＰＥ（欧州連合軍最高司令部）を公式訪問し、そこでＮＡＴＯの事務局長と会談中らしい。

ランチェスターに接触するのは容易なことではない。とりわけ相手がＮＡＴＯの最高司令部にいる以上は。

だが、必ず方法はある。

絶え間ない車の騒音と一晩中続くどんちゃん騒ぎ、ほとんど眠れぬままに不安と緊張の一夜が過ぎ去った。午前五時すぎ、ブライソンは目を覚ますと、冷たいシャワーを浴び——お湯にはならないらしい——、作戦を練った。

着替えを済ませて、通りに出、二十四時間営業の新聞販売所を探した。ヨーロッパ人に愛読されているものを中心に、世界各国の新聞と雑誌の大部分が売られている。案の定、〈インターナショナル・ヘラルド・トリビューン〉から、〈ロンドンタイムズ〉、〈ル・モンド〉、〈ル・フィガロ〉、〈ヴェルト〉に至るまで、大半の刊行物でリールの事件は大々的に報道されていた。そのほとんどが、リチャード・ランチェスターの談話を載せている。同じコメントを取り上げているものもあるが、ホワイトハウス大統領特別補佐官とのインタビュー記事を別枠で掲載しているものもあった。ブライソンは多種の新聞を買い込み、喫茶店に行くと、ブラックコーヒーを注文し、ペンを片手に紙面に目を凝らした。

ランチェスターだけでなく、彼のスポークスマンであり、国家安全保障会議のスポークスマンでもあるハワード・リューインのコメントを載せている新聞もあった。ランチエスターやホワイトハウスからの派遣団に彼も同行し、ＮＡＴＯ本部を訪問しているのだ。

ハワード・リューインのような報道陣相手のスポークスマンは、常時マスコミの緊急取材に対応する準備を整えているはずである。ブライソンはホテルに引き返し、スポークスマンに電話をかけた。一度目のコールで相手は出た。

「ミスター・リューイン、わたしのことはご存じないと思いますが」と、ブライソンは差し迫った口調で切り出した。「〈ワシントンポスト〉のヨーロッパ支局長を務めているジム・ゴダードという者です。早朝からお手を煩わして申し訳ありませんが、もの凄い特ダネがあるんです。それで、どう処理したらいいものか、あなたのお力をお借りしたいと思いまして」

リューインはすぐに反応した。「それはもちろん――で、あなたジムとおっしゃいましたか？――どういった内容なんです？」

「実は前もってあなたにお知らせしておきたいのですが、我々はリチャード・ランチェスター氏に関する大スクープを、近々第一面で報道するつもりでいます。全段抜きの大見出しを使った、一大特集です。でも、あなたがたにとっては、あまり喜ばしい内容ではないでしょう。実際、こう言うのもなんですが、ランチェスター氏の政治生命が決定的な打撃を被ることになるかもしれません。三ヶ月に渡る徹底取材をした上での大ネタなんです」

「ふざけないで下さい！　いったいなんの話をしてるんです？」

「ミスター・リューイン、わたしはこのネタに関して、くれぐれも慎重に対処するよう、上層部から圧力をかけられています。紙面に出るまでは一言も漏らさないようにとね。だが、個人的に言わせてもらえば、この報道はランチェスター氏本人だけでなく、国家の安全を司る当局にも多大なダメージを与えることになる。ですから……」ブライソンは言葉尻を濁し、しばし口を噤んだ。相手に投げた一本の命綱。スポークスマンはそれを掴まざるを得ないだろう。「……わたしはあなたの上司に少なくとも、このネタに反論する――せいぜい、掲載を引き延ばす程度かもしれませんが――機会をもってもらいたかったのです。もちろん、わたしの私情、つまり氏に対する崇拝の念だけで、わたしのジャーナリストとしての社会的責任を回避するわけにはいきません。こんな電話は差し上げなかったほうがよかったのかもしれませんが、ランチェスター氏本人と直接お話できれば、ひょっとすると事態を丸く収められるかもしれないと――」

「ブ、ブリュッセルが今何時だと思っているんです？」リュ－インは口ごもった。「それに、最終通告のつもりかもしれませんが、そんな話はデマです。ポスト側の無責任な取材の結果です」

「では、ミスター・リューイン、それをあなたの見解だと判断させていただきますよ。しかし、わたしがあなたにこの件を穏便に処理する機会を与えたことと、それをあなたご自身の判断で拒否したことをくれぐれもお忘れなく――ちょっと失礼」――ブライソンは部下を相手に一人芝居を打った。「違う、その写真じゃない。ランチェスターの顔のアップだ、何年この仕事をやってるんだ！」そして、再び受話器に向かった――「でも、あなたの上司に、十分以内にわたしのこの携帯電話に連絡を入れるよう伝えることをお勧めします。さもなければ、我々はこのまま事を進め、〝ランチェスター氏、ノーコメント〟の件をつけてこの一件を報道することになります。おわかりですか？　それともう一点、ランチェスター氏に正確にこうお伝え願いたい。事態の核心はジェナディ・ロソフスキーというロシアの役人と氏との関係にある、と。よろしいですね？」

「ジェナディ……なんですって？」

「ジェナディ・ロソフスキーです」ブライソンはその名を繰り返すと、携帯電話のワシントン局番の番号を教えた。まさかこちらがブリュッセルにいるとは思いもよるまい。

「いいですか、十分ですよ！」

残り一分というところで、携帯電話が鳴った。

受話器の向こうから上品な、英米混合のアクセントをもつバリトンが耳に届いた。「いったいどういうことかね？」

「リチャード・ランチェスターだが」かろうじて冷静さを維持している口調だった。

「あなたのスポークスマンにお話した通りです」

「彼はわたしが聞いたことのないロシア人の名――ジェナディなんとかという――を口にしていたが、いったいどういうことなのかね、ミスター・ゴダード？」

「あなたはテッド・ウォラーという本名のほうもよくご存じのはずですが、ミスター・ランチェスター?」

「テッド・ウォラー?　いったい何を言ってるんだ?」

「お話があります、ミスター・ランチェスター、今すぐに」

「だからこうして話しているじゃないか!　ポストは何を企んでいるのかね?　ミスター・ゴダード、わたしはきみを知らない。だが、きみもよく承知している通り、お宅の社主の自宅の電話番号を知っている。仕事柄、彼女とは面識があるんだ。じきじきに電話することになるぞ!」

「あなたとは、電話ではなく直接会って話す必要があります。わたしは今ブリュッセルにいます。一時間以内にモンスのSHAPE本部を訪れます。正面玄関の警備員にわたしの立ち入りが許可されるように手配しておいて下さい。それでお互い腹を割って話ができます」

「ブリュッセルにいる?　ワシントンからじゃないのかね!　いったい――?」

「では、一時間後に、ミスター・ランチェスター。それと、わたしが到着するまで、この件に関する電話は一切なさらないようにお願いします」

ブライソンはレイラの部屋のドアを静かにノックした。彼女はすぐにドアを開けた。

すでにシャワーを浴びて着替えを済ませ、シャンプーと石鹸(せっけん)の香りを漂わせている。「ちょっと前にあなたの部屋の前を通ったの」ブライソンが足を踏み入れるや、彼女は口をひらいた。「電話で話しているのが聞こえたわ。いえ、答えなくていいのよ。わたしも訊かないわ。〝そのときが来る〟まではね」

彼は昨晩と同じ、壊れかかった椅子(いす)に腰を下ろした。「どうやらそのときが来たらしい、レイラ」そう口にした途端、胸のつかえが下りていくような気がした。本当に呼吸が楽になったような気分だった。「ぼくがきみにこの話をするのは、きみの助けが必要だからだ。奴(やつ)らはぼくを殺そうとしてる」

「奴らって……?」彼女はブライソンの腕に触れた。「どういうことなの?」

ブライソンは慎重に言葉を選びながら、現在行方不明中のCIA副長官ハリー・ダン以外の人間には口にしなかった話をレイラに語った。ある任務に就いていることを打ち明け、それが、一握りの人間だけにディレクトレイトという名で知られている謎(なぞ)の諜報(ちょうほう)機関への潜入とその破壊であることを教えた。そして、その目的を果たすためには、何がなんでもリチャード・ランチェスターに一肌脱いでもらわなければならないことを。

レイラは目を丸くし、一言も聞き漏らすまいといった様子で話に耳を傾けていた。やがて立ち上がると、室内を行ったり来たりしはじめた。「まだはっきりと理解できないわ。それはアメリカの諜報機関じゃなく、国際的というか、多国間の組織なのね?」

「そういう言い方もできる。ぼくがいたときはワシントンを拠点にしていたが、本部が消え去ってしまった。現在の居場所はわからない」

「今、あなた〝消え去った〟って言ったわよね？」

「ああ」

「あり得ないわ！　諜報機関だって他の官僚組織と同じよ。電話番号もファックスもコンピュータもある。もちろん職員だっている。英語の諺（ことわざ）にもあるじゃない――それじゃあ部屋の真ん中に象を隠そうとするのと同じことよ！」

「ぼくがいたときのディレクトレイトは、身軽で小回りの利（き）く、小規模な組織だった。それに、カモフラージュする様々な手段を持っていた。ＣＩＡが秘密の活動拠点をどこにでもあるような民間企業に見せかけたり、ソビエトがポチョムキン・ビレッジ（訳注　不都合な事実を覆い隠す一見堂々とした外観）を作り出し、偽（にせ）の玄関を設（しつら）え、生物兵器開発施設を、洗剤製造工場や学校に一変させたようにね」

レイラは途方に暮れた表情で、かぶりを振った。「つまり、ディレクトレイトはＣＩＡやＭＩ－６やモサドやシュルテ（フランス警察庁）に匹敵する組織だというわけ？　そういった諜報機関と同じだけのノウハウを持っていると？」

「いや、それどころじゃない。一般の諜報機関は法や政策によって規制されているが、ディレクトレイトはその種の活動すら行なえる。組織のメンバーたちはそう教えられているんだ」

レイラはにこりともせずにうなずいた。「でも、それでいて自分達の存在を秘密にしておけるかしら？　不可能じゃない？　噂が広まるわ。秘書が友達に話したり……国の監督機関だってあるし……」彼女は化粧台へ行った。気もそぞろといった様子で黒い小さな革のハンドバッグを何度も引っかき回し、口紅を取り出した。薄くさすと、唇をティッシュで軽く拭った。

「しかし、すべてが巧妙に仕組まれているんだ！　慎重な諜報員選びと彼らを隙間のない仕切りに閉じ込めることによってね。メンバーたちは世界各国から極秘に採用される。しかも、この手の仕事をさせるに適したバックグラウンドを持つ人間が集められる。秘密の誓いを守らせるためだ。仕切りがあるから、彼らは一時的にお互いを知るにすぎない。二人以上の上司と仕事をする人間もいない。ぼくの上司は組織の設立者の一人でもある伝説的な人物で、テッド・ウォラーという名の男だった。ぼくがずっと崇拝してきた男さ」彼は苦々しげに付け加えた。

「だけど、大統領は知ってるはずよ！」

「正直なところ、なんとも言えない。だが、大統領執務室の主たちはディレクトレイトの存在を知らなかったと思う。一つには、大統領は殺人命令などのダーティワークに関する詳細からできる限り遠ざけられている。不法活動との関連を拒否できるようにね。

それが各国諜報機関の一般的な在り方だ。それに、恒久不変の諜報機関から見れば、大統領はホワイトハウスの束の間の住民にすぎない。彼らは一時的な所有者、四年、運が良くても八年でおさらばだ。新しい花瓶を買って部屋の壁紙を張り替え、臨時雇用をし、演説を繰り返して、去っていく。しかし、諜報員たちは居残りつづける。彼らは恒久不変のワシントンの真の所有者なんだ」

「で、連中の活動に関して知っていると思われる唯一の人間が、大統領外交情報顧問委員会の議長だと考えているのね？　ＮＳＡやＣＩＡを含めたすべてのアメリカ諜報機関を監督するために、密会を重ねているグループの議長が？」

「その通り」

「そして、その監督機関の議長がリチャード・ランチェスター？」

「そう」

彼女はうなずいた。「だからあなたは彼に会いたい？」

「ああ」

「でも、どうして？」彼女は声を張り上げた。「会って何を話すの？」

「ディレクトレイトに関して知っていることと、奴らの企みと思われるところを話す。これこそが最大の謎で、それを暴くために、ぼくは裏の世界に引きずり戻されたんだ。つまり、ディレクトレイトを支配しているのは誰なのか？　奴らの真の目的はどこにあるのか?」

「それで、あなたはその答えを知っているの?」まるで喧嘩腰の口調だった。敵対者に尋問しているかのようである。

「いや、まだわからない。だが、およその見当はついている。それを裏付ける事実もある」

「どんな事実? あなたは何も知らないはずよ!」

「いったいどっちの味方なんだ、レイラ?」

「あなたに決まってるじゃない!」彼女は叫んだ。「あなたを守りたいのよ。それに、あなたは過ちを犯そうとしている」

「過ち?」

「あなたはランチェスターに会って、常軌を逸した告発をしようとしてるのよ。なんの……なんの証拠も持たずに。即追い返されるわ。狂人だと思われるのが関の山よ!」

「あり得る話だ」ブライソンは認めた。「だが、彼にそう思わせないのがぼくの仕事なんだ。きっとうまくやって見せるさ」

「ずいぶんランチェスターを信頼してるのね?」

「それ以外に道がないからだ」

「敵かもしれないのよ、嘘つきたちの仲間かもしれないわ! そうじゃないって、誰が断言できるの？」

「ぼくに確かなことなんて何一つないんだ、レイラ。ぼくは迷路の中で行き先を見失ってしまった。自分の居場所がわからない。いや、もはや自分が誰なのかすらわからない」

「ＣＩＡの男の話を信じたのはどうして？　その男が敵でも嘘(うそ)つきでもないと思ったのはなぜ？」

「だから、ぼくに確かなことは何もないと言ったじゃないか！　これは信じるか否(いな)かという問題じゃない。可能性に対する賭(か)けなんだ」

「それなのに、両親が殺された話は信じたわけ？」

「両親が殺されたあと、ぼくの保護者になってくれた女性——つまり養母がその話を裏付けてくれた。彼女はアルツハイマー病を患(わずら)い、頭がおかしくなっていたけどね。実際、真実を知っている人間は、ぼくが必死になって見つけ出そうとしているテッド・ウォラーとエレナだけだ」

「エレナっていうのが前の奥さんね？」

「正式には前の妻じゃないよ。離婚したわけじゃないからね。彼女は姿を消したんだ。きみは別れたと思い込んでいるようだが」

「彼女はあなたを捨てたのよ」

ブライソンは溜息をついた。「何があったのかはわからない。後悔先に立たずだが、是非とも知りたいんだ」

「でもなんの音沙汰もないんでしょう？　突然姿を晦ましたきりなんでしょう？」

「ああ」

レイラは納得のいかない表情で、かぶりを振った。「それでも、あなたはまだ彼女を愛している」

ブライソンはうなずいた。「だから――だから客観的な目でエレナを見て、現実を直視するのは、耐え難いことなんだ。彼女はぼくを愛していたのか、それともぼくに宛がわれたスパイだったのか？　愛想を尽かして、あるいは恐怖を感じて、ぼくから逃げ出したのか、それとも、そうせざるを得ない別の理由があったのか？　何が真実で、それはどこにあるのか？」彼は心の中で続けた。ブカレストでの行動の結果が裏目に出たのだろうか？　エレナは〝掃除屋〟の気配を察して、身を隠したのか？　だが、そうだとするなら、俺に理由を話すのではないか？　他にも可能性はある。あの週末、スペインへ行ったと嘘をついたことを、つまり、俺がバルセロナにいなかったことを、彼女は知ったのかもしれない。そして、傷つき、裏切られたと感じたのかもしれない。だが、立ち去る前に、理由を問い詰めるべきではないのか？

「それで、世界中を飛び回り、ディレクトレイトの諜報員を探し回って真実を見つけようとしているっていうわけ？　狂ってるわ！」

「レイラ、ぼくの握っている事実によって、奴らを巣穴から炙り出せる。ぼくが手がかりを持っていることは奴らも気づいているはずだ。連中がどういう活動をしてきたのか、国際法を含めたあらゆる法をどうやってくぐり抜けてきたのか、ぼくは二十年以上に渡って知っているんだ」

「そういうことをすべてランチェスターに話したとして、彼が連中の陰謀を暴き、それを阻止することに力を貸してくれると思っているの？」

「評判通りの男なら、それを自分の使命だと考えるはずさ」

「評判通りじゃなかったら？」

ブライソンは沈黙した。レイラが続けた。「武器は持っていくの？」

「もちろん」

「どこにあるの？　持ってないはずだけど」

ブライソンはぎょっとして顔を上げた。レイラの目が一瞬光った。「ぼくの荷物の中にある。まだ分解したままでね。空港のセキュリティチェックを通り抜けなきゃならなかったから」

「それじゃ、これを使ったら」彼女はそう言って、四五口径ヘックラー・ウント・コッホUSPコンパクトを、ハンドバッグから取り出した。

「ありがとう、でもベレッタを持っていくよ」彼は微笑んだ。「五〇口径デザート・イーグルがあるなら、きみはそいつを……」

「悪いけど、ニック、わたしは行けないわ」

「ニック？」ブライソンの頭の中が真っ白になった。レイラは初めてその名を口にした。ブライソンの本当の名を知っていたのだ。教えてないのになぜ？　他にも何か知っているというのか？

　レイラが部屋の真ん中で、こちらに銃口を向けていた。状況を察するのが一瞬遅かった。ブライソンは椅子の中で凍り付いた。ショックが反応を鈍らせたのだ。

　レイラの瞳には悲しみが滲んでいた。「ランチェスターに会いに行かせるわけにはいかないわ、ニック。気の毒だけど、できない相談よ」

「いったいなんの真似だ？」彼は訊いた。

「わたしの仕事よ。あなたは選択の余地を与えてくれなかった。こんなことになるなんて思ってなかったのに」

　ブライソンは室内から空気が奪われたかのような息苦しさを覚えた。全身から血の気が失せていく。驚愕を隠すことはできなかった。

「やめろ」ブライソンは嗄れた声で言った。そう言いながら、椅子のクッションにじわじわと腰を沈めていく。「きみは間違っている。きみも奴らに騙されているんだ。いったいっ――」

次の瞬間、ブライソンはスプリングの弾力を利用して椅子から跳ね上がり、レイラに飛びかかった。不意を突かれたレイラが身を引き、攻撃への集中力が途切れたその刹那、彼女は体のバランスを崩しながら発砲した。狭い室内に耳をつんざくような銃声が轟く。銃弾がブライソンの左の頬を掠め、硝煙が顔とこめかみを焦がし、薬莢が床に弾かれるのと同時に、彼の体はレイラを押し倒し、銃が床に転がった。

だが、レイラはもはやブライソンの知っているレイラではなかった。血に飢えたジャングルの虎だった。彼女はすかさず立ち上がり、右手でブライソンの喉を突き、左肘を鳩尾に叩き入れ、彼の息を詰まらせた。

ブライソンは必死に起き上がり、横殴りに拳をふるったものの、彼女はさっと身を沈めるや、右肩で彼の右脇下に体当たりした。そして右腕を首に巻きつけ、低く唸りながら彼の体を引き寄せ、喉を締め上げてくる。

ブライソンは世界各地で、鍛え抜かれた残忍凶悪な殺し屋たちと格闘してきたが、レイラは彼らとはまったく違うタイプの敵だった。野生の本能を剝き出しにした強靭さ、男顔負けの体力、これほど凶暴な相手は初めてだった。ブライソンは必死にレイラの腕をふりほどくと、体勢を立て直し、再び殴りかかろうとした。だが、彼女は後ろに飛び退き、左腕でパンチを振り払うや、さっと腰を落とし、左手で顔面をガードしながら彼の腹部にパンチを叩き込んだ。

ブライソンは息を喘がせ、レイラの喉元を引っ摑もうとしたものの、彼女は素早かった。彼の右膝裏に蹴りを入れ、ぐらつかせたところで、後頭部に肘を突き入れる。ブライソンは激しい目眩にかろうじて耐えながら、長年にわたって培ってきた戦闘技術を最大限に引き出そうと気力を奮い立たせた。

彼は身を引くや、レイラに体当たりし、同時に渾身の力を込めて右脇腹を殴りつけた。レイラが絶叫した。苦痛の叫びではなく、怒りの咆吼。一気に飛び上がるとくるっと向き直り、正面からブライソンの腹部を蹴りつけてきた。

ブライソンはすかさずその足を引っ摑んで揺さぶり、相手が後ろによろめくや、鳩尾を膝で蹴り上げ、喉首に肘を叩き込んだ。レイラが悲鳴を上げ、すぐ先に転がっていたヘックラー・ウント・コッホに右手を伸ばした。握らせるわけにはいかない！　彼はレイラの喉首に肘を食い込ませた。相手が息を詰まらせ、右手で肘を払おうとする瞬間、左手を伸ばして銃を摑み取り、脳天を殴りつけた。死んだり、身体障害を引き起こしたりしないよう手心を加えた殴打だった。

レイラはダウンした。半びらきの瞼から白目が覗いている。喉に食い込んだ肘が脈を感じた。彼女は生きている、数時間は意識を失ったままだろうが。彼女が何者であれ、誰の手先であれ、銃口を向けた瞬間、彼を殺すことができた。だが、躊躇した。殺せなかったのか、あるいは、殺すことに耐えられなかったのか。レイラも以前の彼同様、騙され、操られ、目的も知らされずに任務を与えられているチェスの駒なのだろう。結局は、彼女も犠牲者の一人なのだ。

ディレクトレイトの犠牲者なのか？

おそらくそうに違いない。

彼女を問い詰め、知っていることをすべて聞き出す必要があった。だが、今ではない。

今は時間がない。

彼女を縛るロープか何かを探そうと、ブライソンは小さなクローゼットのドアを開けた。二、三着の洋服が吊され、靴が並べられている。膝を突き、底に手を這わすと、何かに触れた。レイラがジュネーブの銀行に履いていったグレーの靴から剝がれ落ちたスパイクヒールだった。ヒールの端に付いていた何かが指を刺した。顔をしかめながら、二インチほどのグレーのヒールを取り出した。靴底への接着箇所から鋭い刃が突き出ている。顔を近づけ、目を凝らした。アーティストが使うエクザクトナイフのような細い刃だった。それを靴底にはめ込み、ヒールを装着する仕組みになっている。

ブライソンはレイラを振り返った。依然白目を剝いたままである。口をだらんと開け、舌を覗かせていた。

グレーのハイヒールには巧妙にナイフが仕込まれていた。ヒールを取り外せば、それを使うことができるのだ。彼はもう片方の靴を調べた。同じ仕掛けが施されている。

と、そこでブライソンははっとした。

銀行役員のオフィスのクローゼットに閉じ込められていたレイラの像が思い浮かんだ。鮮やかな色のポリウレタンの紐——警官が囚人を護送する際に用いる代物——で縛り上げられていた彼女の姿が。ディレクトレイトの諜報員ジャン・バンシナがそれを使って彼女の手足を縛り上げ……そう、間違いなく、レイラはそれを切断することができたのだ。

ジュネーブは罠だった。

レイラはバンシナと共謀していた。二人ともディレクトレイトの諜報員なのだ。バンシナはレイラを襲う振りをし、彼女はその演技の片棒を担いだ。彼女がいつでも逃げ出せる状況にあった以上、そう考えざるを得ない。

これは何を意味するのか？

薄暗い廊下の端に、内側のアコーディオンドアを開閉することで作動する二人乗り用の小さなエレベーターがあった。廊下には誰もいなかった。部屋から人が出てくる気配も感じられない。

ブライソンはレイラを持ち上げると——彼女は大柄ではないものの、今は死人のようにずっしりと重い——、頭を肩にのせ、尻の下を抱え、へべれけになった妻を運んでいるかのように、エレベーターへ向かった。アル中の妻を嘆いて見せるジョークを用意しておいたものの、口にする機会はなかった。

エレベーターで地階へ降りた。汚水の臭いが漂っている。ざらついたコンクリートの床にレイラを降ろすと、辺りに目を走らせ、掃除用具を収納してあるクローゼットを見つけた。バケツとモップを取り出し、レイラを入れた。使い古しの洗濯用ロープで彼女の手足を縛り付け、胴体に回したロープの余りを手足の結び目に括りつけた。それから、締め付け具合をチェックし、彼女が意識を取り戻しても抜け出せないことを確かめた。ロープで事足りるはずである。彼女は靴を履いていない。そう、ナイフを隠し持っていないのだから。

だが、もう一つ注意しておかなければならないことがあった。意識を取り戻せば、彼女は叫び声を上げて助けを呼ぶに違いない。ブライソンは彼女の口にぼろ切れを詰め込み、呼吸をしていることを確認した。

クローゼットの鍵を回した。とはいえ、レイラを中に閉じ込めたにすぎず――彼女が自らドアを開けることはないだろうが――外の誰かに気づかれないという保証はなかった。

ブライソンは部屋に戻ると、リチャード・ランチェスターに会いに行く準備を整えた。

地球の反対側にある薄暗い部屋で、三人の男たちがエレクトロニック・コンソールを囲んで腰を下ろしていた。ダイオードから発せられるグリーンの光が、緊迫した表情を照らし出している。

「我々のインテルサット衛星センターからデジタル信号が届いています」三人の中の一人が早口で言った。

返事はすぐに戻ってきた。長時間の緊張による心労が滲み出た口調だった。「ボイス・パターンは？ 声紋パターンのIDは確かなのか？」

「九十九から九十九・九七パーセント以内の数値です」最初の男が言った。「かなりの高確率です」

「本人に間違いないでしょう」三人目の男が口をひらいた。「発信はGSMの携帯電話からなされてます。座標位置は、発信者がベルギーのブリュッセル、受信者は同国モンス」男はダイヤルを調節した。コンソールから聞こえてきた声はきわめて明瞭だった。

〈いったい何を言ってるんだ？〉

〈お話があります、ミスター・ランチェスター、今すぐに〉

〈だからこうして話しているじゃないか！ ポストは何を企んでいるのかね？ ミスター・ゴダード、わたしはきみを知らない。だが、きみもよく承知している通り、お宅の社主の自宅の電話番号を知っている。仕事柄、彼女とは面識があるんだ。じきじきに電

話することになるぞ！〉

〈あなたとは、電話ではなく直接会って話す必要があります。わたしは今ブリュッセルにいます。一時間以内にモンスのSHAPE本部を訪れます。正面玄関の警備員にわたしの立ち入りが許可されるように手配しておいて下さい。それでお互い腹を割って話ができます〉

〈ブリュッセルにいる？　ワシントンからじゃないのかね！　いったい――？〉

〈では、一時間後に、ミスター・ランチェスター。それと、わたしが到着するまで、この件に関する電話は一切なさらないようにお願いします〉

「阻止命令を出さなくては」盗聴者たちの一人が言った。

「決定は上層部が下す」違う男が答えた。上司らしい。「プロメテウスはターゲットに関する情報収集を続けるつもりかもしれない。どう動くのか、そして、どこまでわかっているのかを知るためにな」

「でも二人がガードされた建物の中で密会したら、いったいどうやって入り込むつもりです？」

「くどいぞ、マッケイブ！　我々が入り込めないところがどこにある？　音声ファイルを送信しろ。指示を下すのはプロメテウスだ」

（下巻へつづく）

C・カッスラー
中山善之訳
QD弾頭を回収せよ
地球に終末をもたらすQD微生物の入った弾頭2発が、アフリカ革命軍団の手に渡った！ そしてワシントンが砲撃の的に狙われている。

C・カッスラー
中山善之訳
タイタニックを引き揚げろ
沈没した豪華客船・タイタニック号の船艙に、ミサイル防衛網完成に不可欠な鉱石が眠っている！ 男のロマン溢れる大型海洋冒険小説。

C・カッスラー他
中山善之訳
コロンブスの呪縛を解け（上・下）
ダーク・ピットの強力なライバル、初見参！ カート・オースチンが歴史を塗り変える謎に迫る、NUMAファイル・シリーズ第1弾。

S・キング他
浅倉久志他訳
ナイト・フライヤー
セスナ機を操る現代の吸血鬼を描くスティーヴン・キングの表題作ほか、バーカー、ストラウブなど、モダンホラーの傑作全13編。

S・キング
白石朗訳
グリーン・マイル（一～六）
刑務所の死刑囚舎房で繰り広げられた驚くべき出来事とは？ 分冊形式で刊行され世界中を熱狂させた恐怖と救いと癒しのサスペンス。

S・キング
白石朗訳
ローズ・マダー（上・下）
このままでは、殺される——逃げる妻をどこまでも追いかける狂気の夫。ホラーとサスペンスとファンタジーを融合させた恐怖の物語。

D・ケネディ
中川 聖訳

ビッグ・ピクチャー

ヤッピー弁護士ベンは妻の不貞に気づき、激情に駆られて凶行に及んでしまう。そして過去の自分を葬ろうと……。全米震撼の問題作。

D・ケネディ
中川 聖訳

仕事くれ。

落ちる、墜ちる、堕ちる……。栄光を摑みかけたネッドはいかにして奈落へと誘いこまれたのか。血と涙に彩られた再就職サスペンス。

D・ゴーズ
佐々田雅子訳

敵中漂流

フィリピン脱出から、漁船で自由の地を目指す炎熱の五千キロ——。いま明かされる、米軍パイロットによる第二次大戦決死の逃避行！

J・セイヤー
小梨 直訳

地上50m/mの迎撃

ヴェトナム戦で抜群の成績を誇った伝説的スナイパーを狙う、もう一人の天才スナイパー。持てる限りの力と技を尽した二人の男の死闘。

J・セイヤー
安原和見訳

アメリカの刺客

「ジョンを脱走させよ」。敗戦間近のドイツの捕虜収容所に極秘指令が下った。そして首都に向ったというコマンドの正体は？

T・ハリス
菊池 光訳

羊たちの沈黙

若い女性を殺して皮膚を剝ぐ連続殺人犯〈バッファロゥ・ビル〉。FBI訓練生スターリングは元精神病医の示唆をもとに犯人を追う。

T・ハリス
高見浩訳
ハンニバル（上・下）
怪物は「沈黙」を破る……。血みどろの逃亡劇から7年。FBI特別捜査官となったクラリスとレクター博士の運命が凄絶に交錯する！

フリーマントル
稲葉明雄訳
消されかけた男
KGBの大物カレーニン将軍が、西側に亡命を希望しているという情報が英国情報部に入った！ ニュータイプのエスピオナージュ。

フリーマントル
稲葉明雄訳
再び消されかけた男
米英上層部を揺がした例の事件から二年、姿を現わしたチャーリーを、かつて苦汁を飲まされた両国の情報部が、共同してつけ狙う。

J・フィンダー
石田善彦訳
ゼロ・アワー
史上最強のテロリスト「ゼロ」が企てる空前の爆弾テロ計画。FBI子連れ捜査官セーラは爆破を阻止できるのか？ 全米驚愕の問題作。

J・フィンダー
石田善彦訳
バーニング・ツリー
ある日突然、夫が逮捕された。容疑は大量虐殺――。ロウ・スクール教授のクレアは、元特殊部隊の隊員だった夫の弁護に立ちあがる。

D・リチャードソン
斉藤伯好訳
粛清選挙（上・下）
勝つためには手段を選ばない。レイプや人殺しさえも――。民主vs共和の壮絶な選挙戦！ あくまでもフィクションです、念のため。

新潮文庫最新刊

柳田邦男著
人生がちょっと変わる
―読むことは生きること―

読むこと・書くことは生きることと同じと言い切る著者の、読書体験エッセイ集。あなたの生き方がちょっと変わるかもしれません。

柳田邦男著
時代と人間が見える
―読むことは生きること―

ノンフィクション作品の熱心な読み手として知られる著者の、選評・書評集大成。膨大な書籍の海に旅する者の、頼れる水先案内書。

宮嶋茂樹
勝谷誠彦構成
不肖・宮嶋 南極観測隊ニ同行ス

どの国にも属さず、交通機関もなし。ホテルもなんにもない極寒の大陸に突撃！ 百戦錬磨の特派カメラマン、堂々の南極探検記。

野々村馨著
食う寝る坐る 永平寺修行記

その日、僕は出家した、彼女と社会を捨てて。曹洞宗の大本山・永平寺で、雲水として修行した一年を描く体験的ノンフィクション。

麻生幾著
情報、官邸に達せず

極秘データを駆使し、歴代内閣の危機管理体制の舞台裏を生々しく再現。〈国家の情報機能〉の弱体ぶりを告発した傑作ドキュメント！

正村公宏著
ダウン症の子をもって

ダウン症の次男との20年。その戦争のような日々。親であるということの凄さ。「人間性」を深く胸に問う、父親による感動の手記。

Title : THE PROMETHEUS DECEPTION (vol. I)
Author : Robert Ludlum

単独密偵（上）

新潮文庫　ラ－5－12

Published 2001 in Japan
by Shinchosha Company

平成十三年八月一日　発行

訳　者　山本光伸

発行者　佐藤隆信

発行所　株式会社　新潮社

郵便番号　一六二―八七一一
東京都新宿区矢来町七一
電話　編集部(〇三)三二六六―五四四〇
　　　読者係(〇三)三二六六―五一一一

価格はカバーに表示してあります。

乱丁・落丁本は、ご面倒ですが小社読者係宛ご送付ください。送料小社負担にてお取替えいたします。

印刷・東洋印刷株式会社　製本・株式会社植木製本所

ISBN4-10-220412-1 C0197